EX LIBRIS

Aus der Bibliothek von:
Josephine

Die drei !!!

Die drei !!!

Henriette Wich
Mira Sol

Die drei !!!

1, 2, 3 – Film ab!

Kosmos

Umschlagillustration von Ina Biber, Gilching
Umschlaggestaltung von Friedhelm Steinen-Broo, eSTUDIO CALAMAR

MIX
Papier aus verantwortungsvollen Quellen
FSC® C014496
FSC www.fsc.org

Gedruckt auf chlorfrei gebleichtem Papier

ISBN 978-3-440-16240-8
Redaktion: Franziska Kunze
Produktion: DOPPELPUNKT, Stuttgart
Satz: DOPPELPUNKT, Stuttgart
Druck und Bindung: GGP Media GmbH, Pößneck
Printed in Germany/Imprimé en Allemagne

Die drei !!!

1, 2, 3 – Film ab!

Henriette Wich

Die drei !!!

Tatort Filmset

Die drei !!!

Tatort Filmset

Überraschung beim Abendessen

»Mensch, Marie! Du hast gesagt, es gibt ein *kleines* Abendessen.« Kim stand in der Tür zur Penthousewohnung und sah ihre Freundin vorwurfvoll an.
Franzi grinste. »Hätten wir uns eigentlich denken können, dass das bei Marie ein Geheimcode ist für: Ich lege meinen Christbaumschmuck an.«
»Ihr übertreibt mal wieder schamlos«, kicherte Marie. Mit einem Seitenblick in den Spiegel überprüfte sie ihr Styling, für das sie insgesamt zweieinhalb Stunden gebraucht hatte, Duschen nicht eingerechnet. Der Aufwand hatte sich gelohnt. Passend zum kleinen Abendessen trug Marie ein kleines Schwarzes mit Spaghettiträgern und Spitze am Saum. Ihre Füße steckten in High Heels, am rechten Handgelenk klimperte ihr silbernes Bettelarmband und an den Ohren blinkten Ohrhänger in Tropfenform.
»Essen wir hier draußen im Flur oder dürfen wir reinkommen?«, fragte Franzi halb amüsiert, halb genervt. Sie mochte Marie, aber ihr Kleidertick war ganz schön anstrengend. Besonders wenn Marie den Detektivclub *Die drei !!!* mit einem Modeclub verwechselte.
»Natürlich dürft ihr reinkommen!«, sagte Marie. »Schön, dass ihr da seid.« Sie begrüßte Kim und Franzi mit Küsschen und hinterließ auf den Wangen ihrer Freundinnen einen Hauch Maiglöckchenparfüm. »Auf der Dachterrasse ist es leider schon zu kühl. Deshalb habe ich am Esstisch im Wohnzimmer gedeckt. Aber den Aperitif nehmen wir am

besten auf dem Sofa. Papa kommt gleich.« Marie stöckelte lächelnd voraus.
Kim seufzte. Am liebsten wäre sie gleich wieder nach Hause gefahren, um Jeans und Strickpulli gegen ein Kleid zu tauschen, aber dafür war es jetzt zu spät. Wenn Helmut Grevenbroich, der berühmte Hauptkommissar Brockmeier in der Vorabendserie *Vorstadtwache*, sie zum Abendessen einlud, durften sie ihn nicht warten lassen. Marie hatte es gut: Ihr Vater trug seine einzige Tochter auf Händen und las ihr jeden Wunsch von den Augen ab. Kim dagegen musste sich mit zwei nervigen Zwillingsbrüdern und einer überängstlichen Mutter herumschlagen, die ständig ihre Hausaufgaben kontrollierte.
Franzi streckte sich auf dem weißen Ledersofa aus und ließ den Blick durch den Raum schweifen. Im Kerzenlicht wirkte das Wohnzimmer wie der Eingangsbereich eines Fünf-Sterne-Hotels: matt schimmerndes Parkett, Orientteppiche, ein riesiger Fernseher mit Flachbildschirm und als Highlight ein schwarzer Konzertflügel.
»Herzlich willkommen! Es ist mir eine große Ehre, die berühmtesten Detektivinnen der Stadt in meinem bescheidenen Zuhause begrüßen zu dürfen.« Helmut Grevenbroich kam mit einem Tablett herein. Er trug ein gelbes Polohemd zur schlichten schwarzen Hose. Wenn man nicht genau hinsah, hätte man ihn für Maries älteren Bruder halten können.
»Na, wie wär's mit einem erfrischenden Passionsfruchtsaft?«, fragte er.
»Klingt super«, sagte Kim.
Maries Vater verteilte die Gläser und prostete den Mädchen

zu. »Auf die drei !!!. Ich wünsche euch, dass ihr ganz bald euren nächsten Fall an Land zieht!«
»Auf die drei !!!«, riefen Kim, Franzi und Marie.
Es klirrte leise, als sie anstießen. Der eiskalte Saft schmeckte herrlich exotisch. Marie warf ihrem Vater einen Luftkuss zu. Hoffentlich hatte er recht. Seit der Clubgründung hatten die drei !!! schon 25 Fälle gelöst, aber Marie würde wohl nie genug bekommen. Sie liebte den Nervenkitzel, wenn sie Verbrechern hinterherjagten, auf Spurensuche gingen oder sich verkleideten, um dem Täter eine Falle zu stellen. Trotzdem hatte sich Marie noch nicht entschieden, ob sie später Detektivin oder lieber Schauspielerin oder Sängerin werden sollte.
»Ich habe Auberginen-Auflauf gemacht«, verkündete Helmut Grevenbroich.
Kim fuhr sich mit der Zungenspitze über die Lippen. »Hmmm, lecker!« Maries Vater war berühmt für seinen Auberginen-Auflauf. Nun war Kim doch froh, dass sie ihre Wohlfühljeans anhatte. Sie wusste jetzt schon, dass sie sich eine doppelte Portion gönnen würde.
Herr Grevenbroich verschwand in Richtung Küche. Wenig später kam er mit einer großen Auflaufform zurück. Kim, Franzi und Marie wurden von dem köstlichen Duft nach Tomaten, Kräutern und Käse wie magisch angezogen. »Ich habe das Gericht übrigens erweitert«, erzählte Maries Vater. »Ihr habt mir doch aus Berlin das Rezept von Sylvies Freund Sven mitgebracht. Sein Trick sind geröstete Pinienkerne und frische Basilikumblätter.«
Kim lief das Wasser im Mund zusammen. »Genial!« Sie dachte gern an Sylvie. Die Schauspielschülerin hatte den

drei !!! in Berlin bei den Ermittlungen geholfen. Damals hatte sie kurz vor dem Abschluss ihrer Ausbildung gestanden. Wie es ihr jetzt wohl ging?
»Ach, Marie, bist du so lieb und holst noch zwei Teller?«, bat Herr Grevenbroich.
»Warum das denn?«, fragte Marie verwundert. »Erwartest du noch jemanden?«
Ein geheimnisvolles Lächeln spielte um die Lippen ihres Vaters. »Ich habe zwei Überraschungsgäste eingeladen. Eigentlich müssten sie längst hier sein.«
Kaum hatte er den Satz zu Ende gesprochen, klingelte es an der Haustür. Marie sprang auf und stöckelte trotz High Heels in erstaunlicher Geschwindigkeit aus dem Wohnzimmer. Kurz darauf hörten Kim und Franzi einen spitzen Schrei. »Helga, Tom! Kommt doch rein.«
Helga? Tom? Kim und Franzi sahen sich fragend an. Die Namen kamen ihnen irgendwie bekannt vor. Als die Gäste im Wohnzimmer erschienen, waren Kim und Franzi sofort im Bilde. Die zierliche rothaarige Frau mit den lebhaften Augen war Helga Meister, die Produzentin der *Vorstadtwache*. Und Tom Ring, der hochgewachsene sympathische Mann neben ihr, schrieb die spannenden Drehbücher zur Serie. Kim und Franzi hatten die zwei bei einer Dachterrassenparty von Maries Vater kennengelernt.
Herr Grevenbroich begrüßte seine langjährigen Freunde. »Herzlich willkommen! Bitte setzt euch. Kim und Franzi, Maries Detektivkolleginnen, kennt ihr ja schon.«
»Und ob«, sagte Tom. »Erst neulich wart ihr drei wieder in der Zeitung. Ihr seid ganz schön erfolgreich, was?«

»Unsere *Vorstadtwachen*-Krimis sind alle frei erfunden, aber ihr jagt echte Verbrecher. So was könnte ich nie. Ich würde mir vor lauter Angst in die Hosen machen.« Helga lachte und zeigte dabei ihre kleinen, weißen Zähne.
Das Lob ging runter wie das Olivenöl des Auberginen-Auflaufs. Marie strahlte. »Ach, das ist alles halb so wild.« Im Gegensatz zu Kim, die rot wurde, weil sie nicht gern im Mittelpunkt stand, genoss Marie Komplimente jeglicher Art nach dem Motto: Mehr ist mehr!
Franzi blieb als Einzige cool und konzentrierte sich aufs Essen. Auch Helga Meister und Tom Ring schlemmten jetzt genüsslich. Es dauerte keine zehn Minuten, da war die große Auflaufform bis auf den letzten Krümel leer gekratzt.
Kim rieb sich stöhnend den Bauch. »Bin ich satt! Noch eine Gabel und ich platze.«
»Wie schade!«, sagte Herr Grevenbroich. »Es gibt nämlich Vanillepudding mit Himbeeren als Dessert.«
Bei der Erwähnung ihres Lieblingsnachtischs leuchteten Kims Augen. »Ich glaube, einen Nachtisch schaffe ich noch.«
Marie und Franzi grinsten sich an. Typisch Kim! Bei süßen Leckereien konnte sie nicht widerstehen. Kim behauptete immer, sie brauche die Süßigkeiten als Nervennahrung. Dem konnten Marie und Franzi nicht widersprechen. Schließlich war Kim der Kopf der drei !!!, ausgesprochen clever und ein Ass in Sachen Technik und Computer.
Der Nachtisch war genauso schnell verputzt wie die Hauptspeise. Helga Meister tupfte sich die Mundwinkel mit der Serviette ab. »Dürfen wir Marie nun die große Neuigkeit erzählen?«, fragte sie geheimnisvoll.

»Natürlich«, sagte Herr Grevenbroich.

Marie platzte fast vor Neugier. »Was für eine Neuigkeit? Worum geht es?«

»Du weißt ja, dass in den Herbstferien eine neue Folge der *Vorstadtwache* gedreht werden soll«, fing die Produzentin an. »Diesmal brauchen wir mehr Komparsen als sonst. Wenn du Zeit und Lust hast, eine kleine Rolle zu übernehmen, würden wir uns sehr freuen.«

»Und ob ich Lust habe!« Marie fiel Helga um den Hals. Seit ewigen Zeiten hatte sie von solch einem Angebot geträumt. Jetzt ging es endlich in Erfüllung.

»Was ist das für eine Rolle? Was muss ich machen? Wo drehen wir? Wann geht es genau los?« Die Fragen sprudelten wie ein Wasserfall aus Maries Mund.

Tom Ring lachte. »Heute Abend geht es noch nicht los, so viel steht schon mal fest.«

Maries Wangen glühten. Sie blickte in die Runde und stellte überrascht fest, dass Kims und Franzis Lächeln angestrengt wirkte. Waren ihre Freundinnen etwa neidisch? Marie konnte sich keinen Grund dafür vorstellen. Kim bekam schon Lampenfieber, wenn sie einen Scheinwerfer aus hundert Metern Entfernung sah, und Franzi hatte mit dem Showbiz auch nichts am Hut. Sie spielte mit dem Gedanken, später mal Tierärztin zu werden wie ihr Vater.

»Hey, was ist los?«, fragte Marie. »Ihr freut euch ja gar nicht!«

»Doch, doch …«, sagte Kim, wirkte jedoch nicht begeistert.

Franzi nickte mechanisch wie der Wackeldackel ihrer Oma, der einen Ehrenplatz auf der Ablage im Auto hatte. »Das ist eine tolle Chance für dich. Gratuliere!«

Marie schwieg beleidigt. Eigentlich hatte sie mit einer zweiten Runde Saft auf die große Neuigkeit anstoßen wollen. Darauf würden ihre Freundinnen wohl verzichten müssen.
Da räusperte sich Tom Ring. »Entschuldigt bitte! Kim, Franzi, ihr seid natürlich am Set jederzeit willkommen. Ihr dürft zusehen, sooft ihr möchtet.«
»Echt?« Franzis Mundwinkel wanderten sofort nach oben. »Ich hab übrigens schon mal als Lichttechnikerin ausgeholfen, beim *Sommerfestival Junge Bühne* in Berlin.«
Kim nickte eifrig. »Und ich war dort Kostüm- und Maskenbildnerin. Also falls mal Not am Mann sein sollte … oder an der Frau …« Kim wurde verlegen. »Wir helfen gerne aus.«
»Gut zu wissen«, sagte Helga Meister.
»Die drei !!! am Filmset!«, rief Marie. »Das wird genial.«
Die Detektivinnen klatschten sich gegenseitig ab. Jetzt waren alle rundum glücklich.
»Interessiert es euch gar nicht, worum es in der Folge gehen wird?«, fragte Maries Vater.
»Doch, klar!«, sagte Marie. »Erzähl!« Ungeduldig zupfte sie an seinem Hemd.
Herr Grevenbroich schüttelte den Kopf. »Das soll Tom machen. Er hat das Drehbuch geschrieben. Kompliment übrigens, Tom! Ich finde, es ist dein bestes Drehbuch.«
Tom Ring lächelte geschmeichelt. »Freut mich, dass es dir gefällt. Also: Der Krimi spielt am Hafen. Helmut alias Hauptkommissar Brockmeier muss einen Mord im Drogenmilieu aufklären. Eine Drogendealerin wird samt Auto tot aus dem Hafenbecken gefischt. Ich muss euch schon mal vorwarnen: Die ›Leiche‹ wird richtig gruselig aussehen.«

Über Maries nackte Schultern lief eine Gänsehaut. In dem Thriller, den sie in den letzten Sommerferien verschlungen hatte, kam auch eine Wasserleiche vor. Die Beschreibung war der reinste Horror: Gesicht und Körper aufgedunsen, hervorquellende Augen, Haare und Fingernägel, die sich bereits teilweise ablösten … Marie schüttelte sich vor Ekel.
»Kein Problem! Wir wissen ja, dass die Leiche nicht echt ist.« Franzi klang betont munter. Nur Kim und Marie merkten, dass sie längst nicht so abgebrüht war, wie sie vorgab.
Kim versuchte ihr Gruseln zu verdrängen, indem sie überlegte, wie aufwendig es wohl sein mochte, jemanden in der Maske so perfekt zu schminken, dass er wie ein Toter aussah.
Tom Ring erzählte inzwischen weiter: »Marie wird mit anderen Komparsen eine sensationslustige Passantin am Tatort sein. Sie soll mit ihrem Handy Fotos von der Leiche knipsen, bis sie von der Polizei weggedrängt wird.«
»Cool!«, sagte Marie. »Das kriege ich hin.« Sie tastete nach dem Handy in ihrer Tasche, eins der großzügigen Geschenke ihres Vaters mit Touchscreen, GPS, Internet und allen Schikanen. Ein Leben ohne dieses Teil konnte sie sich überhaupt nicht mehr vorstellen. Von daher war sie die perfekte Besetzung für die Rolle.
»Zum ersten Mal stehe ich zusammen mit meiner Tochter vor der Kamera«, sagte Helmut Grevenbroich stolz. »Darauf müssen wir anstoßen. Ich hab eine Flasche extraguten Rotwein aufgemacht. Und für euch wieder einen Passionsfruchtsaft?«
»Das wäre super«, sagte Kim. »Warten Sie, ich helfe Ihnen.«
Kurz darauf klirrten sechs Gläser aneinander. Helga und

Tom lobten den ausgezeichneten Wein und fingen an, über technische Details der Dreharbeiten zu plaudern. Marie unterdrückte ein Gähnen. Eine Weile hörten die drei !!! noch höflich zu, dann ließen sie die Erwachsenen allein und zogen sich in Maries Zimmer zurück.

Marie ließ sich in die Polster ihres gemütlichen Sofas sinken. »Kneift mich mal! Ich kann's immer noch nicht glauben … autsch! Doch nicht so fest, Franzi!«

»Ich kann auch noch fester zwicken«, sagte Franzi ungerührt.

»Oder sollen wir dich durchkitzeln?« Kim setzte eine unschuldige Miene auf.

»Nein, nicht!«, protestierte Marie, da stürzten sich ihre Freundinnen schon kreischend auf sie. Marie hatte nur eine Chance, die Kitzelattacke zu überstehen. Sie strampelte so lange mit Armen und Beinen, bis sie sich endlich befreit hatte. »Das reicht«, keuchte sie. »Ich hab's begriffen. In zwei Wochen spiele ich bei der *Vorstadtwache* mit. Und ihr seid dabei, um mir die Daumen zu drücken.«

»Falls wir nicht gerade mit anderen wichtigen Dingen beschäftigt sind«, schränkte Franzi ein. »Zum Beispiel mit dem Licht oder den Kostümen.«

Kim setzte sich neben Marie aufs Sofa. »Oder mit Recherchen. Wir können uns sicher jede Menge Anregungen für unsere Detektivarbeit holen. Vielleicht bekomme ich auch wieder Lust, an meinem Kurzkrimi weiterzuschreiben.«

Marie verschränkte die Hände im Nacken. Ihr Bettelarmband klirrte, als sie träumerisch zum Fenster hinaussah. In ihrer Fantasie machte sie eine Zeitreise in die Zukunft. In fünf Jahren schritt sie auf einem Filmfestival über den roten

Teppich. Als Nachwuchsstar der *Vorstadtwache* räumte sie einen Preis nach dem anderen ab. Ein Reporter stürmte auf sie zu und fragte, wie alles angefangen hätte. Marie antwortete bescheiden: »Zuerst hatte ich nur eine kleine Rolle als Komparsin …«

»Hallo, jemand zu Hause?« Kim wedelte mit einer Zeitschrift vor Maries Gesicht herum. »Gib's zu, du träumst gerade von Jo«, sagte Franzi. »Oder von Adrian, obwohl er viel zu alt für dich ist. Oder doch von Leonard? Bei dir komme ich immer durcheinander, weil du so viele Eisen im Feuer hast.«

Marie trat gegen Franzis Schienbein. »Du liegst völlig falsch. Ich habe gerade überlegt, wie ich meine Komparsenrolle ausbauen könnte. Ich könnte zum Beispiel mit einem Freund am Tatort sein und wir springen beide über die Absperrung …«

»Gute Idee«, sagte Kim. »Leonard wäre sicher begeistert …«

Marie wurde rot. »Hört endlich auf mit Leonard! Seit dem *Rock Camp* haben wir uns nicht gesehen. Ich weiß nicht mal, wo er wohnt. Im Internet stand auch nichts über ihn. Da war nur dieses süße Foto vom Abschlusskonzert …«

»Aha!« Franzi kicherte. »Ich liege also völlig falsch. Verstehe.«

Marie verdrehte die Augen. »Tust du auch. Ich bin völlig frei und unabhängig. Ein bisschen Flirten wird ja nicht verboten sein. Apropos flirten: Wie läuft es eigentlich zwischen dir und Tom Jeremias? Du hast dir ja den erfolgreichsten Sänger des *Rock Camps* geschnappt.«

Jetzt war Franzi an der Reihe, rot zu werden. »Äh … also wir mailen uns fast jeden Tag«, gab sie zögernd zu. Wenn Franzi an Tom dachte, kribbelte es in ihrem Bauch, als ob sie zu viel

Cola getrunken hätte. Aber das würde sie Marie garantiert nicht auf die Nase binden. Schnell gab sie den Ball an Kim weiter. »Und du und Michi? Seid ihr immer noch das Traumpaar?«

»Du, bei uns ist so weit alles in Ordnung«, sagte Kim und zupfte einen Fussel von ihrem Pulli.

»Oh, oh …«, unkte Marie. »Du klingst, als würdest du von deinem Computerprogramm erzählen. Tröste dich, bei einer Dauerbeziehung ist das ganz normal. Da kann schon mal Routine aufkommen. Brauchst du Tipps, wie du eure Beziehung auffrischen kannst?«

»Nein danke, kein Bedarf«, lehnte Kim ab. »Wenn wir den nächsten Fall an Land ziehen, kannst du deine Tipps gerne anbringen.«

Marie war so gut drauf, dass sie Kim die spitze Bemerkung nicht krummnahm. »Alles klar, mach ich!«

Marie im Filmfieber

Marie hüpfte wie ein Flummi über das Gelände der Filmstadt. »Endlich kann ich euch alles zeigen! Es gibt vier große Hallen. Hier vorne in Halle 1 ist der Lokalsender der Stadt untergebracht. In Halle 2 werden die Daily Soaps gedreht. Und in Halle 3 dort drüben sind die Innenkulissen der *Vorstadtwache*. Kommt, gehen wir rein!«

Das ließen sich Kim und Franzi nicht zweimal sagen. Von außen sah die Halle wie ein unscheinbares Industriegebäude aus, mit Flachdach und Betonplatten, die vom Regen grau geworden waren. Aber im Inneren wartete eine aufregende Welt auf sie, die Kim und Franzi heute zum ersten Mal betreten würden.

Als Marie die schwere Stahltür öffnete, sahen sie erst mal einen Wald von Stellwänden. Über den grauen Steinfußboden schlängelten sich Unmengen von Kabeln. Kameraleute und Lichttechniker liefen hektisch hin und her. Es roch nach Staub, Make-up und leicht verbrannt nach dem Licht, das die Scheinwerfer verbreiteten. Fernsehluft, Theaterluft. Maries Herz klopfte schneller. Sie spürte es ganz deutlich: Der Ruhm war zum Greifen nah!

Kim stand unschlüssig herum. Im Gegensatz zu Marie fühlte sie sich in der Showbusiness-Atmosphäre immer leicht unwohl. »Wo müssen wir denn jetzt hin?«

»Die erste Szene spielt im Präsidium, aber wir haben noch ein bisschen Zeit«, sagte Marie. »Ich führ euch herum.« Kichernd hakte sie sich bei Franzi und Kim unter.

Nach einem verwirrenden Weg durch das Labyrinth der Gänge standen sie plötzlich in der Privatwohnung von Hauptkommissar Brockmeier. Franzi erkannte auf den ersten Blick die Möbel, den Billardtisch und die Wohnküche, aber alles wirkte viel kleiner als im Fernsehen. Als hätte jemand die Wohnung geschrumpft. Franzi war fast ein bisschen enttäuscht.

Kim dagegen kam sich vor wie in einem Museum mit wertvollen Gemälden, die alle an eine Alarmanlage gekoppelt waren. Sie traute sich nicht, irgendwas anzufassen, und murmelte immer wieder: »Ist das cool …«

»Es wird noch besser«, verkündete Marie. Sie zog ihre Freundinnen weiter. »Hereinspaziert! Hier ist das Lieblingsrestaurant von Hauptkommissar Brockmeier: *Piccola Italia* mit der besten Thunfisch-Pizza der Stadt – nur im Film natürlich! Und gleich daneben ist die angesagte Jazzkneipe. Da spielt der Kommissar in seiner Freizeit Saxofon.« Marie zwinkerte Kim und Franzi zu. »Play-back, aber so gekonnt, dass es keinem auffällt …«

»Wer verrät hier mein streng gehütetes Geheimnis?« Helmut Grevenbroich tauchte hinter einer Stellwand auf und drohte Marie mit dem Zeigefinger. »Wenn das die Fans erfahren, sind sie todunglücklich. Die denken, ich bin ein Jahrhunderttalent.« Er grinste breit.

Marie schmiegte sich an seine Schulter. »Kim und Franzi halten dicht, keine Sorge.«

Herr Grevenbroich grinste noch breiter. »Das will ich hoffen. Aber jetzt sollten wir rüber ins Präsidium gehen. Es gibt gleich einen Begrüßungs-Umtrunk für die Crew.«

Marie zupfte aufgeregt an ihrem Schal in Leopardenoptik, den sie zu Boyfriend-Jeans und weißem T-Shirt kombiniert hatte. »Den sollten wir uns auf keinen Fall entgehen lassen.«

Sie hörten das fröhliche Stimmengewirr schon von Weitem. Und dann waren sie mittendrin. In der nüchternen Kulisse des Präsidiums drängelten sich Schauspieler, Masken- und Kostümbildner, Kameraleute und Lichttechniker. Franzi suchte nach einem bekannten Gesicht, konnte aber weder Helga Meister noch Tom Ring entdecken.

Kim bewunderte inzwischen die jungen Schauspielerinnen, die im Vergleich zu ihr mindestens zwei Kleidergrößen kleiner trugen, und stieß einen lauten Seufzer aus. »Wenn ich doch bloß auch so schlank sein könnte, wenigstens für einen Tag!«

»Du *bist* schlank«, betonte Franzi. »Und vergiss nicht, was die für ihre Figur alles auf sich nehmen: Dauer-Diät, Sport bis zum Umfallen, Schönheits-OPs … Und die letzten Pfunde schmelzen dann nach dem Dreh am Computer, mit Retusche und Weichzeichner.«

»Ich weiß, ich weiß …« Kim zog den Bauch ein. Franzi hatte natürlich recht. Trotzdem spürte Kim heute mal wieder jedes einzelne Pölsterchen auf ihren Hüften.

Franzi wollte Marie gerade darum bitten, Kim ein aufmunterndes Kompliment zu ihrer Figur zu machen, da landete Maries Ellbogen ohne Vorwarnung in ihrem Gesicht. »Pass doch auf!«, beschwerte sich Franzi.

Marie reagierte nicht. Sie hatte auf Flirtmodus umgestellt, winkte »ihrer« Crew zu und flötete: »Hi, Leute! Ist das schön, euch alle wiederzusehen.« Damit tauchte sie in die Menge ein, fiel jedem um den Hals und verteilte Küsschen hier, Küsschen da.

»Und tschüss!«, sagte Kim wütend. »Als ob wir plötzlich Luft für sie wären.«

Franzi vergrub ihre Fäuste in den Hosentaschen. »Wenigstens vorstellen hätte sie uns können, wenn sie hier schon jeden kennt.«

»Darauf kannst du lange warten«, seufzte Kim. Vielleicht war es doch keine gute Idee gewesen, Toms Einladung anzunehmen. Sie hasste es, das fünfte Rad am Wagen zu sein.

Franzi zwang sich zu einem Lächeln und sagte: »Ich hol uns jetzt erst mal was zu trinken.«

Kim nickte dankbar. »Gute Idee.«

Während Franzi sich zum Tisch mit den Sekt- und Orangensaftgläsern vorarbeitete, schwamm Marie im Glück. Die meisten Leute kannte sie von der letzten Weihnachtsfeier. Da hatte Marie zum ersten Mal mitfeiern dürfen und sich unglaublich wohlgefühlt. Jetzt kam es ihr vor, als würde sie nach einer langen Reise zu ihrer Familie zurückkehren. Marie sah sich um. Inzwischen hatte sie fast jeden begrüßt. Nur eine junge Frau fehlte noch, die neu zu sein schien. Mit ihrer abgewetzten Jeans und dem verwaschenen grünen T-Shirt mit der Aufschrift *Think nature* stach sie aus dem gestylten Umfeld heraus. Auch der Schnitt ihrer kurzen, braunen Haare stammte sicher nicht von einem Starfriseur. Marie ging zögernd auf sie zu. »Hi, ich bin Marie. Der erste Drehtag ist immer der aufregendste, findest du nicht auch?«

Die Frau krauste ihre Stupsnase. »Nö, das seh ich anders.«

Dann rief jemand »Tessa!«, die Frau drehte sich um und lief einfach davon, ohne Marie weiter zu beachten.
Marie schüttelte ungläubig den Kopf. Höflichkeit schien ein Fremdwort für diese Tessa zu sein. Dann eben nicht! Sie musste ja nicht mit jedem am Set dick befreundet sein. Marie winkte Markus zu, dem netten Lichttechniker, und ging zu ihm hinüber.
Kim und Franzi waren immer noch sauer auf Marie. Sie nippten an ihren Gläsern und bewunderten ihre Stars sehnsüchtig aus der Ferne. Alle hatten Spaß und lachten. Helmut Grevenbroich war besonders gut gelaunt. Er wurde von hübschen Schauspielkolleginnen umringt und sprühte vor Charme.
Kim musste grinsen. »Jetzt wissen wir wenigstens, von wem Marie ihr Flirt-Gen geerbt hat.«
»Allerdings«, sagte Franzi mit Grabesstimme. Plötzlich jubelte sie los: »Da ist ja Sylvie!«
Die Schauspielschülerin hatte sie im selben Moment entdeckt. »Franzi, Kim, hallo! Wie geht's? Stellt euch vor, ich hab meine erste Nebenrolle ergattert. Ich darf die Leiche spielen!«
»Oh … die Leiche …«, sagte Kim.
Sylvie prustete los. »Keine Angst, ich werde nicht stundenlang unter Wasser liegen. Für solche Fälle gibt es ein Double, eine Stoffpuppe, die erst im letzten Moment gegen den Schauspieler ausgetauscht wird.«
»So was Ähnliches hab ich mir schon gedacht«, sagte Kim fachmännisch.
Franzi nutzte die Gelegenheit, dass Sylvie schon mal hier

war, und zeigte unauffällig auf einen braun gebrannten, sportlichen Typen Mitte dreißig, der durch seine ausladenden Gesten und sein lautes Lachen hervorstach. »Kennst du den?«, raunte sie Sylvie zu.

»Hardy?« Sylvie nickte. »Natürlich. Das ist der Regisseur der *Vorstadtwache*. Kommt, ich stelle ihn euch vor.« Bevor Kim und Franzi wussten, wie ihnen geschah, standen sie schon vor Hardy. »Hi!«, sagte Sylvie. »Das sind Kim und Franzi. Wir kennen uns aus Berlin. Die beiden haben zusammen mit Marie, der Tochter von Helmut, einen Detektivclub, *Die drei !!!*.«

»Ach ja, Helmut hat mir davon erzählt …« Hardy gab ihnen flüchtige Küsschen auf die Wangen. »Willkommen am Set! Wir duzen uns hier alle, das ist einfacher. Wenn ihr Fragen habt: Ich hab immer ein offenes Ohr.« Er ließ wieder sein lautes Lachen hören.

Kim räusperte sich. »Wir können gerne bei den Kostümen, der Maske oder beim Licht helfen«, bot sie an und erzählte von ihren Erfahrungen aus Berlin.

Hardy hörte lächelnd zu, wurde aber zunehmend unruhiger. »Schön, schön … Das müsst ihr mit Sandra, der Maskenbildnerin, besprechen, okay? Sorry, aber jetzt muss ich mich um die erste Kameraeinstellung kümmern.« Er lief im Eilschritt auf Tessa zu.

Kim und Franzi waren enttäuscht. Sie wollten gerade Sylvie nach Sandra fragen, da joggte eine hübsche Brünette in die Kulisse hinein. Sie trug eine schwarze Laufhose und ein pinkfarbenes Shirt, das ihren durchtrainierten Oberkörper betonte. Franzi strahlte. Das war Donna Weidemann, ihre

Lieblingsschauspielerin! Besonders toll fand sie Donna in ihrer Rolle als engagierte Tierärztin in Südafrika. Auf der Homepage der Schauspielerin hatte Franzi gelesen, dass Donna früher Krankenschwester gewesen war. Deshalb wirkte sie als Tierärztin auch so authentisch. Donna war mit 34 Jahren ein großer TV-Star, und jetzt stand Franzi nur fünf Meter von ihr entfernt. Sie musste sie einfach um ein Autogramm bitten. Doch sie kam nicht mehr dazu, weil Donna mit einem Aufschrei zu einer jüngeren, zierlichen Blondine rannte. Die Blondine schnappte nach Luft. Dann kreischten beide Frauen laut und fielen sich lachend um den Hals.

»Naomi! Das glaub ich jetzt nicht. Du hier?«, rief Donna aus.

Die Blondine kicherte. »Ja, ich bin's wirklich. Mensch, ist das eine Überraschung! Wir haben uns ja ewig nicht gesehen. Das muss mindestens ein Jahr her sein …«

»Ich wusste gar nicht, dass du auch dabei bist«, sagte Donna. »Erzähl, welche Rolle hast du?«

Naomi strahlte ihre Kollegin an. »Ich soll ab dieser Folge Hauptkommissar Brockmeier als junge Kommissarin unterstützen.«

»Gratuliere!« Donna klatschte in die Hände. »Ich freu mich so für dich. Ich spiele leider nur in dieser Folge mit, als ältere Schwester des Mordopfers.«

»Von wegen nur!«, widersprach Naomi. »Du hattest doch auch schon früher tolle Gast-Auftritte in der *Vorstadtwache*.«

Die anderen Gespräche am Set verstummten. Alle teilten mit Donna und Naomi den ergreifenden Augenblick des Wiedersehens.

Marie, die neben Kim und Franzi geschlüpft war, flüsterte: »Endlich mal zwei Schauspielerinnen, die keinen Zickenkrieg führen und sich gegenseitig unterstützen!«
Kim nickte. Dann wandte sie sich an Sylvie. »Donna kenne ich, aber wer ist die Blonde?«
»Naomi wird bald zu den ganz Großen gehören«, erzählte Sylvie. »Sie ist erst 24, hat aber in kürzester Zeit ihre zweite weibliche Hauptrolle bekommen.«
Die drei !!! lauschten wieder der Unterhaltung der Schauspielerinnen. Nach und nach erfuhren sie, dass die beiden in derselben Schauspielschule gewesen waren: Donna zwei Jahrgangsstufen über Naomi. Als Älteste im Jahrgang hatte sie Naomi oft Tipps gegeben und sie getröstet, wenn sie von den Lehrern kritisiert wurde. Nach der Schule blieben die zwei Freundinnen, doch Donna hatte wegen ihrer Blitzkarriere bald immer weniger Zeit.
Hardy verfolgte gerührt die Szene, doch irgendwann ging er zu Donna und Naomi hinüber. »Ich möchte euch nur ungern unterbrechen, aber leider ist unser Drehplan sehr straff. Naomi, du musst in die Maske. Wir starten damit, wie du zum ersten Mal Hauptkommissar Brockmeier im Präsidium begegnest. Einverstanden?«
»Alles klar!«, sagte Naomi. Sie zog aus ihrer Handtasche eine Tüte mit Pfefferminzdragees und schob sich eins davon in den Mund. Dann verschwand sie hinter den Kulissen.

»Und … Action!«, rief Hardy.
Tessa schwenkte die Kamera über die Bürotische des Präsidiums. Hauptkommissar Brockmeier kam ins Bild. Er hatte

künstliche graue Schläfen, aber ansonsten sah er seinem Alter Ego Helmut Grevenbroich zum Verwechseln ähnlich. Marie rutschte an den äußersten Rand des Klappstuhls. Ihre Hände schmerzten vom Daumendrücken.
Hauptkommissar Brockmeier offenbarte seine liebenswerte Macke. Er wählte aus einem Schrank voller edler Krawatten die passende Krawatte für den Tag aus. Endlich hatte er sich für eine feuerrote Krawatte entschieden: genau die richtige Farbe, um dem Drogenboss Furcht einzuflößen, den er gleich verhören sollte. Da trat Naomi als Kommissarin Gellert auf. Sie schneite herein mit den energischen Worten: »Wir sollten keine Zeit verlieren.«
Hauptkommissar Brockmeier, der wenig erfreut war, dass sie ihm zugeteilt worden war, versuchte die junge Kollegin mit seinem Charme einzuwickeln, aber die ließ ihn abblitzen. Die Szene lief wie am Schnürchen, bis Naomi plötzlich leise stöhnte.
Hardy wedelte mit den Armen. »Cut, Cut! Naomi, was ist los?«
Die Schauspielerin drehte sich suchend um. »Hier muss irgendwo ein Luftzug sein.« Sie presste ihre Hand gegen die Stirn. »Kopfschmerzen! Die haben mir gerade noch gefehlt.«
»Brauchst du eine Kopfschmerztablette?«, fragte Donna.
»Nein danke, es geht gleich vorbei.« Naomi klopfte mit den Fingerknöcheln sanft ihre Stirn ab. »Hardy, ich bring hier alles durcheinander, sorry.« Sie lächelte den Regisseur an.
Hardy lächelte zurück. »Kein Problem. Christian, siehst du mal nach, ob irgendwo ein Fenster offen ist? Danke! Ich hol schnell mal ein Glas Wasser.« Er spurtete davon.

»Das ist echt wahnsinnig lieb von dir!« Naomi trank ein paar Schlucke. Danach gab sie das Glas der Maskenbildnerin. »So, wir können endlich wieder. Mir geht es super.«
Zehn Minuten später war die Szene samt Verhör im Kasten. Hardy rieb sich erleichtert die Hände. »Perfekt! So läuft das hier. Tolle Kameraführung, Tessa! Wie du den Drogenboss immer stärker eingekreist hast – super!« Er lachte so ansteckend, dass alle mitlachen mussten. »Helmut, Naomi, ihr seid das neue Dream-Team. Ich danke euch. Kurze Pause, Leute.«
Die drei !!! waren beeindruckt, wie echt die Szene gewirkt hatte. Der Drogenboss war richtig furchteinflößend. Marie schüttelte die beklemmende Stimmung von sich ab. Zum Glück hatten die drei !!! bei ihren Ermittlungen bis jetzt nichts mit Drogen und Mord zu tun gehabt.
»Dein Vater spielt wirklich toll«, sagte Kim. »Wenn man aus der Nähe zusieht, merkt man erst, wie genau er alles aufeinander abstimmt: Gesten, Mimik, Körpersprache.«
Marie lächelte stolz. »Er ist der Beste! So berühmt und trotzdem bescheiden und freundlich.«
»Was man von seiner Tochter nicht gerade behaupten kann«, rutschte es Franzi heraus.
Auf Maries glatter Stirn bildete sich eine Falte. »Was willst du damit sagen?«
Franzi machte ihrem Ärger Luft. »Sobald du deine Schauspielfreunde um dich hattest, waren wir dir egal. Bis auf Sylvie kannten wir niemanden hier, das war ganz schön doof.«
»Du bist doch sonst nicht auf den Mund gefallen«, konterte Marie.

Franzi lief rot an. »Darum geht es gar nicht!«
Kim hatte keine Lust, gleich am ersten Tag einen schlechten Eindruck am Set zu machen. Es sahen jetzt schon zwei Leute neugierig herüber. »Ich glaube, Franzi meint, dass es nett gewesen wäre, wenn du uns ein paar Leute vorgestellt hättest«, versuchte sie zu vermitteln.
»Ach so, klar«, lenkte Marie ein. »Tut mir leid.«
»Schon gut …«, sagte Franzi. Eines musste man Marie lassen: So zickig sie manchmal sein konnte, nachtragend war sie nicht.
»Was haltet ihr davon, wenn wir nach dem Dreh ins *Café Lomo* gehen?«, schlug Kim vor.
»Super Idee«, stimmte Franzi sofort zu.
Marie schüttelte den Kopf. »Ich muss nach Hause und Adrian fragen, ob er mir Tipps für meine Rolle geben kann. Wozu hab ich schließlich einen Schauspielschüler als Nachbarn?«
»Verstehe …«, sagte Franzi. Sie konnte sich noch lebhaft daran erinnern, wie Marie damals im Castingfieber gewesen war und den Detektivclub plötzlich vernachlässigt hatte. Alle Anzeichen deuteten darauf hin, dass sie jetzt im Filmfieber war. Das konnte heiter werden.

Schlechte Karten

Im vorletzten Stockwerk des Altbaus klingelte Marie Sturm an der Tür der WG.
Adrian machte sofort auf. Er hatte eine schwarze Lederjacke an und einen Schlüsselbund in der Hand. »Hi, Marie! Du, das ist jetzt leider schlecht. Ich muss gleich los.«
»Nur ganz kurz!« Marie lächelte zuckersüß. »Ich hab zwei klitzekleine Fragen an dich, dann lasse ich dich sofort gehen.«
Adrian fuhr sich durch die Haare, die für Maries Geschmack eine Spur zu lang waren, aber seine schönen, braunen Augen betonten. »Na gut. Komm kurz rein.« Er führte Marie in das gemütliche Wohnzimmer, das er sich mit seinen Mitbewohnern Lola und Erik teilte.
Marie setzte sich auf einen blauen Stuhl in der Essecke. »Also, ich hab eine Komparsenrolle bei der *Vorstadtwache.*«
»Echt?«, rief Adrian. »Das ist ja toll. Gratuliere!«
»Danke!« Marie tat so, als ob täglich solche Rollenangebote in ihren Briefkasten flatterten. »Um's kurz zu machen: Ich spiele eine Schaulustige am Tatort.« Sie erzählte von der Hafenszene und fragte am Schluss: »Kannst du mir nicht ein paar Tipps geben, wie ich mich auf die Rolle vorbereiten könnte?«
Adrian überlegte. Dann hellte sich sein Gesicht auf. »Klar! Frag doch mal die redselige Verkäuferin vom Supermarkt um die Ecke nach dem neuesten Klatsch. Tratsch ein bisschen mit, damit du ins Feeling reinkommst. Und mach jede Menge Fotos mit deinem Handy, am Set, zu Hause, in der Schule, einfach überall.«

»Ja, das ist gut«, sagte Marie. Im Geiste sah sie sich schon als Klatschreporterin über das Filmgelände düsen, immer auf der Suche nach einem peinlichen Schnappschuss.
Adrian klimperte mit seinem Schlüsselbund. »Jetzt muss ich aber wirklich los.«
»Natürlich.« Marie warf ein Ende ihres Leopardentuchs über die Schulter und stand auf. »Ich will dich nicht länger aufhalten. Was hast du denn heute noch Schönes vor?«
»Ich treffe mich mit Sylvie. Sie ist nämlich gerade in der Stadt«, sagte Adrian mit leuchtenden Augen.
Marie musste sich zusammenreißen, um cool zu bleiben. Beim Theaterfestival in Berlin hatte Adrian hemmungslos mit Sylvie geflirtet, bis sich herausstellte, dass sie einen Freund hatte. Aber Sven war weit weg in Berlin, und wer wusste so genau, ob Sylvie Adrians Charme widerstehen konnte? »Na, dann viel Spaß«, brachte Marie mühsam heraus.
»Den werden wir haben«, sagte Adrian fröhlich. Er ging mit Marie zur Tür und düste sofort ab.
Maries Stimmungsbarometer sackte in den Keller. Der erste Drehtag war perfekt gewesen, und jetzt vermasselte Adrian alles. Zu Hause wartete eine leere Wohnung auf sie, weil ihr Vater noch Einkäufe erledigen musste. Die Einsamkeit lauerte gleich hinter der Tür zum Penthouse. Plötzlich bereute Marie ihre Entscheidung, nicht mit Kim und Franzi ins *Café Lomo* zu gehen. Sie könnte jetzt gemütlich auf ihrem Stammplatz sitzen und einen *Kakao Spezial* mit Vanille-Aroma schlürfen. Zu spät!
Marie pfefferte den Schlüssel auf die Kommode im Flur. Sie betrachtete ihr missmutiges Gesicht im Spiegel und streckte

ihm die Zunge heraus. »Schluss mit Jammern, Marie! Was du jetzt brauchst, ist ein anständiger Wellness-Abend!«
Gesagt, getan. Als Marie in der Badewanne lag, umgeben von Teelichtern und Schaumbergen, auf dem Gesicht eine Gurkenmaske, waren Adrian und Sylvie an den Rand ihres Bewusstseins gedriftet und hatten den schönen Dingen des Lebens Platz gemacht. Marie dachte an Jo und an Leonard. Würde einer der beiden ihr Herz erobern? Und wie würde es mit den Dreharbeiten weitergehen? Welche Überraschungen hielt die Zukunft für sie bereit?
Marie richtete sich abrupt auf. Zwei Gurkenscheiben klatschten ins Wasser und lösten eine Welle aus, die über den Wannenrand schwappte. Die Teelichter flackerten hektisch. Marie stieg aus der Wanne, trocknete sich ab und massierte schnell den Rest der Gesichtsmaske in die Haut ein. Danach schlüpfte sie in ihr Nachthemd und hüllte sich in Papas flauschigen Bademantel, der nach seinem Rasierwasser duftete. In eine warme Dampfwolke gehüllt, lief Marie hinüber in ihr Zimmer. Sie zündete eine rote Kerze an und öffnete die oberste Schublade ihres Schreibtischs. Da waren sie, ihre geliebten Tarotkarten. Schon oft hatten sie ihr bei wichtigen Entscheidungen geholfen und einen geheimnisvollen Ausblick in die Zukunft gegeben.
Marie spürte das vertraute, feierliche Gefühl. Sorgfältig mischte sie die Karten und konzentrierte sich dabei auf die Dreharbeiten. Dann zog sie eine Karte. Als Marie sie umdrehte, wurde ihr schlagartig eiskalt. Es war die Todeskarte! Bedeutete das etwa, dass jemand am Set sterben würde?
Maries Herz verkrampfte sich. Mit zitternden Fingern zog

sie schnell eine zweite Karte, um herauszufinden, wer vom Tod bedroht sein könnte. Die Königin der Kelche blickte sie aus sanften blauen Augen an: eine fantasievolle, musische Frau in einem wasserblauen Kleid, umgeben von Nixen. Marie strich über die glatte Oberfläche der Karte. Wer könnte das sein? Sie selbst???

Nein, Königinnen standen normalerweise für Personen von außen. Nachdenklich stützte Marie die Ellbogen auf den Tisch. Eine musische Frau … Vielleicht eine Schauspielerin? Die Kostümbildnerin? Die Maskenbildnerin? Marie fielen gleich mehrere Frauen am Set ein, die musisch begabt waren. Einem heftigen Impuls folgend, raffte sie die Karten zusammen und stopfte sie zurück in die Schublade. Eigentlich hatte sie vorgehabt, auch noch zur Liebe eine Karte zu ziehen, aber das ließ sie lieber bleiben.

Marie wollte nur noch eins: ins Bett gehen und tief und traumlos schlafen. Bibbernd zog sie die Daunendecke bis zur Nasenspitze hoch und rollte sich wie ein Igel ein. Doch der Schlaf wollte einfach nicht kommen. Immer wenn Marie kurz davor war, wegzudämmern, zuckte ein schrecklicher Gedanke durch ihr Gehirn: Bis jetzt waren die Vorhersagen der Tarotkarten immer eingetroffen!

»Dann wollen wir mal sehen, was es hier zu trinken gibt.« Kim klappte die Karte der Personal-Cafeteria auf und überflog sie mit geübtem Blick. »Kakao mit Vanille-Aroma haben sie leider nicht, aber es gibt welchen mit Karamellgeschmack. Den nehme ich.«

»Ich auch«, sagten Franzi und Marie gleichzeitig.

Die drei !!! waren am zweiten Drehtag eine Stunde vor Drehbeginn zur Filmstadt gefahren. Um 14 Uhr würde es losgehen. So hatten sie noch ausreichend Zeit, um sich zu unterhalten, was nicht möglich war, sobald die Kamera lief. Der einzige Nachteil an ihrem VIP-Dasein.
Eigentlich hätte Marie entspannt sein können, da der Hafen-Dreh erst in ein paar Tagen anstand, aber die Tarotlegung vom Vorabend lag wie ein düsterer Schleier über ihrer Seele. Sollte sie Kim und Franzi davon erzählen? Dann wurde sie den Gedanken an die Todeskarte nie wieder los. Marie beschloss, ein anderes Thema anzuschneiden. »Ich war heute schon fleißig«, erzählte sie stolz, »und habe mit der Supermarkt-Kassiererin getratscht.« Das Experiment war geglückt. Marie fühlte sich schon richtig wohl in ihrer Rolle. Sie malte das Gespräch in allen Einzelheiten aus. Kim und Franzi hörten am Anfang aufmerksam zu, doch irgendwann fing Franzi an, verstohlen hinter vorgehaltener Hand zu gähnen.
»Wenn ihr euch langweilt, könnt ihr es ruhig zugeben.« Marie schlürfte beleidigt den Milchschaum von ihrem Kakao.
Kim seufzte. »Sei doch nicht gleich so empfindlich. Aber in letzter Zeit dreht sich alles nur noch um dich. Wie es uns geht, scheint dir ziemlich egal zu sein.«
Marie sah Kim betroffen an. War sie wirklich nur noch um sich gekreist? »Entschuldigt«, sagte sie zerknirscht. »Das wollte ich nicht.« Sie zwinkerte Franzi zu. »Na, wie steht's bei dir? Alles im grünen Bereich bei dir und Tom?«
Franzi nagte an ihrer Unterlippe. Sie sah blass aus, was Marie erst jetzt auffiel. Stockend erzählte sie: »Tom hat … drei Tage nicht gemailt.«

»Ach, der wird sich bestimmt bald melden!«, sagte Marie. »Außerdem tut ein bisschen Abstand ganz gut, das bringt neues Feuer.«
Franzi lächelte gequält. »Glaub ich nicht. Die letzte Mail war schon viel kürzer als die davor.«
Kim legte tröstend den Arm um Franzis Schulter. »Du Arme! Aber Marie hat recht. Du darfst die Hoffnung nicht aufgeben. Noch ist alles offen.«
»Ich weiß«, murmelte Franzi.
Marie wollte gerade etwas Aufmunterndes hinzufügen, da kam Naomi in die Cafeteria. Sie hatte es eilig und schien mit den Gedanken weit weg zu sein.
»Pass auf, der Stuhl!«, rief Marie.
Doch Naomi rannte schon in den Stuhl hinein, der mitten im Raum stand. Polternd kippte der Stuhl um. Naomi schwankte. Marie sprang auf, rannte auf sie zu und streckte ihr die Hand hin. Naomi griff danach. Eine Sekunde später, und sie wäre mit dem Kopf auf die harten Fliesen geknallt. Am ganzen Körper zitternd, hielt Naomi sich am Tisch der drei !!! fest. »Du … du hast mich gerettet! Ich weiß gar nicht, wie ich dir danken soll!«
Marie winkte ab. »Gern geschehen. Alles okay? Möchtest du dich setzen?«
Naomi nickte erleichtert, als Kim ihr einen Stuhl hinschob. »Alles okay. Puh! Mir passieren in letzter Zeit dauernd so seltsame Sachen. Als ob ich unter einem ungünstigen Stern stehen würde. Oder als ob jemand etwas gegen mich hätte und nachhelfen würde … Das macht mich ganz verrückt!«
Sie lachte nervös und blinzelte. Dann fuhr sie sich mit ihren

langen, feingliedrigen Fingern durch die Haare. »Hört nicht auf mich! Schauspieler haben eine blühende Fantasie. Wahrscheinlich bilde ich mir das alles nur ein.« Sie machte eine Pause und sah Kim, Franzi und Marie aufmerksam an. »Sagt mal, seid ihr nicht die Detektivinnen, von denen Helmut erzählt hat? Ihr nennt euch *Die drei ???*, oder?«
»*Die drei !!!*«, korrigierte Kim sofort. »Wir sind ein Mädchendetektivclub.«
Naomi zwinkerte den Detektivinnen verschwörerisch zu. »Mädchen sind sowieso viel cleverer als Jungs! Aber weil ihr mich schon einmal gerettet habt … würdet ihr mir einen Gefallen tun? Könntet ihr die Augen offen halten, ob sich jemand am Set irgendwie auffällig benimmt, mich beobachtet? Oder ob jemand was gegen mich hat?«
»Klar!«, sagten Kim, Franzi und Marie gleichzeitig.
Marie zog ein Kärtchen aus ihrem Geldbeutel. »Machen wir gerne. Hier ist unsere Visitenkarte. Du kannst uns Tag und Nacht erreichen, wenn du Hilfe brauchst.«

»Danke.« Neugierig las Naomi den Text auf der Karte.

»Wow!« Naomi pfiff leise durch die Zähne. »Das hört sich ja richtig professionell an. Danke noch mal! Ich hoffe, ich kann mich bei euch mal revanchieren. Vielleicht möchtet ihr ja ein paar Autogramme haben?«
»Unbedingt«, sagte Franzi. Sie hatte ohnehin vor, die Drehzeit dazu zu nutzen, so viele Autogramme wie möglich zu sammeln.
Naomi steckte die Visitenkarte ein. »Ich muss schnell noch was essen, bevor es losgeht.« Als sie sich an den Nebentisch setzte, schien die Sonne durchs Fenster direkt auf ihr Kleid. Marie traf fast der Schlag. Naomi trug ein wasserblaues Kleid und hatte eine Kette mit einem Nixenanhänger um den Hals! War sie etwa die Königin der Kelche? Marie krallte ihre Finger um die Tischplatte. Es gab keinen Zweifel. Das Kleid passte, die Nixen stimmten und Naomi hatte auch noch blaue Augen. Drei Zufälle auf einmal waren ein Zufall zu viel. Marie wollte Kim und Franzi von ihrer Entdeckung erzählen, aber sie brachte keinen Ton heraus.
Naomi knabberte an einem Seelachs-Sandwich. Nach ein paar Bissen krümmte sie sich, presste die Hand auf ihren Bauch und stöhnte laut.
Der Koch, der hinter der Theke gestanden hatte, war sofort zur Stelle. »Stimmt was nicht?«, erkundigte er sich besorgt.
Naomi stöhnte wieder. »Das Sandwich … Der Fisch schmeckt so komisch. Der ist nicht frisch.«
»Natürlich ist der Lachs frisch!«, beteuerte der Koch. Er wischte seine Hände an der strahlend weißen Schürze ab. »Er wurde gerade erst geliefert.«
Naomi schob den Teller weit von sich. »Na und? Dann war

der Fisch eben schon vorher schlecht. Ich esse jedenfalls keinen einzigen Bissen mehr davon.«

Der Koch war verzweifelt. »Ich kann mir das wirklich nicht vorstellen. Es tut mir schrecklich leid. Entschuldigen Sie bitte.« Zerknirscht sah er die Schauspielerin an. »Kann ich Ihnen ein anderes Sandwich bringen? Ein vegetarisches vielleicht?«

Naomi schüttelte den Kopf. »Nein danke. Mir ist der Appetit vergangen.«

Der Koch entschuldigte sich nochmals und war so verwirrt, dass er wegging, ohne den Teller mitzunehmen.

Kim zog schnell ihre Brotdose aus der Tasche und ging damit zu Naomi. »Wir nehmen das Sandwich mit. Ein Freund von mir wird es in seinem chemischen Labor untersuchen.«

Dass Michis Labor in Wirklichkeit ein Chemiebaukasten war, erwähnte sie lieber nicht. »Nur zu Sicherheit«, fügte sie hinzu, als Naomi ein erschrockenes Gesicht machte.

»Danke«, flüsterte die Schauspielerin. Plötzlich wurde sie grün im Gesicht und musste würgen. Mit der Hand auf dem Mund verließ sie panisch die Cafeteria.

»Arme Naomi«, murmelte Marie. »Und das war erst der Anfang.«

Franzi sah sie verständnislos an. »Was meinst du damit?«

Marie holte tief Luft. Dann erzählte sie ihren Freundinnen von der Tarotlegung, von der Königin der Kelche und den seltsamen Vorfällen, die perfekt ins Bild passten. »Naomi schwebt in Lebensgefahr«, beendete Marie ihren Bericht. »Die Karten lügen nicht!«

Kim schluckte. »Meinst du wirklich? Das mit dem Kleid und der Kette kann doch auch ein Zufall sein.«

»Genau«, stimmte Franzi zu. »Ich hab noch nie viel von deinen Experimenten gehalten. Gläserrücken, Hexensprüche, Tarot, das ist doch alles dasselbe. Du siehst nämlich immer nur das, was du sehen willst. Letztlich kannst du alles in die Karten hineininterpretieren.«
»Das stimmt.« Mehr sagte Kim nicht. Im Grunde war sie Franzis Meinung, aber unheimlich fand sie das Ganze schon. Wenn nun was Wahres dran war? Kim räusperte sich. »Ist doch egal, wer was glaubt. Wir haben einen Auftrag und wir sollten die Augen offen halten. Immerhin fühlt sich Naomi irgendwie verfolgt.«
Franzi nickte. »Einverstanden. Vielleicht hat Naomi ja recht. Ich will es nicht hoffen, aber wir müssen der Sache nachgehen. Michi soll das Sandwich untersuchen und Marie und ich nehmen bei nächster Gelegenheit den Koch unter die Lupe.«
»Gute Idee«, sagte Marie erleichtert. So kannte sie ihre Freundinnen: entschlossen und gründlich. Die Erfahrung hatte ihnen schon oft gezeigt, dass gerade kleine Spuren später von entscheidender Bedeutung sein konnten. Marie spürte ein Kribbeln im Bauch. Das hatte sie immer, wenn ein neuer Fall auf die drei !!! wartete.

Ein Streit und eine Drohung

Als Kim, Franzi und Marie zum Set kamen, herrschte dort das komplette Chaos. Eine Bohrmaschine dröhnte, weil schnell noch ein neues Bild an der Kulissenwand aufgehängt werden musste. Zwei Männer rollten hektisch meterweise Kabel ab. Helmut Grevenbroich konnte die Krawatte nicht finden, die er für die nächste Szene brauchte. Mittendrin gestikulierte Hardy und versuchte, dem Tontechniker letzte Anweisungen zu geben.

Marie musste grinsen. »Wie ich das liebe! Von außen fragt man sich, wie in diesem Chaos ein Film entstehen soll, aber wenn man ein paar Mal dabei war, weiß man, dass es nur so funktioniert: mit diesem nervenaufreibenden, absolut verrückten, kreativen Durcheinander.«

»Wo steckt jetzt wieder Naomi?« Helga Meister ging suchend auf und ab und fragte bei der Crew herum. Keiner hatte Naomi gesehen, weder am Set noch in der Maske.

Da meldete sich Marie. »Naomi ist in der Cafeteria schlecht geworden. Wahrscheinlich hat sie sich den Magen verdorben.«

»Das auch noch!«, stöhnte Helga. »Das bedeutet, sie war noch gar nicht in der Maske?«

Franzi schüttelte den Kopf. »Ich fürchte, nein.«

»Was ist los?« Hardy tauchte neben Helga auf. »Naomi ist schlecht geworden? Bitte nicht! Sie ist in der nächsten Szene dran. Jetzt muss ich meinen ganzen Drehplan umwerfen!« Auf der Stirn des Regisseurs bildeten sich Schweißperlen.

Die Produzentin tippte auf ihre Armbanduhr. »Fünf Minuten können wir noch warten, aber wenn Naomi dann nicht auftaucht, müssen wir ohne sie anfangen.«
»Sollten wir nicht lieber eine andere Szene vorziehen?«, mischte sich Tom Ring ein. »Sonst müssen wir heute Abend überziehen, und das wird teuer.«
Helga Meister seufzte. »Du hast recht, Tom. Hardy, hast du einen Vorschlag? Ich hab den Drehplan gerade nicht im Kopf.«
»Ich denke schon die ganze Zeit nach«, stöhnte Hardy. »Aber egal was wir vorziehen, wir müssen Naomi trotzdem so schnell wie möglich finden.«
Kim tippte dem Regisseur auf die Schulter. »Das können wir übernehmen. Wir suchen sie.«
Hardy kratzte sich am Kinn. »Ich weiß nicht … Hmm … Wartet. Gut, warum nicht? Kim, Franzi, ihr könnt gehen, aber Marie muss hierbleiben. Wir ziehen die Hafenszene vor. Ich wollte sowieso eine kleine Trockenübung für die Komparsen machen.« Er klatschte in die Hände. »Los, los, alle raus! Tessa, du kommst mit der Handkamera mit. Wir brauchen ein Auto und die Absperrbänder. Gebt den Komparsen Bescheid. Wir drehen outdoor!«
Im Nu leerte sich die Halle. Marie verabschiedete sich schnell noch von Kim und Franzi. »Macht's gut! Ich drück euch die Daumen.«
Sobald die beiden weg waren, wurde Marie klar, dass sie kurz vor ihrem ersten Auftritt stand. Sie bekam feuchte Hände, Herzrasen und weiche Knie. Sie konnte das nicht, nicht sofort jedenfalls, nicht ohne Warm-up!

Da spürte sie eine warme Hand auf ihrer Schulter. »Na, Prinzessin? Lampenfieber?«, fragte Helmut Grevenbroich.
»Und wie!«, gestand Marie.
Ihr Vater lächelte. »Weißt du, was mir in solchen Momenten hilft?« Er flüsterte seiner Tochter ins Ohr: »Ich stelle mir vor, dass alle wichtigen Leute am Set in Unterhosen herumlaufen.«
Marie bekam einen Kicheranfall. »Du meinst Helga, Tom … und Hardy? Hihi, das ist gut!«
Helmut Grevenbroich hakte sich bei seiner Tochter ein. »Jetzt komm. Du machst das super. Ich freue mich schon auf unsere erste gemeinsame Kameraeinstellung.«

»Und … Action!«, rief Hardy.
Es war, als hätte er mit diesem kleinen Wort einen Schalter umgelegt. Maries Lampenfieber verpuffte. Zurück blieb pure Energie, die durch ihren Körper strömte. Marie war nicht mehr Marie Grevenbroich, sie war die sensationslustige Tina, die eine geheime Antenne für die Katastrophen der Stadt hatte. Sie konnte sie förmlich riechen, wie ein hungriger Vampir auf der Jagd nach frischem Blut. Rücksichtslos boxte sich Tina durch die Menge der Schaulustigen und ignorierte die Proteste. Sie wollte ganz vor in die erste Reihe. Der Platz stand ihr zu. Da war es endlich, das Absperrband. Und dahinter, nur ein paar Meter entfernt, das Auto, das die Polizei gerade aus dem Wasser gezogen hatte. Tina zückte ihr Handy. Knips, knips, knips! Der Wagen sah schrecklich aus. Schlammverkrustet, verbeult, die Windschutzscheibe eingedrückt. Knips, knips, knips! Da war doch jemand hinter

dem Steuer. Eine Frau? Knips, knips, knips! Der Körper lag gekrümmt über dem Lenkrad. Die Unglückliche hatte den Unfall nicht überlebt. Sie musste tot sein. Tot, tot, tot! Das Wort hallte als Echo in Tinas Ohren. Eine Leiche, wie gruselig … Knips, knips, knips! Oder war es gar kein Unfall gewesen? Die Polizisten da vorne trugen Zivil. Waren die etwa von der Mordkommission?

Tina drängte sich so weit vor, bis das Absperrband in ihren Bauch schnitt. »Was ist passiert?«, rief sie den Polizisten zu und tauchte unter dem Plastikband hindurch. »Wurde der Fahrer ermordet?«

Hauptkommissar Brockmeier hob unwillig den Kopf und kam zu ihr herüber. »Zurück hinter die Absperrung. Sofort!«

»Aber ich will doch nur wissen, was hier passiert. Das ist mein gutes Recht!«

Zwei Polizisten in Uniform eilten herbei. Tina spürte starke Arme unter ihren Achseln. Arme, die sie wegzerren wollten von der Sensation ihres Lebens. »Nein, nicht!«, wehrte sie sich.

»Cut, Cut!«, brüllte Hardy mit hochrotem Kopf. Er stürmte auf Marie zu und fuchtelte mit den Armen. »Warum hast du das gemacht? Das stand nicht im Drehbuch! Du solltest bei den anderen hinter der Absperrung bleiben.«

Alle Augen richteten sich auf Marie. Plötzlich war es so still, dass Marie die Vögel zwitschern hörte. »Entschuldige, Hardy. Ich hab das nicht geplant. Ich war so in der Rolle drin, dass ich …«

»Spar dir die Entschuldigungen«, schnitt Hardy ihr das Wort ab.

Marie versuchte krampfhaft, sich den Regisseur in Unterhosen vorzustellen, aber es wollte ihr einfach nicht gelingen. Sie war zu weit gegangen. Sie hatte es vermasselt. Gleich würde Hardy sie rauswerfen und sie konnte es ihm nicht mal übel nehmen.

Plötzlich hörte sie ein lautes Lachen, Hardys unverkennbares Lachen! »Das war gut, Kleine! Das nehmen wir ins Drehbuch auf.«

Marie starrte auf seinen Mund. Hatte sie sich verhört? Aber Hardy lachte immer noch. »Toll improvisiert, Marie!« Damit drehte er sich um und lief zu Christian, seinem Regie-Assistenten.

Marie blieb wie betäubt stehen. Sie konnte es nicht glauben. Aber als die anderen Komparsen sie halb neidisch, halb bewundernd musterten, wusste Marie, dass es Wirklichkeit war. Eine Glückswelle überrollte sie. Eine Welle, die so groß war, dass Marie sie mit jemandem teilen musste. Sie rannte zu ihrem Vater. »Papa! Hast du das gesehen, wie ich …«

»Entschuldige, aber wir unterhalten uns gerade«, wurde sie von einer Frauenstimme unterbrochen.

Erst jetzt merkte Marie, dass ihr Vater mit der Kamerafrau zusammenstand. Tessa sah Marie von oben herab an und sagte: »Man unterbricht andere nicht. Das ist unhöflich.«

Marie war sprachlos. Wer hatte hier wen unterbrochen? Tessa war ihr ins Wort gefallen und nicht umgekehrt!

»Ich komme gleich zu dir, Marie«, sagte Helmut Grevenbroich sanft. Eine stumme Bitte lag in seinen Augen, während er sie liebevoll anlächelte.

Maries Wut schmolz dahin wie Theaterschminke, wenn die

Scheinwerfer zu heiß eingestellt waren. »Alles klar, bis gleich«, hörte sie sich sagen. Dann zog sie sich zurück, um Tessa und ihren Vater aus der Ferne zu beobachten.

Auf einmal tat er ihr leid. Wahrscheinlich musste er irgendeine Kameraeinstellung mit Tessa besprechen und konnte keine Rücksicht darauf nehmen, ob sie ihm nun sympathisch oder unsympathisch war. Ein zärtliches Gefühl breitete sich in ihr aus. Das mochte sie so an ihrem Vater. Er war immer freundlich und nett, zu allen Leuten.

Während sie über die vielen weiteren positiven Eigenschaften ihres Vaters nachdachte, stand er plötzlich vor ihr. »Entschuldige, Prinzessin. Jetzt bin ich voll und ganz für dich da.«

»Papa, hast du mich gesehen?«, sprudelte Marie los. »Ich hab einfach improvisiert und Hardy findet es gut. Fandest du es auch gut? Wie war ich?«

Helmut Grevenbroich strahlte sie an. »Natürlich bin ich als dein Vater völlig objektiv. Also, ich finde, du warst großartig. Die beste Nachwuchsschauspielerin, die ich kenne.«

»Ehrlich?« Marie flog ihm um den Hals. »Danke, danke, danke!« Es gab eine Tür, die zum Ruhm führte, und hinter diese Tür hatte sie heute einen allerersten Blick geworfen.

Franzi ließ die Klinke los. Mit einem dumpfen Geräusch fiel die Tür ins Schloss. »Wie viele Toiletten gibt es eigentlich noch in dieser Halle? Jetzt haben wir schon drei abgeklappert.«

»Keine Ahnung!« Kim kicherte. »Wahrscheinlich liegt es am Showbusiness. Da haben doch alle ständig Lampenfieber und müssen aufs Klo rennen.«

Franzi lehnte sich gegen die kalte Betonwand. »Aber irgendwo muss Naomi doch sein. Warte, da vorne sehe ich ein Schild! Das ist aber dann hoffentlich die letzte Toilette, die wir durchsuchen müssen. So attraktiv finde ich das nicht. Ich würde liebend gern mit Marie tauschen.«
»Ich nicht«, sagte Kim. Wenn sie an den Auftritt damals mit den *Boyzzzz* zurückdachte, wurde ihr heute noch schlecht. »Komm, bringen wir es hinter uns.«
Kim und Franzi betraten einen kleinen Toilettenraum, der offensichtlich wenig benutzt wurde. Zumindest stapelten sich jede Menge alte Kulissenteile davor.
»Naomi? Bist du hier?«, rief Franzi.
»Naomi? Wir sind's, die drei !!!«, sagte Kim.
Niemand antwortete. Kim und Franzi klapperten alle Kabinen ab. Sie waren leer.
»Vielleicht musste sie sich ja gar nicht übergeben«, überlegte Franzi. »Vielleicht hüpft sie schon wieder putzmunter am Set herum, während wir hier Toilettenluft schnuppern.«
»Das glaube ich nicht«, sagte Kim.
Enttäuscht standen sie wieder draußen auf dem Flur. »Und was jetzt?«, fragte Franzi.
Kim krauste die Nase. »Wir suchen die Halle von oben bis unten ab. Irgendwo muss Naomi sein. Sie kann sich ja nicht in Luft aufgelöst …«
»Pssst!« Franzi legte den Zeigefinger auf den Mund. »Ich hab was gehört.«
Gebannt lauschten sie. Franzi hatte sich nicht getäuscht. Aus dem Raum neben der Toilette kamen laute Stimmen, von einer Frau und einem Mann.

»Los, verstecken wir uns!«, zischte Kim.
Sie duckten sich hinter eine Pappkulisse, auf deren Vorderseite ein kitschiger Sonnenuntergang aufgemalt war.
Die Frau und der Mann stritten miteinander. »Die Magenschmerzen gehen einfach nicht weg!«, klagte Naomi. »Obwohl ich mich schon zweimal übergeben habe. Ich sollte diesen Koch verklagen. Er ist schuld, dass ich nicht spielen kann. Er wollte mich absichtlich vergiften. Er hat mich schon beim Reingehen so komisch angesehen. Ich sage dir, Friedrich, der hat was gegen mich …«
Der Mann, den sie mit Friedrich angesprochen hatte, lachte höhnisch. »Das ist doch kompletter Schwachsinn. Niemand hat was gegen dich. Das bildest du dir alles nur ein. Und das Sandwich war bestimmt auch in Ordnung. Du jammerst nur mal wieder herum. Ständig hast du ein anderes Wehwehchen. Du entwickelst dich immer mehr zur Hypochonderin.«
»Das tue ich nicht!«, protestierte Naomi. »Du nimmst mich nicht ernst. Hast du mir überhaupt zugehört?«
Der Mann lachte wieder. »Es blieb mir gar nichts anderes übrig bei deiner Lautstärke. Natürlich nehme ich dich ernst, ich bin schließlich nicht erst seit gestern mit dir verheiratet. Niemand kennt dich so gut wie ich. Aber ich hab deine Wehwehchen satt. In meinem Beruf als Chirurg habe ich es mit richtig Kranken zu tun. Erst heute hatte ich wieder ein Unfallopfer mit üblen Gesichtsverletzungen auf dem OP-Tisch. *Das* ist schlimm! Und du rufst mich wegen so einer Lappalie an, obwohl du weißt, wie viel Stress ich gerade habe mit meinem Kollegen an der Klinik und wegen dieser Pati-

entin … na, du weißt schon. Mensch, reiß dich doch mal zusammen!«

»Das ist das Einzige, was dir dazu einfällt?« Naomis Stimme kippte. »Dass ich mich zusammenreißen soll?«

»Ja!«, brüllte ihr Mann. »Ich wünschte, du würdest einmal wirklich krank werden, dann wüsstest du endlich, wie sich das anfühlt.« Kim und Franzi zuckten zusammen. Kalter Hass lag in seinen Worten.

Naomi fing an zu schluchzen. Sie stammelte etwas, das die beiden nicht verstehen konnten. Dann klapperten ihre Absätze und die Tür wurde aufgerissen. Kim und Franzi konnten einen kurzen Blick auf einen fahrbaren Kleiderständer mit Kostümen erhaschen, bevor Naomi aufgelöst den Raum verließ.

»Naomi, hier bist du! Ich hab mir schon Sorgen gemacht.« Donna lief ihrer Freundin entgegen und nahm sie in die Arme. »Hey, was ist passiert?«

»Gar nichts!«, brach es aus Naomi heraus. Sie vergrub ihr Gesicht an Donnas Schulter. Die beiden gingen an den Kulissenteilen vorbei und verschwanden um die Ecke.

Franzi sah Kim erschrocken an. »Das war doch eine versteckte Drohung von Naomis Mann!«

»Hab ich auch so verstanden«, flüsterte Kim. Was in aller Welt musste passiert sein, damit ein Mann seine Frau so hassen konnte?

Ein zweites Mal wurde die Tür aufgerissen. Naomis Mann stürmte aus dem Kostümraum. Kim und Franzi riskierten einen Blick und Kim prägte sich blitzschnell die Personenbeschreibung ein, eine Angewohnheit, die ihr in Fleisch und

Blut übergegangen war. Naomis Mann war Ende 30, etwa eins achtzig Meter groß und sehr schlank. Mit seinen schwarzen Haaren, den grünen Augen und den hohen Wangenknochen hätte er auch in einer Arztserie mitspielen können. Leise zog Franzi ihr Handy aus der Tasche und schoss ein Foto.

Plötzlich drehte der Chirurg sich um und kam zurück zu den Kulissenteilen. »Los, raus da! Was habt ihr hier zu suchen?« Er versperrte ihnen jede Fluchtmöglichkeit.

Kim und Franzi blieb nichts anderes übrig, als ihr Versteck aufzugeben. Mit gesenkten Köpfen kamen sie hinter der Pappwand hervor.

»Wir haben uns verlaufen«, behauptete Franzi unschuldig. »Das Gelände ist so groß und wir sind zum ersten Mal hier.« Sie hatte den Tonfall einer naiven Zehnjährigen angeschlagen.

»Ich glaub euch kein Wort«, knurrte der Arzt. »Gebt es zu: Ihr habt absichtlich gelauscht!«

Kim schoss die Röte ins Gesicht. »Nein, nein, so war es nicht. Hardy hat uns geschickt, der Regisseur. Wir sollen Naomi suchen. Ehrlich!«

»Wer's glaubt, wird selig«, sagte Naomis Mann. »Jetzt verschwindet, bevor ich richtig wütend werde. Aber ganz schnell!«

Kims Nackenhaare stellten sich auf und Franzi erstarrte. Die Freundinnen sahen einander panisch an. Dann rannten sie weg, so schnell ihre Beine sie trugen.

Mordverdacht

Detektivtagebuch von Kim Jülich
Mittwoch, 19:31 Uhr
Die drei !!! haben einen neuen Fall! Diesmal ist zwar noch kein Verbrechen passiert, aber alle Anzeichen deuten darauf hin, dass es in naher Zukunft stattfinden wird – was wir natürlich unbedingt verhindern müssen! Naomi scheint tatsächlich in Gefahr zu sein. Am Anfang hab ich sie falsch eingeschätzt. Ich dachte, sie ist eine typische Schauspielerin: zickig, überspannt und egozentrisch. Vielleicht neigt sie auch tatsächlich ein bisschen dazu, aber sie hat guten Grund, Angst zu haben. Ihr Mann hat sich äußerst verdächtig benommen. Er hat ihr gedroht und eine schwere Krankheit an den Hals gewünscht. Als Arzt sitzt er an der Quelle und hat tausend Möglichkeiten, dass sein Wunsch bald in Erfüllung geht. Was seine Motive angeht, tappen wir leider noch im Dunkeln: Hat er genug von Naomi? Will er sie loswerden, weil er sie nicht mehr liebt? Aber dann könnte er sich doch einfach von ihr scheiden lassen … Hier kommen wir im Moment leider nicht weiter.
Meine Internet-Recherche war dafür ziemlich aufschlussreich: Naomis Mann heißt mit vollem Namen Prof. Dr. Friedrich Boden und hat eine beeindruckende Homepage. Er ist ein angesehener plastischer Chirurg mit eigener Privatklinik. Er macht nicht nur Schönheits-OPs, sondern behandelt vor allem Opfer von Autounfällen und er ist Gründer einer Stiftung für die Angehörigen von Unfallopfern. Ein einflussreicher Mann also. Ein Mann, der es gewohnt ist zu bekommen, was er möchte!

Ein Umstand, der ihn zu unserem Hauptverdächtigen macht.
Nun zum zweiten Verdächtigen, dem Koch: Franzi und Marie haben ihn in die Mangel genommen. Er hat geschworen, dass er das Sandwich nach bestem Wissen und Gewissen zubereitet hat, mit lauter frischen Zutaten. Er hat gemeint, er kenne solche Reaktionen. Viele Schauspielerinnen seien essgestört. Kein Wunder, sie müssten auch immer schlanker und jünger sein, um gute Rollen zu bekommen. Das sei ein riesiger Druck, der auf ihnen lasten würde.
Das erinnert mich an Franzis Bemerkung mit den Dauer-Diäten, Work-outs und Schönheits-OPs. Ich bin echt heilfroh, dass ich keine Schauspielerin werden will. Aber selbst wenn – ich glaube, ich würde mir so was nicht antun. Lieber würde ich mit Regisseuren zusammenarbeiten, für die Schlanksein kein Thema ist und die trotzdem – oder gerade deswegen – richtig gute Filme machen.
Aber zurück zum Koch: Wir sind inzwischen ziemlich sicher, dass er die Wahrheit gesagt hat. Michi hat nämlich das Sandwich gründlich untersucht und rein gar nichts gefunden: keine Giftstoffe, keine gefährlichen chemischen Zusätze, keine Spur von Schimmel. Nur Toast, Seelachs, ein paar Salatblätter und ein Senfdressing. (Michi wollte das Sandwich übrigens nach der Untersuchung essen – igitt! Davon konnte ich ihn zum Glück abhalten.)
Also bleibt der Professor unser Hauptverdächtiger. Wir werden ihn nicht aus den Augen lassen. Vielleicht kommt er ja morgen wieder zum Set. Wenn nicht, müssen wir ihn vor seiner Klinik abpassen und beschatten.

Geheimes Tagebuch von Kim Jülich
Mittwoch, 20:04 Uhr
Warnung an alle, die sich unbefugt meinem Computer nähern (Unbefugte sind alle außer Kim Jülich): Ein heimtückischer, tödlicher Virus hat meinen Computer befallen. Sobald jemand, der nicht Kim Jülich heißt, eine Taste drückt, fällt er ins Koma und wacht nie wieder auf.

Ich bin selbst schuld. Ich hätte mir lieber auf die Zunge beißen sollen, statt Michi Geheimnisse unseres Detektivclubs zu verraten. Natürlich habe ich keine Details der Ermittlungen erwähnt, aber ich hab Michi von Maries Tarotlegung erzählt und von der unheimlichen Todeskarte. Und dass der neue Fall sehr aufregend sei, weil es vielleicht zum ersten Mal um einen Mord gehen könnte. Beim Wort »Mord« ist Michi die Kinnlade nach unten geklappt. Er hat immer wieder den Kopf geschüttelt und gemurmelt, dass er das überhaupt nicht gut findet. Dann hat er mich gefragt, ob wir schon mal einen Fall abgelehnt hätten, weil er zu gefährlich gewesen sei. Haben wir nicht. Dann hat Michi gesagt, er wolle sich ja nicht einmischen, aber wenn er an meiner Stelle wäre, würde er aus dem Fall aussteigen. Michi ist aber nicht an meiner Stelle!

Danach hat Michi nichts mehr gesagt, aber die Stimmung war im Eimer und unser Date war damit gelaufen. Ich könnte mich ohrfeigen! Warum hab ich nicht die Klappe gehalten wie sonst auch? Und was ist mit Michi los? Ich dachte, wir hätten das geklärt: Er mischt sich nicht in meinen Detektivclub ein und ich mische mich nicht in seine Hobbys ein. Dass er zum Beispiel immer noch mit seinem klapprigen alten Mofa durch die Gegend gurkt, obwohl der Auspuff längst auf der Straße hängt,

nervt mich ziemlich, aber ich hab mir eine Bemerkung verkniffen, weil ich weiß, wie empfindlich er ist, wenn es um sein »heiliges« Mofa geht.
Hoffentlich kriegt Michi sich bald wieder ein. Ich hab keine Lust auf schlechte Stimmung. Ich will HARMONIE.
PS: Marie ist ganz schön mutig. Legt einfach beim Dreh einen Alleingang hin. Ich würde lieber sterben, als so etwas zu tun. Aber vielleicht sollte ich mir von ihr eine Scheibe abschneiden: Frechheit siegt!
PPS: Marie und Franzi finden Michis Reaktion übrigens auch ziemlich übertrieben.
PPPS: Heute haben Franzi und ich die Maskenbildnerin gefragt, ob wir ihr irgendwie helfen können. Sandra war sehr nett und hat uns versprochen, dass sie auf uns zurückkommt.

Knips, knips, knips! Seit Marie bei der Probeszene Tina gespielt hatte, entdeckte sie überall Sensationen, besonders am Set. Dabei begann der dritte Drehtag ruhig. Naomi hatte sich erholt. Sie sah frisch aus und alberte mit Hardy und Christian herum. Ihre Magenschmerzen hatte sie anscheinend gut weggesteckt. Mit ihrem Mann schien sie sich auch versöhnt zu haben, zumindest war er beim Dreh dabei. Knips, knips, knips! Marie hielt fest, wie er und Naomi sich entspannt unterhielten und einmal sogar lachten. Knips, knips, knips! Jetzt verabschiedete sich Naomi von ihrem Mann, weil sie in die Maske musste. Es gab immerhin ein Wangenküsschen für Friedrich. Naomi schob sich schnell noch ein Pfefferminzdragee in den Mund, bevor sie ging.
Der Professor sah Naomi lächelnd nach. Danach setzte er

sich auf einen Klappstuhl und stellte seine schwarze Arzttasche daneben. Er ließ sich nicht stören davon, dass dauernd Leute an ihm vorbeiliefen. Knips, knips, knips! Marie überprüfte die letzten Aufnahmen auf ihrem Display. Hier war das Lächeln vom Gesicht des Professors verschwunden. Er wirkte irgendwie lauernd. Oder bildete Marie sich das nur ein?

Kim riss sie aus ihren Gedanken. »Was steht heute an?«

»Zuerst sind Donna und Naomi dran«, berichtete Marie, die das Drehbuch mittlerweile fast so gut kannte wie der Regisseur. »Naomi als junge Kommissarin benachrichtigt die einzige Angehörige der Ermordeten. Donna spielt die ältere Schwester. Nicky lebte mit der Ermordeten in einer WG.«

Franzi deutete auf das durchgestylte Wohnzimmer, an dessen Kulissenrand sie sich befanden. Die Couch war aus Leder, der Teppich ein echter Perser und die Stereoanlage vom Feinsten. Ein Ausstatter stellte gerade noch zwei dekorative Orangenbäumchen in Pflanzkübeln auf. »Soll das die WG sein?« Franzi pfiff durch die Zähne. »Ganz schön nobel.«

Marie nickte düster. »Tja, Bella hat gut verdient als Drogendealerin. Nur musste sie ihr Luxusleben leider mit dem Tod bezahlen.«

»Ruhe am Set, Handys aus!«, rief Christian. »Alle auf ihre Anfangspositionen.«

Das Chaos verwandelte sich in eine hoch konzentrierte Arbeitsatmosphäre. Naomi stellte sich vor die Wohnungstür, Donna streckte sich lässig auf dem Sofa aus.

»Licht an, Ton an … und Action!«

Kommissarin Gellert klingelte an der Tür zur WG. Träge er-

hob sich Nicky vom Sofa und öffnete. »Ja, bitte? Was wollen Sie?«
»Kommissarin Gellert von der Mordkommission. Kann ich reinkommen? Es geht um Ihre Schwester Bella ...« Naomi stockte und presste die Hände gegen die Stirn. »Aaaah!«
»Cut, Cut!«, rief Hardy. Besorgt lief er zu Naomi hinüber. »Was ist los?«
Naomi verzog das Gesicht. »Ich hab wieder diese schrecklichen Kopfschmerzen und ich ... ich sehe alles so verschwommen.«
Ein Raunen ging durch die Crew, die am Rand zusah. Einige Leute waren sichtlich verärgert.
»Kopfweh, klar ...«, hörte Marie eine Schauspielerin leise zur anderen sagen. »Die zickt doch nur wieder rum.«
»Und Hardy fällt wieder darauf rein, wetten?«, flüsterte die andere zurück. »Der steht auf sie.«
»Möchtest du dich kurz setzen?«, fragte der Regisseur. Er schob Naomi einen Stuhl zu. Dann sah er sich vorwurfsvoll um. »Kann hier jemand mal ein Glas Wasser bringen?«
Kim wollte aufspringen, aber Donna kam ihr zuvor.
»Natürlich!«, sagte sie und eilte davon. Donna brachte das Wasser und Maries Vater organisierte in der Zwischenzeit ein Kühlpad.
»Danke! Das ist wahnsinnig lieb von euch.« Naomi trank das Glas in einem Zug aus. Danach legte sie sich das Kühlpad auf die Augen und stöhnte leise vor sich hin.
»Wird es besser?«, fragte Hardy. »Soll dein Mann dir eine Kopfschmerztablette geben? Er hat sicher was dabei.«
Die drei !!! sahen sich entsetzt an. Das war keine gute Idee!

Zum Glück winkte Naomi ab und warf ihrem Mann einen müden Blick zu. »Ich brauche nichts. Es geht schon wieder.«
Professor Boden saß die ganze Zeit wie festgewachsen auf seinem Stuhl und verzog nur leicht verächtlich die Mundwinkel. Marie starrte ihn wütend an. Eigentlich hätte *er* sofort ein Wasser bringen und sich um seine Frau kümmern müssen.

Die Crew und vor allem Helga Meister wurden zunehmend unruhiger. »Was meinst du, Hardy? Sollen wir eine kleine Pause einlegen?«, schlug die Produzentin vor.

»Nein, nein!« Naomi legte schnell das Kühlpad weg. »Wir können weitermachen. Ich hab euch schon viel zu lange aufgehalten. Das tut mir total leid!« Sie setzte ihr professionelles Schauspielerinnen-Lächeln auf, doch hinter ihrer Stirn arbeiteten die Schmerzen weiter, da war sich Marie sicher.

»Alles auf Anfang!« Hardy trommelte die Crew zusammen.

Plötzlich stand Naomis Mann hastig auf und griff nach seiner Arzttasche. »Ich muss los, Schatz! Eine dringende OP. Du schaffst das auch ohne mich. Machs' gut!«

Ein Schatten lief über Naomis Gesicht. »Bis später …«

Professor Boden tat so, als hätte er es nicht gemerkt, und verließ im Eilschritt den Set. Die drei !!! verständigten sich ohne Worte. Kurz bevor Hardy das Zeichen zum zweiten Take gab, sprangen sie auf und verschwanden hinter der Kulisse. Sie sahen gerade noch, wie der Arzt in den Mittelgang der Halle einbog und auf den Ausgang zusteuerte.

»Los, hinterher!«, zischte Marie. »Dann wollen wir doch mal sehen, was er wirklich vorhat.«

Ein Professor auf Abwegen

Die Detektivinnen nahmen die Verfolgung auf. Draußen war es windig und kühl. Die Sonne ließ sich nicht blicken und erste Herbstblätter segelten von den Bäumen. Der Arzt stellte den Kragen seines Mantels hoch. Zielstrebig lief er über das Gelände der Filmstadt, winkte dem Pförtner zu und überquerte den Parkplatz.

»Und was machen wir, wenn er in ein Auto steigt?«, stöhnte Kim.

Franzi klopfte auf ihren Rucksack. »Dann packe ich schnell meine Inliner aus!«

Marie und Kim sahen sie skeptisch an. Franzi war unbestritten sehr schnell auf ihren Inlinern, aber wenn Naomis Mann Gas gab, würde sie keine Chance haben.

Es war, als hätte der Arzt ihre geheimen Wünsche gehört. Er ließ die parkenden Autos links liegen und bog in eine ruhige Seitenstraße ein. Zuerst säumten Lagerhallen den Straßenrand, die noch zur Filmstadt gehörten. Später kamen ein Outlet-Store, eine Tankstelle und ein imposantes, cremefarbenes Gebäude mit diversen verschnörkelten Türmchen und Erkern. Kim stutzte. Dieses Gebäude hatte sie doch schon mal gesehen. In der Zeitung? Im Internet? Plötzlich fiel es ihr wieder ein. »Er geht tatsächlich in seine Klinik!« Kim sah Marie und Franzi schuldbewusst an. »Dass die Klinik gleich nebenan ist, hätte mir bei meiner Recherche auffallen müssen.«

»Mach dir keinen Kopf deswegen!«, sagte Marie. »Hauptsache, wir wissen es jetzt.« Es kam nicht oft vor, dass der perfekt organisierten, cleveren Kim ein Fehler unterlief, aber Marie fand das überhaupt nicht schlimm. Im Gegenteil, es machte ihr Kim richtig sympathisch.

»Kommt!«, drängte Franzi. »Sonst verpassen wir ihn noch.«

Professor Boden betrat seine Klinik mit dem Selbstbewusstsein eines Chefs. »Guten Tag, Herr Professor!« – »Wie geht es Ihnen, Herr Professor?« Die ehrfürchtigen Begrüßungen kamen von allen Seiten, als er die Marmorhalle durchquerte. Der Arzt grüßte flüchtig zurück und ging zum gläsernen Aufzug. Die drei !!! huschten hinter eine Säule. Surrend schloss sich die Aufzugtür. Dann schwebte der Glaskubus lautlos in luftige Höhen.

Kim legte den Kopf in den Nacken. »Er hält im vierten Stock. Los, da drüben ist die Treppe!«

Die drei !!! sprinteten zum Treppenhaus. Franzi und Marie nahmen locker immer zwei Stufen auf einmal. Kim versuchte es ihnen nachzumachen, kam aber schon im zweiten Stock ins Schnaufen. Zum hundertsten Mal nahm sie sich vor, in Zukunft wieder öfter zu joggen. Keuchend erreichte sie endlich das vierte Stockwerk.

»Hier sind wir!«, flüsterte Marie ihr zu. Sie winkte Kim in den leeren Wartebereich, in dem großformatige Fotografien von Frauen mit regelmäßigen Gesichtszügen hingen. Alle Frauen waren stark geschminkt und lächelten glücklich.

Die Schwester, die Professor Boden begrüßte, schien eine Kopie dieser Frauen zu sein. »Schön, Sie zu sehen, Herr Professor!«

»Hallo, Schwester Olivia!«, sagte der Arzt geschäftsmäßig.

»Bitte geben Sie mir die Liste mit den hoch dosierten Beruhigungsmitteln.«

Schwester Olivia flitzte hinter den Empfangstresen. »Dauert nur eine Sekunde!« Hektisch blätterte sie in einem Aktenordner, während der Professor seine Arzttasche abstellte und ungeduldig mit den Fingerknöcheln auf die Ablage trommelte.

»Hier ist die Liste!«, flötete Schwester Olivia. »Kann ich sonst noch was für Sie tun, Herr Professor?«

»Danke, nein.« Der Arzt nahm die Liste und verschwand hinter einer Tür mit der Aufschrift »Medikamentenraum«.

Marie sah Franzi und Kim entsetzt an. »Hoch dosierte Beruhigungsmittel! Das klingt gar nicht gut.«

»Meinst du, er holt ein Medikament, das er heimlich seiner Frau verabreichen will?«, flüsterte Franzi.

Marie nickte. »Ich fürchte, ja.«

Kim bekam eine Gänsehaut. Bei schlanken Menschen wie Naomi, die vor Aufregung kaum was aßen und wahrscheinlich auch noch einen total niedrigen Blutdruck hatten, konnte ein starkes Beruhigungsmittel sicher verheerende Auswirkungen haben. »Ehrlich gesagt möchte ich gar nicht genau wissen, welche gefährlichen Medikamente er in diesem Zimmer hortet«, sagte Kim leise. »Und als Chef hat er auch noch jederzeit Zugriff darauf.«

Marie musste plötzlich an die Königin der Kelche auf der Tarotkarte denken. Ihr Element war das Wasser. Wasser, in dem man sich erfrischen konnte – oder auch ertrinken, wenn man vorher ein starkes Beruhigungsmittel eingeflößt bekommen hatte …

Eine Tür klappte. Professor Boden kam aus dem Medikamentenraum. Er trug jetzt einen weißen Arztkittel. Seine schwarze Tasche war an den Seiten deutlich ausgebeult. »Und, was steht heute noch an?«, erkundigte er sich bei seiner Angestellten.

Während Schwester Olivia im Terminkalender nachsah, klingelte das Handy des Arztes. Verärgert ging er ran. »Hallo? Was ist? Ach, du bist es, Donna!« Sein Gesicht hellte sich auf. »Ja, ich bin genervt! Wundert dich das? Du hast ja selber gesehen, wie sie sich heute wieder aufgeführt hat. … Ich soll nachsichtiger mit ihr sein? Sie steht unter großem Erwartungsdruck?« Der Professor lachte kurz auf. Es klang zynisch. »Ich stehe auch ständig unter Druck in meiner Arbeit … Natürlich, du hast ja recht, Donna. Du kennst sie schon länger als ich. Ja, ich werde mir Mühe geben. Versprochen! Lieb von dir, dass du angerufen hast. … Was meinst du? …« Seine Wangenknochen entspannten sich. »Danke, dass du auch meine Seite verstehst. Ja, ich ruf an, danke für dein Angebot. Tschüss, bis bald!« Er legte auf und drehte sich wieder zu seiner Angestellten um. »Also, was erwartet mich heute?«

»Drei OPs und zwei Erstgespräche«, sagte Schwester Olivia. »Im Anschluss das Abendessen mit den Mitgliedern der Stiftung. Ach, und da sind drei Mädchen im Wartezimmer. Ich wollte sie gerade fragen, zu wem sie möchten. Verwandte von Ihnen, vielleicht Ihre Nichten?«

Der Arzt runzelte die Stirn. »Das glaube ich kaum!« Energisch ging er zum Warteraum.

Die drei !!! hätten alles darum gegeben, sich jetzt in Luft auflösen zu können.

»Was habt ihr hier zu suchen?« Der Professor betonte jedes einzelne Wort, während er sie wütend anstarrte.

»W…wir … äh … wollten uns nur mal erkundigen«, stammelte Marie, »was eine Schönheits-OP so kostet.« Sie fuhr sich über den Nasenrücken. »Ich hatte da an einen klitzekleinen Schwung nach oben gedacht …«

Weiter kam sie nicht. »Ich operiere keine Minderjährigen, die kein wirklich schwerwiegendes Problem haben. Ich habe mich auf Gesichtsrekonstruktionen spezialisiert und wirklich Wichtigeres zu tun! Und jetzt raus aus meiner Klinik. Sofort!«, rief der Professor aufgebracht.

»Wir sind ja schon weg«, murmelte Franzi.

Die drei !!! flüchteten in den Aufzug und fuhren ins Erdgeschoss hinunter. Sie stolperten durch die Halle ins Freie und rannten, bis sie das Klinikgebäude nicht mehr sehen konnten.

»Wartet!«, keuchte Kim. »Ich muss kurz verschnaufen.«

Marie und Franzi stoppten und liefen ein Stück zurück. Obwohl Franzi kein bisschen außer Puste war, hatte sie rote Wangen. »Der Typ spinnt doch! Uns einfach rauszuwerfen. Das nächste Mal probiere ich ein paar Karategriffe aus. Ich hab neulich einen Kurs mitgemacht.«

»Das würde ich lieber nicht tun«, wandte Kim ein, die wieder genug Luft bekam. »Der ist stärker als du. Aber er hat eindeutig was zu verbergen. Sonst wäre er nicht so ausgerastet.«

Marie verschränkte die Arme vor der Brust. »Noch können wir ihm nichts nachweisen, aber wir müssen unbedingt verhindern, dass er seiner Frau was antut. Ab sofort müssen wir all unsere Energie darauf konzentrieren.«

»Energie?«, wiederholte Franzi. »Das klingt nach unserem Power-Spruch!«
Der Power-Spruch gehörte zum festen Ritual der drei !!!. Immer wenn sie einen neuen Fall an Land gezogen hatten oder gerade besonders viel Energie für ihre Ermittlungen brauchten, war es Zeit für ihren Power-Spruch.
Feierlich stellten sich die Detektivinnen im Kreis auf, streckten die Arme aus und legten die Hände übereinander. Dann riefen sie im Chor: »Die drei !!!.«
Kim sagte: »Eins«, Franzi »Zwei« und Marie »Drei!«. Am Schluss warfen sie gleichzeitig die Hände in die Luft und riefen laut: »Power!!!«

Sosehr Marie den Nervenkitzel bei der Detektivarbeit liebte, ab und zu brauchte auch sie eine Auszeit. Heute konnten sie sowieso nichts mehr unternehmen. Naomis Mann war für den Rest des Tages beschäftigt und hatte zum Glück keine Zeit, Schaden anzurichten. Morgen am Set würden sie sich verstärkt um Naomi kümmern, aber bis dahin war Entspannung angesagt. Nachdem sich Marie von Kim und Franzi verabschiedet hatte, entschied sie sich, einen Abstecher ins Jugendzentrum zu machen. Dafür gab es gleich drei gute Gründe: Es lag in der Nähe, sie war länger nicht dort gewesen und sie hatte Lust, in der neuen Lounge abzuhängen.
Marie beschleunigte ihre Schritte und pfiff vor sich hin. Als sie in die Straße einbog, an deren Ende das Jugendzentrum lag, wurde sie von einer Joggerin überholt. Wie Kim die Angewohnheit hatte, sich die Personenbeschreibung von neuen Leuten einzuprägen, hatte Marie die Angewohnheit, sekun-

denschnell das Outfit zu scannen. Die Bewertung fiel in diesem Fall äußerst positiv aus: Die Joggerin trug eine silbrig glänzende Hose, coole Laufschuhe und ein schulterfreies Top, das ihre zart gebräunten, durchtrainierten Oberarme betonte. Marie war so in das Outfit vertieft, dass sie erst auf den zweiten Blick merkte, wer da an ihr vorbeijoggte: Es war Donna. Marie sah der Schauspielerin bewundernd nach. Anscheinend hatte Donna einen ausgefeilten Fitnessplan, den sie konsequent durchzog. Und der Plan zahlte sich aus.

Marie beneidete die Schauspielerin nicht um den Druck, dem sie ständig ausgesetzt war. Trotzdem murmelte sie: »Tolle Figur. Wenn ich mal so alt bin wie Donna, möchte ich auch so aussehen.« Mit diesem Vorsatz betrat sie das Jugendzentrum.

Staunend blieb Marie im Eingangsbereich stehen. Der große Aufenthaltsraum war kaum wiederzuerkennen. Die gemütlichen, aber schon etwas älteren Sofas und Sitzkissen waren verschwunden. Auch der dunkelblaue Knautschsessel war weg. An seine Stelle waren dunkelbraune Lounge-Möbel gerückt, die man je nach Bedarf zusammenstellen konnte. Dazwischen gab es kleine runde Tische auf Rollen zum Abstellen der Getränke. Marie holte sich eine eisgekühlte Cola mit Strohhalm und wollte sich gerade setzen, als sie eine vertraute Jungenstimme hörte: »Hallo, Marie!«

Marie hob den Kopf und sah direkt in Leonards Augen.

»Äh … hi!«, stammelte sie. »Was machst *du* denn hier?«

Marie wusste, dass man den meisten Menschen zweimal im Leben begegnete, aber bei Leonard hatte sie gehofft, dass diese Regel ausnahmsweise nicht zutraf. Die Sache im *Rock*

Camp war einfach nur peinlich gewesen. Obwohl Leonard gar nicht in ihr Beuteschema gepasst hatte und ziemlich durchschnittlich aussah, hatte sie mit ihm geflirtet. Doch als der attraktive Matt auftauchte, hatte sie Leonard sofort fallen gelassen. Später hatte sie sich zwar bei ihm entschuldigt. Trotzdem gehörte der Auftritt nicht gerade zu ihren Glanzleistungen.

»Ich mache einen Gesangsworkshop in der Stadt«, sagte Leonard. »Wusstest du das nicht?«

»Doch, klar!« Marie erinnerte sich vage, dass Leonard im *Rock Camp* davon erzählt hatte. Sie wickelte eine Haarsträhne um ihren Finger, um Zeit zu gewinnen. Dabei musterte sie Leonard so unauffällig wie möglich. Sooo durchschnittlich sah er auch wieder nicht aus. Er hatte schöne braune Augen und ein offenes, warmes Lächeln.

»Wollen wir uns setzen? Im Stehen trinken ist nicht so gemütlich«, sagte Leonard.

Marie nickte mechanisch. Ihre linke Hand, mit der sie das Colaglas hielt, hatte sich in einen Eiswürfel verwandelt, ohne dass es ihr aufgefallen war. Schnell stellte sie das Glas ab und ließ sich in die Loungegarnitur sinken. Leonard verschob ein Element und saß ihr jetzt gegenüber.

»Schön, dich wiederzusehen«, murmelte Marie. Sie freute sich tatsächlich und stellte bei der Gelegenheit fest, dass Adrian wohl doch zu alt für sie war. Leonard sah eindeutig frischer aus, und da er ihr in den ersten Minuten nicht sein Glas an den Kopf geworfen hatte, stiegen die Chancen, dass er es auch in den nächsten Minuten nicht tun würde, gewaltig.

Leonard lächelte. »Und, wie geht's dir so? Bist du immer noch erfolgreiche Privatdetektivin?«
»Klar«, sagte Marie. »Wir haben auch wieder einen neuen Fall. Ist ziemlich spannend, aber auch ziemlich aufreibend.« Sie knetete mit der rechten Hand die immer noch eiskalte Linke.
»Toll«, sagte Leonard. »Da drück ich dir die Daumen.«
Tief in Marie nagte das schlechte Gewissen. Leonard war so nett zu ihr. Er schien überhaupt nicht nachtragend zu sein. Dabei hatte sie ihn echt mies behandelt. Aber vielleicht war es nicht zu spät, es wiedergutzumachen?
»Sag mal …« Marie holte tief Luft. »Hättest du Lust, dass wir mal zusammen singen, solange du hier in der Stadt bist?«
Erst sah Leonard sie überrascht an, doch dann lächelte er. »Ja, gerne. Pop meets Klassik, das wird bestimmt cool.« Er zückte sein Handy und sie tauschten ihre Nummern aus.
Endlich war Maries kalte Hand aufgetaut. Sie nahm einen Schluck Cola, sah Leonard tief in die Augen und prostete ihm zu.

Fotos lügen nicht

Der Abstecher ins Jugendzentrum hatte Maries Batterien wieder aufgeladen. Am liebsten hätte sie die ganze Welt umarmt. Fürs Erste beschränkte sie sich darauf, eine getigerte Katze zu knuddeln, die ihr auf dem Heimweg mit hochgestelltem Schwanz entgegenspazierte. »Das Leben ist schön!«, flüsterte Marie der Katze ins Ohr. Das fand die Katze auch. Sie schnurrte und strich um ihre Beine, bis Maries Handy klingelte. Mit einem empörten »Miau!« sprang die Tigerkatze davon und quetschte sich durch die eng stehenden Latten eines Gartenzauns.

»Hi, Franzi, was gibt's?«, fragte Marie fröhlich. Aus dem Handylautsprecher drang herzzerreißendes Schluchzen. Im Gegensatz zu Marie war Franzi eigentlich nicht nah am Wasser gebaut. Marie machte sich auf das Schlimmste gefasst. »Hey, was ist passiert?«

»Ich … hab …« Franzi konnte nicht weiterreden. Sie schluchzte und schniefte. Dann hörte Marie sie in ein Taschentuch schnauben.

»Lass dir Zeit«, sagte Marie so sanft, wie sie gerade mit der Katze gesprochen hatte.

Franzi schnäuzte sich noch mal. Dann hatte sie sich so weit beruhigt, dass sie reden konnte. »Ich war auf dem Weg nach Hause, da bin ich an diesem Zeitschriftenkiosk vorbeigekommen und … stell dir vor, wer auf der Titelseite der größten Klatschzeitung war? Tom!«

Marie konnte sich nicht erklären, warum Franzi deshalb wei-

nen musste. Tom war ein berühmter Sänger und hatte sicher schon einige Titelfotos gehabt. »Ja, und?«, hakte Marie vorsichtig nach.
»Tom war nicht alleine auf der Titelseite«, fuhr Franzi fort. »Er hat sich mit dieser Irina fotografieren lassen, dem neuen Popsternchen. Und weißt du, was unter dem Bild stand? ›Love-Duett – nicht nur auf der Bühne‹.«
Marie seufzte. »Also, erst mal würde ich nicht alles glauben, was in Klatschzeitungen steht. Und zweitens kannst du Tom doch darauf ansprechen. Er wird dir erzählen, wie das Foto zustande kam. Möglicherweise war alles ganz harmlos und die beiden haben nur einen Song zusammen aufgenommen.«
»Meinst du?« Franzi schwankte zwischen Zweifel und Hoffnung. »Hmm … vielleicht hast du recht.« Sie schniefte leise.
»Paragraf 1: Marie Grevenbroich hat immer recht«, sagte Marie kichernd. »Paragraf 2: Sollte Marie Grevenbroich ausnahmsweise nicht recht haben, tritt automatisch Paragraf 1 in Kraft.«
Damit erreichte sie genau das, was sie gewollt hatte: Franzi vergaß ihren Kummer für eine Sekunde und musste lachen. »Danke, du bist lieb.«
»Ich hab dich auch lieb«, sagte Marie. »Und falls du heute Abend wieder das heulende Elend kriegst, schau einfach bei mir vorbei. Okay?«
»Okay!«, sagte Franzi. Sie klang schon viel gefasster.
Marie sprach ihr noch mal Mut zu, dann legte sie auf und korrigierte ihren Satz von vorhin: Das Leben war schön, aber manchmal auch ganz schön hart!

Später beim Abendessen, als Marie sich mit ihrem Vater eine Fertigpizza teilte, merkte sie, dass er müde aussah und seine Pizza kaum angerührt hatte. »War's anstrengend heute?«, fragte sie ihn.
Helmut Grevenbroich nickte. »Ja, schon. Wir hatten ziemlich viele Takes. Aber das gehört nun mal dazu beim Schauspielerberuf.« Er lächelte. »Und, wie läuft's bei dir? Wie gefällt es dir eigentlich bei uns am Set? Fühlst du dich wohl mit der Crew?«
Beinahe hätte Marie spontan Ja gesagt, bis ihr wieder Tessa einfiel, die Kamerafrau mit dem Charme eines Eisschranks. »Die Leute sind schon alle sehr nett«, sagte sie so diplomatisch wie möglich. »Na ja, nur diese Tessa finde ich seltsam. Du kannst sie auch nicht leiden, oder? Sie muss sich dauernd in den Vordergrund drängen, dabei ist sie bloß die Kamerafrau.«
»Sag das nicht!«, widersprach Helmut Grevenbroich. »Gute Kameraleute sind das A und O für einen guten Film. Ich finde, Tessa gehört zur Spitzenklasse in ihrem Beruf.«
Marie schob ihren Teller weg. Auf einmal hatte sie auch keinen Hunger mehr. »Das mag ja sein. Du kannst das sicher besser beurteilen als ich. Aber ist sie nicht wahnsinnig unfreundlich?«
Helmut Grevenbroich schüttelte den Kopf. »Im Gegenteil, ich finde sie sehr freundlich und sympathisch.«
Marie starrte ihren Vater ungläubig an. Sie hatten sich schon oft über Schauspiel-Kollegen unterhalten und bisher waren sie immer einer Meinung gewesen. Was war nur plötzlich in ihren Papa gefahren? Brauchte er eine Brille?

»Du bist viel zu nett«, startete Marie einen zweiten Versuch. »Nur weil Tessa neu ist, brauchst du ihr keinen Extrabonus zu geben. Den hat sie nicht verdient.«
Helmut Grevenbroich sah sie verdutzt an. »Das hat nichts mit Bonus zu tun. Ich finde Tessa wirklich nett und sie kennt sich in ihrem Job erstklassig aus. Du solltest dich mal mit ihr unterhalten.«
Marie stellte klappernd die Teller zusammen. »Nein danke. Kein Bedarf.« Sie stand auf und versenkte die Teller so geräuschvoll wie möglich im Geschirrspüler. Auf Anhieb fielen ihr tausend Menschen ein, mit denen sie sich gerne unterhalten würde. Tessa gehörte eindeutig nicht dazu. Aber von ihr würde sie sich den Abend garantiert nicht verderben lassen.
»Ich geh dann mal in mein Zimmer«, verkündete Marie und ließ ihren Vater alleine im Wohnzimmer zurück. Da konnte er ungestört über Tessas Vorzüge nachdenken.
Marie legte Schmusemusik auf. Drei Songs später hatte sie das unerfreuliche Gespräch vergessen und versank in einem süßen Tagtraum: Sie stand mit Leonard bei einem großen Musikfestival auf der Bühne. Sie sangen miteinander eine romantische Ballade und es knisterte nicht nur im Songtext. Die Zuschauer winkten ihnen mit ihren Feuerzeugen zu und summten leise mit … Plötzlich klingelte es an der Wohnungstür des Penthouse. Der schöne Traum zerplatzte wie eine Seifenblase. Marie blieb in ihrem Sessel sitzen und schloss die Augen, um weiterzuträumen. Wahrscheinlich war es sowieso nur ein Freund ihres Vaters.
Kurz darauf klopfte es bei ihr. »Du hast Besuch«, sagte Helmut Grevenbroich.

»So spät noch?«, fragte Marie nicht gerade erfreut. Dann hörte sie ein leises Schluchzen und sprang wie elektrisiert hoch. »Franzi, du? Mensch, komm doch rein!«
Franzi sah schrecklich aus. Ihre Augen waren vom Weinen rot geschwollen. Trotzdem versuchte sie tapfer zu lächeln. »Stör ich dich?«
»Überhaupt nicht«, sagte Marie. Sie gab ihrem Vater ein Zeichen, dass er sich zurückziehen sollte. Dann führte sie Franzi zum Sofa. »Setz dich doch erst mal. Hast du Lust auf einen heißen Tee?«
Franzi schüttelte den Kopf. »Nein, ich will nichts.« Sie kaute auf ihrer Unterlippe herum, die schon ganz wund war.
Marie setzte sich neben sie und wartete. Franzi hatte noch nicht oft Liebeskummer gehabt, jetzt traf es sie umso schlimmer. Marie stellte diskret eine Box mit Papiertaschentüchern neben ihre Freundin.
Als Franzi die Box sah, musste sie sofort wieder heulen. Schluchzend rupfte sie ein Taschentuch heraus. »Ich … ich hab sie dabei, die Zeitschrift.« Franzi kramte in ihrer Tasche. »Da!« Sie hielt Marie ein zerknittertes Exemplar unter die Nase.
Marie warf einen Blick darauf und seufzte. Kein Wunder, dass Franzi so verzweifelt war. Auf der Titelseite standen Tom und Irina mit ihren Mikros auf der Bühne. Sie sangen Wange an Wange. Ihre Münder waren sich so nah, dass es aussah, als wären sie kurz davor, sich zu küssen. »Ach, das ist nur ein Foto«, versuchte sie Franzi zu trösten. »Fotos können lügen. Hast du inzwischen mit Tom gesprochen?«
»Ja, hab ich«, sagte Franzi, während sie das Papiertaschentuch

in Einzelteile zerpflückte. »Er hat geschworen, dass die Story frei erfunden ist. Aber seine Stimme hat ganz anders geklungen als sonst. Du hättest hören sollen, wie er Irinas Namen ausgesprochen hat: ganz tief, mit einem sehnsüchtigen Unterton …«

»Das kannst du dir auch eingebildet haben.« Marie merkte, dass sie nicht gerade überzeugend klang. Sie nahm Franzi die Taschentuchschnipsel weg und warf sie in den Papierkorb.

»Und was sagst du dazu? Hab ich mir das auch eingebildet?« Franzi schlug eine Doppelseite im Innenteil auf, die sie mit einem Eselsohr markiert hatte. Dort waren Schnappschüsse aus der Partyszene zusammengestellt. Links oben sah man wieder Tom und Irina. Die Mikros hatten sie gegen Sektgläser getauscht und wieder waren ihre Münder gefährlich nahe.

»Sieht nach einem Flirt aus«, musste Marie zugeben. »Aber das heißt noch lange nichts. Im Showbiz wird dauernd geflirtet, besonders auf Partys.«

»Eben!«, sagte Franzi. »Und wo lernen sich all die Paare kennen, die später zusammenkommen? Auf Partys!«

Marie suchte krampfhaft nach Argumenten, mit denen sie Franzi beruhigen konnte. »Häng das Ganze doch nicht gleich so schrecklich hoch. Sieh mal, das Pärchen neben Tom und Irina: Die turteln wahnsinnig verliebt, aber das ist alles nur ein PR-Gag, um gegenseitig die Karriere zu pushen. Mein Vater kennt die beiden. Er hat es mir erzählt.«

»Meinst du?« Ein Hoffnungsfunke glomm in Franzis Augen auf, erlosch jedoch gleich wieder. »Toms Welt ist mir so fremd. Manchmal glaube ich, er lebt auf einem anderen Stern …«

Marie hatte bei den letzten Worten nur mit halbem Ohr zugehört. »Das ist ja interessant! Entschuldige, wenn ich kurz das Thema wechsle, aber das musst du dir ansehen.« Sie tippte mit dem Zeigefinger auf ein Foto auf der gegenüberliegenden Seite. Ein glückliches Paar strahlte in die Kamera. Der attraktive Mann mit den schwarzen Haaren und den hohen Wangenknochen hatte seinen Arm um eine hübsche Brünette gelegt.

Erst wollte Franzi gar nicht hinsehen. Als sie es doch tat, ließ sie einen überraschten Schrei los. »Unser Professor und Donna! Was machen die denn zusammen auf der Party?«

»Das sieht nicht nur nach einem harmlosen Flirt aus«, sagte Marie. »Da läuft mehr zwischen den beiden …« Abrupt ließ sie die Zeitung sinken. »Denkst du auch gerade das, was ich denke?«

Franzi war blass geworden. »Wenn das stimmt, wenn die beiden eine Affäre haben, dann wäre das ein noch viel stärkeres Tatmotiv. Das würde bedeuten, dass der Professor nicht nur genervt über Naomis Wehwehchen ist, sondern dass er sie aus dem Weg haben will, um … um …« Franzi gingen die Worte aus.

»… um frei für Donna zu sein«, half Marie ihr auf die Sprünge. Nachdenklich strich sie das zerknitterte Papier der Zeitschrift glatt. »Ich glaube, ich mach uns jetzt doch einen Tee. Ich hab da eine ganz tolle Kräutermischung, die wirkt Wunder bei Stress und Liebeskummer.«

Franzi verzog das Gesicht. »Kein Tee für mich. Ich brauche was Härteres! Hast du eine Cola?«

Schock am Set

Helga Meister hielt sich das große, weiße Megafon vors Gesicht. »Sind alle Zufahrtsstraßen zum Jakobipark gesperrt? Auch die Grasgasse?«

Christian, der auf einem Sockel am Eingang des Parks stand, checkte ein letztes Mal die Lage und streckte den rechten Daumen in die Höhe. »Alles dicht!«, bestätigte er.

»Was ist mit den Anliegern? Sind die alle informiert?«, hakte die Produzentin nach.

Wieder ging der Daumen des Assistenten nach oben.

»Darf ich mal?« Hardy nahm Helga Meister das Megafon aus der Hand. »Alle herhören! In fünf Minuten drehen wir. In fünf Minuten!«

Seine Ankündigung löste sofort das übliche Chaos aus. In der Innenstadt im Freien war es sogar noch größer als in der Filmstadt vor vertrauter Studiokulisse.

»Kommt!«, sagte Marie zu Kim und Franzi. »Bei der Jakobikirche haben wir den besten Blick.«

Die drei !!! klemmten sich ihre Regiestühle unter den Arm, hüpften über Kabelrollen und stiegen die Treppe zur Kirche hoch. Nachdem sie sich auf der obersten Stufe niedergelassen hatten, sah Marie sich zufrieden um. Der Platz war perfekt und das Wetter spielte auch mit. Die Sonne war fast so warm wie im Spätsommer. Marie zückte ihr Handy. Knips, knips, knips! Da unten standen Naomi und Donna. Naomis Mann war nirgends zu sehen. Donna spuckte ihrer Freundin gerade über die Schulter und wünschte ihr »Toi, toi, toi!«.

»Arme Naomi«, seufzte Franzi. Seit gestern fühlte sie sich der Schauspielerin besonders verbunden. Ging es Naomi nicht genau wie ihr? Auch sie war ein Opfer des leichtlebigen Showbiz. Der einzige Unterschied zu ihr und Tom war, dass Naomi noch nichts von ihrem Unglück wusste. »Sie ist völlig ahnungslos«, murmelte Franzi.

»Noch«, korrigierte Kim. »In der Drehpause werden wir ihr die Wahrheit so schonend wie möglich beibringen. Das wird sicher ein Riesenschock für sie.« Kim hatte es selbst erst nicht glauben wollen, doch ein Blick in Franzis Klatschzeitschrift hatte sie überzeugt. »Und wie geht es dir heute, Franzi?«, erkundigte sie sich mitfühlend. Auf dem Nachhauseweg von Marie hatte Franzi sie angerufen und ihr die Tom-Geschichte erzählt.

»Geht schon …«, sagte Franzi leise, da meldete sich ihr Handy. Eine SMS! Von Tom? Fiebrig öffnete Franzi die neue Nachricht. Sie war leider nicht von Tom, sondern von Benni.

Hallo Franzi,
schon lange nicht mehr zusammen geskatet!
Am Sonntag um drei Uhr auf der Halfpipe im Schillerpark?
LG, Benni

Nach der ersten Enttäuschung seufzte Franzi. Skaten war genau das Richtige. Beim Sport gelang es ihr immer abzuschalten, und wenn es nur für eine Stunde war. Franzi überlegte nicht lange und schickte Benni ihre Antwort, die aus einem einzigen Wort bestand: *JA!*

Marie hatte inzwischen jede Menge Fotos gemacht, hauptsächlich von Naomi. Knips, knips, knips! Jetzt warf Donna Naomi vom Cateringtisch eine Smoothie-Flasche zu. Naomi fing sie lachend auf, trank den Fruchtsaft in einem Zug aus und stopfte die leere Flasche ins Handschuhfach des silbergrauen Mittelklassewagens, der für die nächste Szene bereitstand. Dann lutschte sie eins ihrer unvermeidlichen Pfefferminzdragees. Die drei !!! hörten sie zu Helmut Grevenbroich sagen: »Ich warne dich, Helmut. Das ist meine erste Verfolgungsszene. Hoffentlich versenke ich unseren Wagen nicht im Ententeich vom Jakobipark.«
Maries Vater lachte schallend. »Das käme bestimmt gut. Wir müssten nur das Drehbuch ein bisschen umschreiben. Erst verfolgen wir den Drogenboss, dann entwischt er uns und du bist so sauer, dass du durchdrehst. Na, was meinst du, Tom?«
Der Drehbuchautor machte ein erschrockenes Gesicht. »Ich weiß nicht …«
Helmut Grevenbroich klopfte ihm auf die Schulter. »Keine Angst. War nur ein Witz. Jetzt mal im Ernst, Naomi: Du machst das bestimmt großartig.«
»Ich werde mein Bestes geben!« Naomi knetete nervös ihre Hände, während Sandra noch schnell die Nase der Schauspielerin nachpuderte und ihre Jacke zurechtzupfte.
»Sind wir dann so weit?«, fragte Hardy ungeduldig.
»Sofort!«, sagte Tessa. Sie rannte zum Wagen der Kommissare und überprüfte die beiden Kameras. Eine war auf der vorderen Stoßstange befestigt. Das hatte den Effekt, dass der Boden ganz nah war und der Asphalt unter dem Wagen entlangraste. Die zweite Kamera war an der Rückseite der Kopf-

stütze vom Fahrersitz montiert. Später hatte man als Zuschauer den Eindruck, als ob man selbst hinter dem Steuer sitzen würde. »Alles klar«, rief Tessa.

Endlich ging es los. Hauptkommissar Brockmeier und seine Kollegin stiegen ins Auto der Kripo. Der Drogenboss setzte sich hinter das Steuer eines schwarzen Vans.

»Und … Action!«, rief Hardy.

Der Drogenboss ließ heulend den Motor an und brauste davon. Die Polizisten folgten ihm mit quietschenden Reifen. Von ihrem Aussichtspunkt konnten die drei !!! genau beobachten, wie die beiden Autos den Jakobipark umrundeten. Immer wieder rasten sie dieselben Straßen entlang: Kaiserallee, Schützenstraße, Jakobistraße und Grasgasse. Später würde man durch geschickte Schnitttechnik denken, dass sie quer durch die Stadt kurvten. Die Motoren röhrten, es roch nach Benzin und verbranntem Reifengummi. Der Polizeiwagen holte auf. Der Drogenboss sah panisch in den Rückspiegel. Seine Verfolger kamen näher. Gleich würde Naomi ausscheren und den Van überholen, um ihn zum Anhalten zu zwingen. So stand es im Drehbuch. Kim, Franzi und Marie sprangen von ihren Stühlen hoch und fieberten mit. Plötzlich legte der silberne Wagen eine Vollbremsung hin. Die Reifen quietschten hässlich. Die Polizisten wurden in ihren Gurten nach vorne gerissen. Ein Aufschrei ging durch die Crew.

»Papa!«, brüllte Marie und rannte los.

Hardy war schon beim Auto. Er rüttelte an der Fahrertür. »Naomi, Helmut, seid ihr okay? Geht es euch gut?«

Marie riss die Beifahrertür auf. »Papa, bist du verletzt?«

»Nein, nein, alles in Ordnung«, versicherte Helmut Grevenbroich. Er löste den Gurt und lächelte schon wieder. »Aber was ist mit dir, Naomi?«

»Alles okay!« Naomi wollte nicht, dass Hardy sie stützte. Sie stieg alleine aus und lief ein paar Schritte. Auf einmal wankte sie wie auf einem Schiff bei hohem Seegang. Dann sackten ihr die Beine weg. Naomi stöhnte, verdrehte die Augen, kippte um und brach mitten auf der Straße zusammen.

Die drei !!! starrten entsetzt auf den schmalen Körper, der reglos und seltsam verkrümmt auf dem Asphalt lag. Ein Strahlenkranz blonder Haare umgab Naomis bleiches Gesicht. Sie sah aus wie ein Engel. Maries Magen krampfte sich zusammen. Tonlos flehte sie: »Bitte nicht, bitte nicht …«

Plötzlich kam Leben in die Crew, die bisher wie gelähmt vor Schreck danebengestanden hatte.

»Ist hier jemand Arzt?« Helmut Grevenbroich sah sich suchend um, konnte aber außer der Filmcrew keinen Passanten entdecken. Es war immer noch alles für den Dreh abgesperrt.

Da meldete sich Tessa: »Ich hab gerade einen Erste-Hilfe-Kurs gemacht.«

»Und ich war früher Krankenschwester«, sagte Donna. »Lasst uns durch.«

Sofort wichen alle zurück. Tessa und Donna liefen zu Naomi hin. Während Tessa Naomis Körper in die stabile Seitenlage brachte, kniete Donna sich vor Naomi hin, griff nach ihrer Hand und fühlte den Puls. »Ziemlich niedrig«, murmelte sie. Dann klopfte sie ihrer Freundin auf die rechte Wange. »Naomi, kannst du mich hören? Naomi!«

»Wo … wo bin ich?« Unendlich langsam schlug Naomi die Augen auf.
»Willkommen am Set der *Vorstadtwache*«, sagte Tessa. Es sollte aufmunternd klingen, aber ihre Stimme zitterte.
Naomi griff sich stöhnend an die Stirn. »Mein Kopf!«, jammerte sie. »Er tut so weh …« Sie versuchte sich aufzurichten.
»Langsam, schön langsam!«, sagte Donna.
Naomi blinzelte ins Sonnenlicht. »Was ist passiert? Ich weiß nur noch, dass ich auf die Bremse gestiegen bin, weil ich plötzlich alles verschwommen gesehen habe …«
»Du bist ausgestiegen und gestürzt«, erzählte Donna. »Und dann bist du kurz ohnmächtig geworden.«
»Oh …« Naomi wurde rot. »Das hat dir gerade noch gefehlt, was, Hardy? Eine hysterische Schauspielerin, die ohnmächtig wird.«
Der Regisseur wehrte den Vorwurf mit einer schnellen Handbewegung ab. Er war immer noch geschockt, genau wie der Rest der Crew. Jetzt kam wirklich niemand mehr auf den Gedanken, Naomi als Hypochonderin zu bezeichnen.
Helmut Grevenbroich zog entschlossen sein Handy aus der Tasche. »Ich rufe Naomis Mann an. Er soll sofort herkommen.«
»Nein, warte!«, rief Marie, doch als alle sie verstört ansahen, verstummte sie und warf Kim und Franzi einen verzweifelten Blick zu. Jetzt konnten die drei !!! nur noch hoffen, dass der Professor gerade operierte oder wegen eines Notfalls nicht kommen konnte.
»Er ist in fünf Minuten da!« Maries Vater steckte erleichtert sein Handy weg.

Es wurden dann doch zehn Minuten, bis Naomis Mann am Set eintraf. In der Zwischenzeit hatte Naomi einen heißen Tee bekommen und saß in eine warme Decke gehüllt auf Kims Klappstuhl. Sie sah besser aus, war aber immer noch blass um die Nase.

»Schatz, was machst du denn für Sachen?« Professor Boden klang übertrieben besorgt, aber seine Stimme wirkte falsch. Er stellte seine schwarze Arzttasche neben seiner Frau ab und öffnete sie.

Franzis erster Impuls war, sich auf die Tasche zu stürzen und sie samt Inhalt in den nächsten Müllcontainer zu werfen. Aber vor der versammelten Crew traute sie sich nicht. Das Einzige, was die drei !!! tun konnten, war, Naomis Mann nicht aus den Augen zu lassen.

Der Professor kontrollierte Naomis Puls, überprüfte ihren Blutdruck und ließ sich von ihr die Zunge zeigen. Dann holte er eine kleine, weiße Schachtel aus seiner Tasche. »Ich gebe dir eine Tablette zur Beruhigung, die wird dir guttun.«

Die drei !!! sahen sich verzweifelt an. Was sollten sie tun? Sie durften es nicht zulassen, dass der Professor seine eigene Frau vergiftete!

Abrupt stand Naomi auf. »Ich will keine Tablette! Mir geht es wieder gut. Die Kopfschmerzen sind fast weg. Ich kann auch wieder gehen, seht ihr?« Zum Beweis lief sie ein paar Schritte hin und her.

»Bist du sicher?« Professor Boden hielt ihr die Tablette auf dem Handteller hin.

»Absolut sicher«, sagte Naomi. »Es ist alles in Ordnung. Ich hab allen hier einen großen Schrecken eingejagt. Das wollte

ich nicht.« Entschuldigend lächelte sie die Crew an. »Ich würde jetzt gerne die Szene zu Ende drehen.«
»Das musst du nicht«, schaltete sich Helga Meister ein. Während sie zusammen mit Hardy und Tom Ring auf Naomi einredete, verständigten sich die drei !!! flüsternd und handelten blitzschnell.
Franzi setzte gezielt ihren Ellbogen ein. »Oh, entschuldigen Sie, Herr Professor! Das tut mir aber leid …«
»Haben Sie sich wehgetan?« Kim befühlte den Oberarm des Arztes.
»Lass das!« Naomis Mann war so überrascht und verärgert, dass er nicht mal merkte, wie ihm die Tablette aus der Hand rutschte.
Marie fing sie geschickt auf und ließ sie in ihrer Hosentasche verschwinden. Die ganze Aktion hatte nicht mal zehn Sekunden gedauert. Als alles vorbei war, bekam Marie plötzlich weiche Knie. Diesmal waren sie rechtzeitig zur Stelle gewesen, aber sie konnten Naomi nicht rund um die Uhr beschützen. Was, wenn der Professor Naomi zu Hause eine tödliche Pille verabreichte? Marie durfte gar nicht daran denken.

Von wegen falsche Spur!

Marie kam sich vor wie eine Schiffbrüchige. Sie war gemeinsam mit ihren Gefährten an den Strand gespült worden und das *Café Lomo* war der rettende Hafen. Als sie nach Drehschluss mit Kim, Franzi und Naomi das Stammcafé der drei !!! betrat, ließ sich Marie stöhnend in die Polster der Sitzecke fallen. »Ich gebe eine Runde *Kakao Spezial* mit Vanille-Aroma aus.«

Kim fuhr sich genießerisch mit der Zunge über die Lippen. »Eine wunderbare Idee!«

»Klingt toll!«, sagte Naomi. »Die Verfolgungsszene hat mich ganz schön geschlaucht. Zum Glück gab es nur drei Takes.« Sie holte ein Döschen Bronzepuder aus der Handtasche, den sie auf den Wangen verteilte. Nachdem sie Lipgloss nachgelegt hatte, sah sie aus, als ob sie gerade vom Urlaub auf Mallorca käme. »Ihr wolltet mich sprechen? Worum geht es? Ist euch jemand aufgefallen, der sich verdächtig benommen hat?«

»Trink erst mal was«, schlug Franzi vor.

Die Bedienung stellte vier dampfende Tassen auf den Tisch. Naomi nahm eine davon vorsichtig in beide Hände. »Hmmm … riecht lecker! Ich liebe Vanille.«

»Naomi, wir haben leider keine guten Nachrichten für dich«, fing Kim an. »Wir müssen dir jetzt etwas sagen, das dich wahrscheinlich erschüttern wird. Es geht um deinen Mann.«

»Friedrich, was ist mit ihm?« Naomi setzte erschrocken ihre Tasse ab.

»Wir haben Nachforschungen angestellt und wir fürchten, dass dein Mann … also dass er …« Kim wusste nicht, wie sie es möglichst schonend ausdrücken sollte.
Franzi sprang für sie ein. »Wir haben den Verdacht, dass dein Mann hinter all den merkwürdigen Zwischenfällen steckt, die dir in letzter Zeit passiert sind. Gerade eben hat er es möglicherweise schon wieder versucht. Wer weiß, was das für eine Tablette war, die er dir verabreichen wollte? Zum Glück hast du abgelehnt. Du darfst nichts mehr von ihm annehmen, hörst du?«
Naomi schüttelte ungläubig den Kopf. »Friedrich? Das kann nicht sein! Warum sollte Friedrich mir etwas antun wollen?« Plötzlich prustete sie los. »Ihr habt zu viele Krimis gesehen! Lasst mich raten. Habt ihr euch vielleicht den Klassiker *Bei Anruf Mord* angesehen?«
»Den kennen wir tatsächlich«, sagte Marie ruhig. »Aber wir können Film und Realität sehr gut auseinanderhalten. Naomi!« Marie beugte sich zur Schauspielerin vor und sah ihr ernst in die Augen. »Dein Mann hat es auf dein Leben abgesehen. Wer weiß, was für Tabletten er dir heute tatsächlich geben wollte? Er hat nämlich ein starkes Motiv: Er liebt eine andere Frau.«
»Was? Wo habt ihr das denn aufgeschnappt?« Zum ersten Mal geriet Naomi aus der Fassung.
»Wir können es beweisen.« Franzi sah sich verstohlen um, bevor sie leise weiterredete: »Seine Freundin ist nicht irgendeine Frau. Du kennst sie.« Franzi schlug die Klatschzeitung auf und schob sie Naomi hin.
Die warf einen Blick darauf. Ihre Augenlider flatterten kurz,

dann seufzte sie. »Ach so – Donna! Das sind doch alte Geschichten. Ja, Donna und Friedrich waren früher mal ein Paar. Aber jetzt ist Friedrich mit mir verheiratet.« Naomi nahm wieder ihre Tasse in die Hand und schlürfte den Milchschaum ab.

»Äh … aber warum sehen sie dann auf dem Foto so frisch verliebt aus?«, hakte Kim nach.

»Ja, genau«, sagte Franzi. »Findest du das nicht merkwürdig?«

Sechs Augenpaare sahen Naomi fragend an. Die Schauspielerin ließ sich Zeit mit der Antwort. Sie trank erst ihren Kakao aus, dann lehnte sie sich in ihrem Sessel zurück. »Das ist doch nur ein Foto. Ihr solltet das nicht so ernst nehmen. Friedrich wollte unbedingt auf diese Party, ich hatte an dem Tag keine Lust. Donna hat er dort wohl zufällig getroffen. Die beiden kennen sich schon aus der Zeit, in der Donna noch Schwesternschülerin war. Das Foto hat wirklich nichts zu bedeuten.«

Marie wickelte nachdenklich eine Haarsträhne um ihren Finger. Seltsam! Naomi schien gar nicht eifersüchtig zu sein. Wahrscheinlich lag es daran, dass Donna ihre Freundin war und sie ihr voll und ganz vertraute. »Ach so …«, sagte Marie gedehnt. Fast war sie ein bisschen enttäuscht, weil das Tatmotiv des Professors plötzlich wegfiel. Kim und Franzi ging es ähnlich.

»Friedrich und ich, wir sind glücklich!«, versicherte Naomi. »Natürlich streiten wir uns auch ab und zu. Jeder hat so seine Macken, die den anderen manchmal auf die Palme bringen. Das ist ganz normal, kommt in den besten Ehen vor.«

»Wenn du meinst …« Kim musste an Michi denken. Würde er ihren Detektivclub auch als Macke bezeichnen?

»Schön für dich«, beeilte sich Marie zu sagen. »Ich meine, dass ihr eine glückliche Ehe führt. Trotzdem würden wir gern weiter Nachforschungen anstellen, falls du nichts dagegen hast.«

»Natürlich hab ich nichts dagegen«, sagte Naomi. »Lieb von euch, dass ihr euch so um mich kümmert.« Sie griff nach ihrer Jacke. »Und tausend Dank für den leckeren Kakao. So was gönne ich mir leider viel zu selten. Sorry, ich muss jetzt los.«

Franzi hielt sie am Arm zurück. »Warte doch mal! Mir ist noch was eingefallen. Hätte dein Mann irgendeinen Vorteil von deinem Tod? Eine hohe Lebensversicherung zum Beispiel?«

Naomi ließ sich wieder in ihren Sessel fallen. »Merkwürdig, dass du das ansprichst … Ja, Friedrich hat auf einer hohen Lebensversicherung bestanden, damit es mir gut geht, wenn er zuerst sterben sollte, und umgekehrt.«

Die drei !!! sahen sich triumphierend an. Jetzt hatten sie wieder ein starkes Motiv. Liebe und Geld, das waren die beiden Hauptgründe, die Menschen dazu bringen konnten, einen Mord zu begehen.

»Hat dein Mann in letzter Zeit vielleicht über Geldsorgen geklagt?«, hakte Marie nach.

Naomi stutzte. »Ja, schon … Eigentlich hat er genug Geld, aber er hat viel in die Klinik investiert. Das muss er erst wieder reinarbeiten. Und sein Geschäftspartner, der auch Kapital reingesteckt hat, macht ihm Druck. Der will ihm anscheinend das Wasser abgraben. Und ausgerechnet jetzt hat ihn auch noch eine Patientin wegen ihrer Nase verklagt. Er hätte einen Kunstfehler gemacht, dabei ist das völlig aus der Luft gegriffen …«

Kim zog ein abgenutztes Heft aus ihrer Tasche, das sie als Detektiv-Tagebuch benutzte, wenn sie unterwegs war. Akribisch notierte sie jedes Detail von Naomis Aussage. Die Schauspielerin sah ihr dabei zu und wurde zunehmend nervös. »Ihr seid auf der falschen Spur, glaubt mir! Friedrich kann keiner Fliege was zuleide tun. Er ist Arzt, er lebt dafür, anderen zu helfen.« Naomi stand lächelnd auf und verabschiedete sich ein zweites Mal. Gedankenverloren stopfte sie die Klatschzeitung in ihre Tasche und verließ eilig das *Café Lomo*.

»Von wegen falsche Spur«, murmelte Marie. »Ich war mir noch nie so sicher, dass wir auf der richtigen Fährte sind.«

Detektivtagebuch von Kim Jülich
Samstag, 16:02 Uhr

Heute war ein drehfreier Tag. Franzi, Marie und ich haben uns die Aufgaben geteilt. Franzi und ich haben uns um Naomis Personenschutz gekümmert und sind ihr unauffällig gefolgt. Erst war sie alleine shoppen und danach in einem Day-Spa. Nachdem wir uns drei Stunden vor dem Spa herumgedrückt haben, hat Franzi mich erlöst. Sie hat weiter ausgeharrt und ich konnte schnell zu Michi fahren. Er war überhaupt nicht begeistert, als er hörte, dass wir weiter ermitteln (mehr dazu in meinem geheimen Tagebuch). Trotzdem hat er die Tablette untersucht, die Naomis Mann seinem »Schatz« angeblich nur zur

»Beruhigung« geben wollte. Ich hätte wetten können, dass es in Wirklichkeit ein gefährliches, hoch dosiertes Beruhigungsmittel ist. Falsch gewettet! Bei der Pille handelt es sich tatsächlich um Baldrian, ein harmloses Beruhigungsmittel. Das entspannt mich nicht wirklich. Der Professor ist clever. Vor Zeugen wollte er natürlich nicht in Verdacht geraten. Er wartet nur auf den geeigneten Moment …

Ich wünschte, wir hätten eine Profiagentur mit mehreren Angestellten. Dann könnten wir Naomi und ihren Mann rund um die Uhr beschatten. Ich hab schon überlegt, ob wir Kommissar Peters darum bitten sollten. Er hat uns schon öfter bei unseren Ermittlungen geholfen. Das Dumme ist: Wir haben bis jetzt nur vage Vermutungen, haben aber nichts gegen den Professor in der Hand. Kommissar Peters würde uns garantiert wieder nach Hause schicken und uns verbieten, weiter an diesem gefährlichen Fall zu arbeiten. Darauf kann ich verzichten!

Aber zurück zu unseren Ermittlungen: Marie war heute im Gericht bei einem Freund ihres Vaters, der Staatsanwalt ist. Ich weiß nicht, wie sie ihn mit ihrem Charme eingewickelt hat, aber es ist ihr gelungen, Informationen aus ihm herauszulocken – und die sind sehr erhellend! Der Staatsanwalt hat Marie bestätigt, dass am Gericht eine Klage gegen Professor Boden anhängig ist, wegen eines Kunstfehlers. Falls der Klage stattgegeben wird (und es sieht wohl ganz danach aus), könnte das nicht nur seine Klinik in den finanziellen Ruin treiben, sondern auch den hervorragenden Ruf des Arztes zerstören. Eine Katastrophe für einen plastischen Chirurgen mit eigener Klinik, dessen Geschäftspartner nur darauf wartet, dass sein Kollege zu Fall gebracht wird. Alles deutet darauf hin, dass Geld das Tatmotiv von Nao-

mis Mann ist. Wir müssen unbedingt noch mal mit Naomi reden und sie vor ihm warnen. Am besten rufen wir sie gleich an. Ihr darf nichts passieren!

Geheimes Tagebuch von Kim Jülich
Samstag, 16:30 Uhr
Extra-Warnung für Ben und Lukas, die neugierigsten Zwillingsbrüder des Universums: Ich kenne euer Geheimnis! Gestern habt ihr den Süßigkeitenvorrat aus Mamas Schreibtischschublade im Arbeitszimmer geplündert. Ich verrate euch nicht, wenn ihr die Finger von meinem Computer lasst!
Was ist nur mit Michi los? Früher war er so verständnisvoll. Wenn es um den Detektivclub ging, hat er mich immer unterstützt und sich nie eingemischt. Das war einmal! Es fing schon damit an, dass er die Tablette nicht untersuchen wollte. Als ich ihn endlich dazu überredet hatte, hat er wieder gemeint, er wolle sich ja nicht einmischen, aber … Der Fall sei vielleicht doch eine Nummer zu groß für uns. Es sei doch keine Schande auszusteigen, wenn es zu gefährlich wird. Ich sollte mir das noch mal ernsthaft überlegen. Und ich sollte mit Marie und Franzi darüber reden.
Er klang genau wie Kommissar Peters oder meine Mutter. Darauf hab ich echt keine Lust. Ich weiß selbst am besten, was ich tue. Unsere letzten Fälle waren auch gefährlich, das lässt sich nun mal nicht vermeiden. Wenn wir jedes Mal aussteigen oder zu Mama rennen würden, könnten wir es gleich bleiben lassen. Was hat Michi bloß auf einmal? Ist er eifersüchtig auf mich, weil ich so erfolgreich bin? Ist es das? Gönnt er mir den Erfolg nicht? Das fände ich schrecklich. Wenn er plötzlich im Lotto gewinnen

würde oder einen tollen Job hätte, wäre ich unglaublich stolz und würde mich riesig freuen. Ich bin so enttäuscht und so wütend auf Michi!
PS: Bin total aufgeregt: Franzi und ich dürfen heute endlich der Maskenbildnerin zusehen. Ich muss gleich los!

Blaue Lippen

In dem Moment, als Kim ihren Computer herunterfuhr, schnellte Maries Puls nach oben. »Genau das hab ich gesucht!« Sie stürzte auf einen Kleiderständer zu, an dem ein rotes Minikleid hing. Es hatte von allem zu viel: zu viel Rot, zu viele Glitzersteine und zu viele Fransen. Ein Teil, das Marie nicht mal im Dunkeln in der Geisterbahn getragen hätte.
»Na, wie findest du das?«, fragte sie Adrian. Es war seine Idee gewesen, mit ihr shoppen zu gehen, und sie hatte es ihm nicht abschlagen können. Offensichtlich hatte Sylvie ihn abblitzen lassen. Marie konnte sich einen klitzekleinen Anflug von Schadenfreude nicht verkneifen.
»Der reinste Albtraum!«, sagte Adrian. Ein Grinsen ging über sein Gesicht, während er das Kleid in Augenschein nahm. »Gratuliere zu deinem schlechten Geschmack.«
Marie lachte. »Danke, den hab ich von meinem Vater geerbt, der ist Klatschreporter. Mir geht es wie ihm: Ich liebe Sensationen! Überall, wo was los ist, bin ich dabei. Neulich zum Beispiel, am Hafen, du glaubst nicht, was mir da passiert ist …«
»Ja, Tina, die Geschichte hast du mir schon dreimal erzählt«, unterbrach Adrian sie. Er nahm ihr das Minikleid aus der Hand, marschierte damit zu einer freien Kabine und hängte es an den Haken. »Willst du das Kleid jetzt anprobieren?«
»Natürlich. Sei doch nicht gleich so empfindlich, nur weil ich ein bisschen viel rede!« Tina zog einen Schmollmund. »Aber nicht gucken, ja?« Kichernd zog sie den Vorhang zu

und tauschte Jeans und Pulli gegen das rote Kleid. Kurz darauf stolzierte sie wie ein Pfau zum großen Spiegel. »Das ist es! So falle ich ganz bestimmt auf.«
Eine ältere Verkäuferin, die gerade vorbeikam, schüttelte missbilligend den Kopf. »Die Jugend von heute wird immer unmöglicher!«
»Sie haben ja so recht!«, rief Tina ihr zu.
Die Verkäuferin sah sie misstrauisch an. »Machen Sie sich etwa über mich lustig?«
Adrian legte den Arm um Tina. »So was würde meine Freundin nie tun! Aber jetzt komm, Tina, da warten schon Kundinnen auf eine freie Kabine.« Er führte sie zurück zur Umkleide.
Als die Verkäuferin außer Sichtweite war, prustete Marie los: »Ich kann nicht mehr! Das war zu viel.« Kichernd hängte sie sich an Adrians Arm. Als sie dabei über seine Schulter sah, entdeckte sie ein bekanntes Gesicht: Leonard. »Hallo!«, rief sie ihm zu und winkte.
Leonard reagierte nicht. Er beugte sich interessiert über einen Kleiderständer mit Herren-T-Shirts. Plötzlich drehte er sich um und lief hastig davon. Hatte er sie vielleicht gar nicht gesehen? Marie war sich nicht sicher.
»Wer war denn das?«, erkundigte sich Adrian.
»Ach, nur so ein Typ aus dem *Rock Camp*«, sagte Marie beiläufig. »Also, du findest, ich sollte das Kleid nehmen?«
Adrian zwinkerte ihr zu. »Unbedingt.«
»Warte!«, sagte Marie. »Ich muss nur noch schnell testen, ob mein neuer Lippenstift dazu passt. Ja, der ist super!«, stellte sie fest und warf Adrian einen prüfenden Seitenblick zu. Er

pflichtete ihr mit einem Nicken bei. Marie musste grinsen. Der Test hatte funktioniert, Adrian war nichts aufgefallen. In Wirklichkeit war der Lippenstift nämlich eine Lupe. Drehte man an der Hülse, konnte man die am Boden eingebauten Linsen scharf stellen. Ausgesprochen praktisch! Marie hatte den Lippenstift in einem Internet-Shop für Detektivzubehör entdeckt und sofort zugegriffen. Dort hatte sie noch zwei andere coole Dinge gekauft: ein als Nagellack getarntes Fingerabdruckset und eine Täter-Kartei für Fingerabdrücke, die von außen wie ein harmloses Adressbuch aussah.
»Kommst du?« Adrian wurde jetzt doch ein wenig ungeduldig.
»Ja, sofort!« Marie holte einen echten Lippenstift aus der Tasche und zog vor dem großen Spiegel ihre Lippen nach. Der Farbton harmonierte perfekt mit ihrer neuen Bluse in Aubergine. Zufrieden stellte Marie fest: Lila Lippen standen ihr ausgesprochen gut.

Die Lippen schimmerten blau. Ein kaltes Blau, das an den Rändern ins Weiße überging und den Blick auf die Wangen lenkte. Bleiche, tief eingefallene Wangen. Dafür quollen die Augen umso mehr hervor. Lag es an den Augenwinkeln, die tief verschattet waren, oder an der Iris, die an eine geleeartige Masse erinnerte? Franzi vermochte es nicht zu sagen. Sie wusste nur eins: In diesem Gesicht war jegliche Spur von Leben ausgelöscht. Das war kein lebendiger Mensch, der ihr da mit starren Augen entgegenblickte. Es war eine Leiche. Franzi wandte sich schaudernd ab. »Ich kann da nicht hinsehen, das sieht so eklig aus …«

»Wahnsinn!«, sagte Kim mit einer Mischung aus Entsetzen und Bewunderung.
Donna, die neben der Leiche in einem Drehstuhl saß, nickte anerkennend. »Ja, sie ist echt genial, unsere Sandra!«
»Ich tue nur meinen Job.« Die Maskenbildnerin trat lächelnd einen Schritt zurück, um ihr Werk im Schminkspiegel zu betrachten. Sie hatte beim Probeschminken ganze Arbeit geleistet. Sylvie war nicht wiederzuerkennen. Eine Stunde in der Maske hatte die hübsche Blondine in einen Zombie verwandelt.
»Gut, dass Sven mich jetzt nicht sieht«, sagte Sylvie. »Er würde schreiend davonrennen. Ich ihm natürlich hinterher, kreuz und quer durch die Stadt.«
Kim und Franzi kringelten sich vor Lachen bei der Vorstellung. Das Lachen tat gut, es vertrieb die Gänsehaut und das Ekelgefühl.
»Hmm … Irgendwas fehlt noch«, überlegte Sandra laut. »Du siehst viel zu frisch aus, Sylvie. Vielleicht noch mehr weißer Puder auf der Stirn? Und etwas Grünes im Haar …« Die Maskenbildnerin hantierte eifrig mit ihren Pinseln.
Kurz darauf wirkten Sylvies Haare, als ob sich glitschige Algen in ihnen festgesetzt hatten. Nichts Ungewöhnliches bei einer Leiche, die tagelang im Wasser gelegen hatte … Kim sah genau zu und merkte sich die kleinen, entscheidenden Tricks.
»Dauert es eigentlich noch lange?« Donna sah Sandra fragend an. »Ich will ja nicht drängeln, aber wir wollten doch noch mein neues Make-up für morgen ausprobieren.«
»Ich bin sofort bei dir«, versprach Sandra. Sie drehte sich zu

Donna um und musterte sie prüfend. »Entschuldige, wenn ich dich so anstarre, Donna, aber ich bin immer wieder fasziniert von deiner Nase. Nur wenn man als Profi ganz nah rangeht, kann man sehen, dass sie operiert ist. *Das* ist tolle Arbeit, dagegen kann ich einpacken!«
Donna wurde rot. »Ich muss schnell telefonieren. Bin gleich wieder da.« Damit verließ sie fluchtartig den Schminkraum.

»Schön, wieder hier zu sein! Ich hab das Gefühl, ich war gar nicht weg.« Marie machte es sich in der Sofaecke des *Café Lomo* gemütlich und stellte ihre Einkaufstüte mit dem roten Minikleid am Boden ab.
»Ich dachte, wir verbinden das Angenehme mit dem Nützlichen.« Kim biss in einen Schokomuffin. »Hmm … den habe ich mir aber jetzt echt verdient!« Sie kaute genüsslich und schluckte. »Möchtest du auch einen, Franzi?«
»Nein danke.« Franzi kauerte in ihrem dicken Strickpulli auf dem Sofa und fror, obwohl es im Café bullig warm war. »Ich hab keinen Hunger.«
»Immer noch traurig wegen Tom?«, fragte Kim leise. Sie hatte Franzi schon seit Tagen nicht mehr lächeln sehen, ein äußerst schlechtes Zeichen bei ihrer sonst so fröhlichen Art.
»Hmmm …«, machte Franzi. Sie nippte an ihrer Cola und presste die Lippen aufeinander.
Kim und Marie verständigten sich wortlos. Dann beschlossen sie, Franzi nicht weiter zu bedrängen. Wenn sie das Bedürfnis hatte zu reden, würde sie sich schon melden.
»Vielleicht lenkt dich ja unser Telefonat mit Naomi ein bisschen ab«, sagte Marie.

Kim zückte ihr Handy, um Naomis Nummer aufzurufen, als Marie plötzlich vom Sofa aufsprang. »Warte noch. Hallo, Leonard! Huhu! Hier sind wir. Komm doch zu uns rüber.«
Leonard blieb zögernd in der Tür des Cafés stehen. Erst wollte er zu den drei !!! hinübergehen, um sie zu begrüßen, dann überlegte er es sich anders. Er nickte Marie nur kurz zu und steuerte auf die Bar zu. Dort setzte er sich mit dem Rücken zu den Detektivinnen hin und bestellte einen Cappuccino.
»Was hat er denn auf einmal?«, fragte Kim verwundert. »Hast du nicht erzählt, dass ihr euch im Jugendzentrum getroffen habt und er überhaupt nicht nachtragend war?«
»Ja, schon.« Marie spielte nervös mit ihrem Bettelarmband. »Aber vielleicht ist er ja doch noch sauer wegen damals.« Es war wie verhext. Die Vergangenheit holte Marie immer wieder ein. Jetzt brauchte *sie* dringend eine Ablenkung. »Kommt, lasst uns Naomi anrufen!«
»Hmmpf … gleich«, nuschelte Kim, die gerade von ihrem Muffin abgebissen hatte. Sie stellte ihr Handy auf laut und rückte näher an Marie und Franzi heran, damit sie mithören konnten.
Naomi meldete sich sofort. »Hallo? Ach, du bist es, Kim. Gibt's was Neues?«
»Allerdings«, sagte Kim. »Sitzt du? Es sind nämlich keine guten Nachrichten … Du bist in einem Café? Sehr gut … Also, wir haben Kontakte zum Gericht und haben uns erkundigt: Die Klage der Patientin deines Mannes könnte durchgehen. Die Chancen stehen ziemlich gut, das behauptet jedenfalls der zuständige Staatsanwalt … Naomi? Bist du noch dran?«

»Ja, ich hör dich …« Die Schauspielerin klang auf einmal ganz zittrig.
Kim musste leider noch deutlicher werden. »Wir müssen dich ernsthaft vor deinem Mann warnen. Er steht unter massivem Druck, ihr habt euch gestritten und er weiß, dass du in letzter Zeit öfter Kopfschmerzen hattest …«
»Schon gut, ich hab verstanden!«, sagte Naomi panisch. »Ich … ich muss jetzt auflegen. Ich bin nicht allein. Ich melde mich später, okay?« Kim hörte im Hintergrund Gläserklirren. Dann sagte Donna: »Irgendwas Wichtiges?«
Kim hielt die Hand auf die Lautsprecheröffnung ihres Handys und flüsterte Franzi und Marie zu: »Sie hat vergessen aufzulegen! Sollen wir mithören?«
»Klar«, sagte Marie sofort.
Normalerweise fand Kim es extrem unhöflich, in die Privatsphäre anderer Menschen einzudringen. Aber seit sie als Detektivin arbeitete, musste sie ab und zu von ihren Prinzipien abrücken. Gebannt lauschten die drei !!! dem Gespräch der Freundinnen.
»Kann ich dich mal was Persönliches fragen?« Naomi klang ein bisschen unsicher.
Donna lachte. »Natürlich. Wir haben doch keine Geheimnisse voreinander.«
»Die Filmparty neulich in der Stadthalle«, fing Naomi stockend an. »Hast du da Friedrich zufällig getroffen oder wart ihr verabredet?«
Marie musste grinsen, weil ihr Bauchgefühl sie nicht getäuscht hatte. Naomi war also doch eifersüchtig gewesen, als sie das Foto in der Klatschzeitung gesehen hatte.

Donna beteuerte: »Das war reiner Zufall! Ich wusste gar nicht, dass Friedrich kommen wollte. Wir drei hatten uns ja in letzter Zeit ein bisschen aus den Augen verloren. Na ja, und gerade als ich Friedrich begrüßte, kam dieser aufdringliche Fotograf auf uns zugeschossen. Ich wollte das nicht! Aber bevor ich es verhindern konnte, hatte er schon auf den Auslöser gedrückt.«

»Verstehe«, sagte Naomi müde.

»Glaubst du mir etwa nicht?«, fragte Donna.

»Doch, doch …«, sagte Naomi. Eine Weile waren nur Stimmengewirr und leise Musik zu hören. Dann stöhnte Naomi auf. »Wenn ich bloß nicht dauernd diese Kopfschmerzen hätte! Die machen mich noch verrückt.« Sie schluchzte los. »Ich kann einfach nicht mehr!«

Naomis Schluchzer mischten sich mit Donnas tröstenden Worten. »Alles wird gut. Du wirst sehen.« Als Naomi sich etwas beruhigt hatte, fragte Donna: »Was ist denn los? Bedrückt dich irgendwas?«

Naomi schniefte. »Eigentlich dürfte ich dir das gar nicht erzählen. Du hältst mich wahrscheinlich für komplett verrückt. Okay, ich tue es trotzdem.« Naomis Stimme wurde so leise, dass die drei !!! sie kaum noch verstehen konnten: »Ich hab Angst, dass mein Mann mich … mich umbringen will.«

»Was?«, rief Donna schockiert. »Das wäre ja furchtbar … Naomi, da fällt mir was ein! Damals hab ich mir nichts dabei gedacht, aber jetzt, wo du von deiner Angst erzählst … Ich hab Friedrich zufällig gesehen, wie er neulich mit einem Kulissenarbeiter gesprochen hat. Er hat sich erkundigt, wie sicher die Deckenkulissen sind. Ich fand das merkwürdig, aber jetzt ergibt es einen Sinn … Naomi, wie kann ich dir bloß helfen? Möchtest du vorübergehend bei mir wohnen? Meine Wohnung ist groß genug. Das ist überhaupt kein Problem.«

»Danke … Donna.« Naomi krächzte nur noch. Plötzlich schluchzte sie wieder los: »Es ist sowieso alles zu spät. Ich werde nicht mehr lange leben. Ich hab … einen Gehirntumor.«

Beinahe wäre Kim vor Schreck das Handy aus der Hand gerutscht.

»Das glaube ich nicht«, sagte Donna. »Wie kommst du darauf? Warst du schon beim Arzt?«

Naomi seufzte. »Nein, war ich nicht. Aber ich weiß es einfach. Friedrich hat mir von solchen Fällen berichtet.«

»Warte!« Die Detektivinnen hörten es rascheln. Dann räusperte sich Donna: »Wie gut, dass ich immer mein medizinisches Taschenlexikon dabeihabe. Also, das möchte ich jetzt mal genauer wissen. Da haben wir es: Gehirntumor. Symptome können unter anderem sein: starke Kopfschmerzen, die mit der Zeit heftiger werden, Übelkeit, Erbrechen und Sehstörungen.«

»Siehst du? Genau diese Symptome habe ich alle!«, sagte Naomi panisch.

Donna versuchte sie zu beschwichtigen: »Das muss noch gar nichts heißen. Deine Beschwerden können auch ganz harmlos sein. Du bist gestresst. Es ist deine zweite größere Rolle, du willst alles richtig machen. Hast du schon mal daran gedacht?«

»Ich kann gar nicht mehr denken …« Naomi weinte bitterlich.

»Du Arme! Alles wird gut. Weißt du was? Ich rufe jetzt ein Taxi und wir fahren sofort zu mir nach Hause. Was hältst du davon?«
»Das ist gut. Ich muss nur noch meine Jacke …« Klack! Die Verbindung wurde unterbrochen.
Keine der drei !!! brachte ein Wort heraus. Marie sah auf einmal die Todeskarte aus dem Tarot überlebensgroß vor sich: Der Tod als Skelett in der Ritterrüstung auf seinem Schimmel. Unerbittlich reitet er voran. Alle Menschen, ob groß oder klein, reich oder arm, gehen vor ihm zu Boden.
Marie hielt das bedrückende Schweigen nicht mehr aus. »Wenn das stimmt, was wir gerade gehört haben, wenn Naomi tatsächlich eine tödliche Krankheit hat, dann ist sie in großer Gefahr! Stellt euch bloß vor, ihr Mann nutzt das aus. Er gibt ihr die falschen Medikamente …«
»Und keiner kann ihm was nachweisen«, murmelte Kim. »Weil Naomi früher oder später sowieso gestorben wäre.«
Franzi ballte ihre Fäuste. »So leicht machen wir es diesem fiesen Typen nicht! Wir müssen ihn überführen, bevor er Naomi was antun kann.«
Kim stöhnte. »Und wie willst du das anstellen? Der ist wahnsinnig clever.«
»Aber nicht so clever wie wir.« Marie lächelte geheimnisvoll. »Wir werden ihm eine Falle stellen, und ich hab da auch schon eine Idee. Kim, wir brauchen dein Aufnahmegerät. Jetzt wird es ernst!«

Die Falle schnappt zu

Vor der Klinik von Professor Boden gab es Bänke, die bei schönem Wetter zum Ausruhen und Lesen einluden. An diesem Sonntagmittag saßen drei Mädchen mit ihren Büchern auf einer Bank, blinzelten in die Sonne und wirkten so träge, als ob sie gleich einschlafen würden. In Wirklichkeit hatten sie ihre Antennen auf höchste Aufmerksamkeitsstufe gestellt und ließen seit einer Stunde den Eingang der Klinik nicht aus den Augen.

»Habt ihr auch alles?«, fragte Marie nervös. »Beweisstück, Aufnahmegerät, Zeitung?«

»Jahaaa …«, sagte Franzi leicht genervt. »Ich hab dir doch erzählt, dass ich drei Exemplare der Klatschzeitung gekauft habe.« Am liebsten hätte sie sämtliche Exemplare aufgekauft und in den Aktenvernichter ihres Vaters gestopft. Wenn das bloß geholfen hätte …

Kim lugte in ihre Umhängetasche, in der sich das Aufnahmegerät befand. »Wird schon alles schiefgehen. Mach dir keine Sorgen.«

Marie war beruhigt. Sie waren zur richtigen Zeit am richtigen Ort. Von Naomi hatten sie erfahren, dass ihr Mann heute arbeitete und zwischen zwölf und eins Mittagspause machte.

»Da ist er!« Franzi ließ ihr Buch fallen und sprang auf.

Um 12:14 Uhr trat der Professor ohne Arzttasche ins Freie. Er trug einen cremefarbenen Kaschmirpullover und eine dunkelblaue Stoffhose. In der rechten Hand hielt er seine

Autoschlüssel. Er war gut gelaunt und pfiff leise vor sich hin.
»Zugriff!«, flüsterte Kim.
Die drei !!! rannten los. »Herr Professor?«, sagte Franzi. »Wir müssen mit Ihnen reden.«
»Ihr schon wieder?« Der Arzt stopfte die Autoschlüssel in die Hosentasche. »Hab ich mich das letzte Mal nicht klar genug ausgedrückt? Ich will euch in meiner Klinik nie mehr sehen!«
Marie blieb ungerührt. »Erstens stehen wir vor der Klinik und zweitens haben wir Beweise, dass Sie Ihrer Frau was antun wollen.«
»Ihr habt … was??« Der Professor keuchte. »Seid ihr jetzt völlig verrückt geworden?«
Eine Patientin, die auf die Klinik zusteuerte, zuckte erschrocken zusammen. Blitzschnell hatte der Arzt sich wieder unter Kontrolle und lächelte verbindlich. »Hallo, Frau Brandner! Gut sehen Sie aus! Bis später dann.«
Sein Charme wirkte. Geschmeichelt über das Kompliment, verschwand die Patientin im Eingangsbereich. Der Professor packte Marie am Arm und zog sie in Richtung Parkplatz.
»Lassen Sie mich sofort los!«, protestierte Marie. »Das ist Freiheitsberaubung.«
Der Arzt griff noch ein bisschen fester zu. »Was ihr hier abzieht, ist Rufmord. Das ist viel schlimmer als Freiheitsberaubung.«
»Hände weg von Marie!« Wie zwei Löwinnen kurz vor dem Sprung bauten sich Kim und Franzi vor dem Professor auf.
Der erschrak so, dass er Marie tatsächlich losließ. Ihr Handgelenk brannte wie Feuer, aber darum würde sie sich später kümmern. »Gut, kommen wir gleich zur Sache. Hier sind

unsere Beweise.« Marie hielt dem Professor ein Plastiktütchen mit Traubenzucker unter die Nase. »Diese Pulverreste stammen von der Tablette, die Sie Ihrer Frau verabreichen wollten, angeblich zur Beruhigung. Unser Labortest hat jedoch ergeben, dass es sich um ein gefährliches Betäubungsmittel handelt. Was haben Sie dazu zu sagen?«

Der Arzt tippte sich mit dem Zeigefinger an die Stirn. »Das ist doch kompletter Unsinn.«

»Ach, und warum regen Sie sich dann so auf?«, hakte Kim nach und Franzi musste grinsen.

Der Professor schnappte nach Luft. »Auch noch frech werden, was? Das Grinsen wird euch bald vergehen. Ich schalte jetzt nämlich meinen Rechtsanwalt ein. Der wird dafür sorgen, dass ihr mich in Ruhe lasst. Und wenn er schon mal dabei ist, kann er auch gleich veranlassen, dass ihr vom Set der *Vorstadtwache* ausgeschlossen werdet, damit ihr meine Frau nicht noch mehr verrückt machen könnt.«

»Das können Sie nicht machen!«, rief Marie entsetzt.

»Und ob ich das kann!« Der Arzt nickte grimmig. »Ich habe überall Kontakte und Freunde, die nur darauf warten, mir einen Gefallen zu tun.«

Jetzt wurde es Franzi zu bunt. »Hier kommt Beweis Nummer zwei.« Sie präsentierte dem Professor das Foto in der Klatschzeitung, auf dem er mit Donna zu sehen war.

Hektische rote Flecken erschienen auf dem Gesicht des Arztes. »Wo habt ihr das her?«

»Gibt es an jedem Kiosk zu kaufen«, sagte Franzi unschuldig.

Der Arzt raufte sich die Haare. »Verfluchte Presse!« Er holte seine Autoschlüssel aus der Tasche und klimperte drohend damit. »Das wird ein Nachspiel haben. Von wegen Beweise! Das habt ihr euch doch alles aus den Fingern gesogen! Hat euch mein feiner Kollege engagiert, um mich fertigzumachen? Ihr werdet von meinem Anwalt hören.« Er machte auf dem Absatz kehrt, lief zu seinem Auto und brauste davon.

»Haben Sie Tomaten auf den Augen?« Kommissarin Gellert trommelte mit den Fingerknöcheln auf Hauptkommissar Brockmeiers Schreibtisch im Präsidium.
»Wie kommen Sie zu dieser unverschämten Behauptung?« Hauptkommissar Brockmeier schäumte vor Wut.
Die Kollegen waren wie die Kampfhähne. Wäre nicht der Schreibtisch zwischen ihnen gewesen, hätten sie sich aufeinander gestürzt.
»Sie machen einen schweren Fehler!«, regte sich Kommissarin Gellert auf. »Sie haben die ganze Zeit den Falschen verdächtigt. Der Drogenboss ist gar nicht der Täter. Bellas Exfreund ist der Mörder. Das Tatmotiv ist nämlich viel persönlicher. Es ist Liebe!«
»Liebe?« Hauptkommissar Brockmeier verzog verächtlich den Mund. »Sie meinen, weil Sie eine Frau sind, kennen Sie sich da aus, was?«
Die Kommissare stritten noch eine Weile weiter, aber Marie hörte nicht mehr zu, sondern plumpste auf ihren Stuhl im Schneideraum. Die drei !!! durften heute am Montagvormittag von hier aus den Dreh verfolgen, auf einem großen Monitor. Gleichzeitig konnten sie Christian dabei zusehen, wie er die Highlights der bereits abgedrehten Szenen auf dem Bildschirm neu zusammenstellte. Noch vor einer Sekunde

hatte Marie das wahnsinnig spannend gefunden. Nun hallte ein Wort der Präsidiums-Szene in ihren Ohren nach: Liebe!
Marie musste an Donna und Friedrich denken und plötzlich fiel es ihr wie Schuppen von den Augen. Das glückliche Paar auf dem Foto, Naomis Eifersucht und die Reaktion des Arztes gestern. Alles passte wie die verstreuten Teile eines Puzzles zusammen. Das Tatmotiv des Arztes war doch Liebe! Er liebte Donna und wollte für sie frei sein. Aber eine Scheidung war teuer, allein die Anwaltskosten und dann auch noch die Unterhaltszahlungen für Naomi. Geld, das er im Moment nicht hatte …
Aufgeregt gab Marie Kim und Franzi ein Zeichen. Die Detektivinnen zogen sich in eine Ecke des Schneideraums zurück, um Christian nicht zu stören. Der war jedoch so in seine Arbeit vertieft, dass er ohnehin nichts mitbekam. Flüsternd erzählte Marie von ihrem neuesten Verdacht.
»Genau dasselbe habe ich auch gerade gedacht«, sagte Kim und Franzi nickte eifrig dazu.
Die Freundinnen sahen sich verblüfft an. Auch wenn sie noch keine Beweise hatten, drei Detektivinnen konnten sich nicht gleichzeitig irren.
»Und was machen wir jetzt?« Kim sah Marie und Franzi fragend an.
Während Marie sich den Kopf zerbrach, starrte sie auf den Bildschirm des Schneideraums. Christian setzte nach der Verfolgungsszene am Jakobipark einen Cut. Er suchte nach geeignetem Material für den Anschluss. Szeneschnipsel flimmerten über den Monitor. Marie wollte gerade den Kopf

wegdrehen, als eine Szene sie erstarren ließ. Sie war offenbar in einer Drehpause entstanden. Marie konnte nicht glauben, was sie da sah: Ihr Vater, Helmut Grevenbroich, umarmte Tessa und gab ihr einen Kuss auf die Wange!

»Seht nur … d…da!«, stammelte Marie.

Kim und Franzi drehten die Köpfe zum Bildschirm. Christian hatte den Film gerade gestoppt. Der kurze Augenblick, bevor er die Szene löschte, reichte, dass auch sie die Umarmung sehen konnten.

»Ich glaub's einfach nicht!« Maries Stimme war viel zu laut für den Schneideraum, in dem Christian mit höchster Konzentration arbeiten musste. Bevor Marie noch mehr ausrasten konnte, nahmen Kim und Franzi ihre Freundin in die Mitte und schoben sie hinaus auf den Flur.

»Da ist ein Stuhl, jetzt setz dich erst mal und komm wieder runter«, hörte sie Franzis beruhigende Stimme.

Kim fragte sanft: »Geht's dir wieder besser?«

»Besser?«, rief Marie. »Mir geht's überhaupt nicht gut!« Sie wollte zurück in den Schneideraum, um Tessa und ihren Vater auseinanderzureißen, bis ihr klar wurde, dass die Umarmung längst vorbei war. Sie konnte nichts mehr dagegen unternehmen.

»Hey, komm!« Franzi stupste Marie an. »Du sagst doch immer, das darf man alles nicht so ernst nehmen. Im Showbiz wird ständig geflirtet.«

Kim nickte. »Außerdem hat er Tessa nur auf die Wange geküsst. Vielleicht wollte er ihr viel Glück wünschen für die nächste Kameraeinstellung.«

»Ja, vielleicht …« Marie tat so, als hätten die Worte ihrer

Freundinnen sie getröstet. In Wirklichkeit war sie zutiefst beunruhigt. Irgendetwas stimmte nicht bei dieser Umarmung. Tessa hatte die Augen geschlossen, als ihr Vater sie küsste. Und er hatte danach so gestrahlt. Ein schrecklicher Gedanke schoss Marie durch den Kopf. Hatte ihr Vater sich etwa in Tessa verliebt? Nein, so etwas durfte sie nicht einmal denken! Das wäre die absolute Katastrophe. Mama war die einzige Frau gewesen, die ihr Vater je geliebt hatte – bis sie bei einem Autounfall ums Leben gekommen war. Damals war Marie erst zwei Jahre alt gewesen …

»Marie? Hörst du uns?«, fragte Kim ungeduldig.

Marie schreckte aus ihrem Albtraum hoch. »Was ist?«

»Psst!«, machte Franzi. »Da drüben läuft gerade ein interessantes Gespräch.« Sie zeigte auf ein Zimmer schräg gegenüber vom Schneideraum. Die Tür war nur angelehnt.

Sofort schaltete Marie auf Detektivin um. Die drei !!! huschten über den Flur und versteckten sich in der Teeküche neben dem Zimmer. Dann lauschten sie gebannt.

»Zum Glück geht es Naomi wieder gut.« Hardy seufzte erleichtert. »Ich hab gerade mit ihr gesprochen und sie meint, es ist alles okay. Nach ihrem Schwächeanfall bei der Verfolgungsszene dachte ich schon, wir müssten uns nach einem Ersatz umsehen.«

»Geht es ihr wirklich gut?«, fragte Helga Meister zweifelnd. »Sie sieht blass aus.«

Jetzt schaltete sich Tom Ring ein. »Hätten wir vielleicht doch lieber Donna die Rolle geben sollen? Wir hatten sie ja anfangs in der engeren Auswahl. Ich schätze Donna sehr. Sie ist immer so professionell und diszipliniert.«

»Nein, nein«, widersprach die Produzentin. »Das haben wir doch schon beim Casting geklärt: Donna ist zu alt für die Rolle. Hardy, du warst doch auch für Naomi! Oder hast du deine Meinung inzwischen geändert?«
Der Regisseur ließ sein lautes Lachen hören. »Im Gegenteil! Naomi ist perfekt, absolut perfekt. Ich könnte mir keine bessere Besetzung vorstellen.«
»Na also«, sagte Helga Meister.
Tom Ring stöhnte. »Gib's zu! Naomi hat dich mit ihrem Charme ganz schön eingewickelt.«
Hardy lachte wieder. »Kann schon sein. Ja, ich gebe es zu, aber das tut nichts zur Sache. Naomi ist wirklich gut. Hoffen wir, dass sie für den Rest des Drehs gesund bleibt.«
Es entstand eine Pause. Dann sagte Tom Ring leise: »Arme Donna! Gegen so viel gezielt eingesetzten Charme von Naomi hat sie natürlich keine Chance.«
»Leute, wir müssen zurück an die Arbeit«, drängte die Produzentin. Stühle scharrten auf dem Boden, Schritte näherten sich der Tür.
»Los, weg hier!«, rief Marie. Die drei !!! flitzten aus der Teeküche.
Als Hardy, Helga Meister und Tom Ring aus der Tür traten, war der Flur menschenleer.

Das entscheidende Detail

Marie trat in die Pedale ihres Mountainbikes, als ob sie bei der Tour de France mitmachen würde und unbedingt das Gelbe Trikot holen wollte. Die Kieselsteine des Schotterwegs spritzten nach allen Seiten. Marie beschleunigte noch mal auf den letzten Metern. Dann tauchte Franzis Backsteinhaus vor ihr auf. Jetzt im Herbst sah es wunderschön aus mit dem roten Efeu, der die Hauswand hochkletterte. Die Abendsonne und der auffrischende Wind verwandelten die Blätter in ein Feuer aus kleinen, sanft lodernden Flammen. Marie hatte keinen Blick dafür. Keuchend stieg sie ab und warf ihr Rad achtlos ins Gras. Dann rannte sie zum alten Pferdeschuppen hinüber, in dem sich die geheime Schaltzentrale der drei !!! befand, ihr Hauptquartier. Marie riss die Tür auf und betrat den Innenraum, den die Detektivinnen in mühevoller Kleinarbeit entrümpelt und gemütlich eingerichtet hatten. Die Luft war angenehm kühl. Erst jetzt merkte Marie, dass sie ziemlich geschwitzt hatte, was bei ihren sportlichen Aktivitäten und ihrer Fitness sonst nicht so leicht passierte.

Franzi sah ihr verwundert entgegen. »Was ist passiert? Ist deine Aerobicstunde ausgefallen oder hat dich deine Gesangslehrerin versetzt?«

Marie überhörte die Stichelei, warf ihre sonnengelbe Outdoorjacke über die Lehne und ließ sich auf den Stuhl fallen. »Hast du ein Glas Wasser für mich? Ich bin am Verdursten.«

»Klar«, sagte Franzi. Zischend öffnete sie eine Sprudelfla-

sche, die neben einer Platte mit duftendem Kirschkuchen auf dem Tisch stand. »Sag mal, hast du geweint?«
Marie stellte energisch das leere Glas ab. »Das war nur der Fahrtwind.«
»Ich meine ja nur, wegen dieser Tessa …«, sagte Franzi vorsichtig.
»Die Kamerafrau, die sich immer so wichtigmacht? Die existiert nicht für mich.« Marie blitzte Franzi wütend an. Sie hatte beschlossen, die unerfreuliche Szene aus ihrem Gedächtnis zu streichen. Es war ein winziger Filmausschnitt gewesen, mehr nicht. Außerdem war Tessa überhaupt nicht der Typ ihres Vaters. Er stand auf große, blonde, gestylte Frauen. Ihre Mutter war auch blond gewesen und tausendmal schöner als Tessa.
Franzi biss sich auf die Unterlippe. »Alles klar.« Sie überlegte, wie sie am besten das Thema wechseln konnte. Sollte sie erzählen, dass sie gerade vom Skaten mit Benni kam? Er war total lieb zu ihr gewesen. Sie hatte sich bei ihm ausgeheult wegen Tom und er hatte sie getröstet. Aber ob Marie das aufmuntern würde? Höchstwahrscheinlich nicht.
Kim erlöste Franzi und Marie von ihrem peinlichen Schweigen. Sie kam zur Tür herein und rief: »*Du* bist schon hier, Marie? Ist irgendwas passiert? Mit deinem Vater und Tessa?«
»Nein, nichts«, sagte Marie genervt. »Zufällig bin ich auch mal pünktlich, einfach so.« Die außerplanmäßige Clubsitzung passte ihr sogar sehr gut. Bis zum Nachtdreh am Hafen musste sie Zeit überbrücken, die sie sonst mit Lampenfieber zu Hause verbracht hätte.
Kim hob entschuldigend die Hände. »Tut mir leid!« Sie

tauschte einen vielsagenden Blick mit Franzi. Dann setzte sie sich mit einem entzückten Seufzer. »Hmm! Deine Mutter hat wieder ihren leckeren Kirschkuchen gebacken! Gibst du mir ein Stück?«

»Kommt sofort!« Franzi schnitt lächelnd den Kuchen an und verteilte ihn auf die Teller.

Kim stürzte sich mit Heißhunger auf ihr Stück. Heute brauchte sie einen Seelentröster. Zwischen ihr und Michi herrschte Funkstille. Die ganze Zeit wartete sie darauf, dass er sich bei ihr entschuldigte, aber er tat es einfach nicht. Diesmal musste er den ersten Schritt tun.

»Können wir dann mit der Sitzung anfangen?«, fragte Franzi. »Wir haben einiges zu besprechen, oder?«

Marie schob ihren unberührten Teller weg. »Stimmt. Ich würde sagen, wir sind am Ende. Wir haben immer noch nichts gegen den Professor in der Hand und ich wüsste nicht, wie wir an Beweise kommen könnten. Vielleicht sollten wir es einfach bleiben lassen und aufgeben.«

»Einen Fall aufgeben, nur weil wir nicht weiterkommen?« Franzi war empört. »Das kommt überhaupt nicht infrage!«

»Wir stecken kurz fest, das ist alles«, sagte Kim. »Kein Grund, den Mut zu verlieren. Wir sollten jetzt systematisch vorgehen.« Kim legte ihre bewährte, nüchterne Art an den Tag. »Also erst mal sollten wir das vorhandene Material sichten. Marie, du hast doch dauernd Fotos am Set geschossen. Die könnten wir uns zum Beispiel ansehen.«

Marie stöhnte. »Das sind hunderte Fotos! Da brauchen wir ewig, bis wir die durchhaben. Außerdem frage ich mich, was uns das nützen soll.«

»Was das nützen soll?« Franzi verlor die Geduld. »Wir müssen jeder Spur nachgehen. Das ist doch klar wie Hechtsuppe.«
Als Marie merkte, dass Kim und Franzi nicht lockerließen, kramte sie ihr Handy aus der Tasche. Der Touchscreen war zwar großzügig bemessen, aber Marie hatte keine Lust, sich die Augen zu verderben. Ihr Blick fiel auf den neuen Laptop, der einsatzbereit oben auf dem Bürocontainer stand. Die drei !!! hatten sich das schicke, weiße Teil von ihrer Belohnung, die sie nach einem erfolgreich gelösten Fall in Berlin bekommen hatten, angeschafft. »Ich überspiel mal schnell die Daten«, schlug Marie vor.
Fünf Minuten später lief die Diashow. Eine endlose Reihe von Fotos am Set zog an ihnen vorbei. Ab und zu rief jemand »Stopp!«, aber jedes Mal war es Fehlalarm. Nach einer Stunde kamen Kim leise Zweifel, ob ihre Idee wirklich so gut gewesen war. Sie wurde immer müder und stärkte sich mit einem Stück Kirschkuchen. Bei den Fotos vom dritten Drehtag konzentrierte sie sich auf Naomis Mann. Reglos saß er auf seinem Stuhl und beobachtete gelangweilt die hektischen Vorbereitungen, während Naomi in der Maske war.
Plötzlich rief Kim: »Warte mal! Stand die Arzttasche nicht gerade noch woanders?«
»Keine Ahnung.« Marie gähnte verstohlen. »Darauf hab ich gar nicht geachtet.« Sie stoppte die Diashow und klickte Foto für Foto zurück.
»Hier!«, sagte Kim aufgeregt. »Da steht die Tasche noch neben dem rechten Fuß des Professors. Drei Fotos weiter ist sie plötzlich schräg vor ihm, obwohl er sich die ganze Zeit nicht

bewegt hat. Zeig noch mal die Fotos dazwischen!« Kim rutschte ungeduldig auf ihrem Stuhl hin und her. »Seht ihr das? Da steht Donna neben dem Professor und macht sich an ihrem Schuh zu schaffen. Und hier lässt sie ihre Hand in der Arzttasche verschwinden!«
»Tatsächlich!« Auf einmal war Marie hellwach.
»Du bist genial!«, sagte Franzi. »Aber was heißt das für den Fall? Ich kapier das nicht. Warum macht sie das?« Ihre Gehirnzellen arbeiteten auf Hochtouren. Dann schlug sie die Hand vor den Mund. »Heißt das etwa, wir waren hinter dem falschen Verdächtigen her?«
Marie zoomte das Beweisfoto so groß, bis sie Donnas Gesichtsausdruck erkennen konnte. Um ihren Mund spielte ein zufriedenes Lächeln. Auf dem nächsten Bild hatte sie die Hand bereits wieder in ihrer Hosentasche. »Mist!«, fluchte Marie leise. »Das entscheidende Bild dazwischen fehlt, aber ich bin mir hundertprozentig sicher: Donna hat dem Professor ein Medikament aus seiner Tasche geklaut.«
Kim raufte sich die Haare. »Ich versteh das nicht. Donna ist doch Naomis Freundin. Warum sollte sie so was tun? Hat sie das Medikament vielleicht für sich selbst geklaut? Braucht sie es, um ihr irres Diät- und Trainingsprogramm durchzustehen?«
»Keine Ahnung! Vielleicht Eifersucht? Immerhin hat sich Friedrich noch nicht von Naomi getrennt, Donna ist nur seine Geliebte«, seufzte Marie. In ihrem Kopf wirbelten viel zu viele Gedanken durcheinander. Außerdem musste sie die Neuigkeit erst mal verdauen.
Plötzlich sprang Franzi auf. »Die Flasche!«

Marie und Kim verstanden nur noch Bahnhof.
»Wisst ihr nicht mehr?«, rief Franzi. »Donna hat Naomi doch einen Smoothie gegeben, zur Stärkung, kurz bevor Naomi die Verfolgungsjagd gespielt hat.«
Jetzt erinnerten sich Marie und Kim wieder.
»Und kurz danach ist Naomi ohnmächtig geworden«, murmelte Marie. »Ja, das passt alles zusammen. Am Set war so viel Chaos, da konnte Donna unbemerkt ein Mittel in den Smoothie mischen. Wir brauchen unbedingt die leere Flasche als Beweisstück! Vielleicht sind ja noch Rückstände des Medikaments drin.« Marie stöhnte. »Aber die Flasche ist wahrscheinlich längst im Müll gelandet.«
»Irrtum!« Franzi grinste breit. »Ich hab am Set gesehen, wie Naomi die leere Flasche ins Handschuhfach des Autos gestopft hat. Vielleicht haben wir Glück und sie ist noch dort.«
Franzi und Marie griffen gleichzeitig nach ihren Jacken und wollten aufbrechen.
»Wartet!«, rief Kim. »Die Flasche ist unsere letzte Chance, das sehe ich auch so. Aber der Fall ist zu heiß geworden. Wir sollten Kommissar Peters einschalten. Hier muss die professionelle Spurensicherung ran.«
Franzi und Marie machten lange Gesichter. Musste Kim eigentlich immer so schrecklich vernünftig sein? Unschlüssig sahen sie sich an.
»Na gut«, sagte Franzi schließlich, nachdem sie sich ausgemalt hatte, wie schwer es sein würde, abends in der Filmstadt den Wagen ausfindig zu machen, die Flasche sicherzustellen und auch noch vor Ort zu untersuchen.
Auch Marie willigte schweren Herzens ein. »Du rufst den

Kommissar an. Aber eine Sache lassen wir uns nicht aus der Hand nehmen. Wir rufen sofort Naomi an und warnen sie.«
Marie wählte Naomis Nummer. Nach ein paar Freizeichen schaltete sich die Mailbox ein. Beunruhigt steckte Marie das Handy wieder ein. »Sie meldet sich nicht. Wir müssen sofort zu Donnas Wohnung fahren.« Marie sah auf ihre Armbanduhr. »Der Hafendreh beginnt in zwei Stunden. Wenn wir uns beeilen, sind wir sogar noch pünktlich am Set.«

Der Mond stand bereits hoch am Himmel, als die drei !!! ihre Räder vor dem großen Altbau in der Oststadt abstellten. Es war ein sternenklarer Abend und ein paar Grad zu kühl für Maries leichte Outdoorjacke. Fröstelnd schlug sie den Kragen hoch. Das aufwendig restaurierte Haus stammte aus der Jugendstilzeit. Ein hübsches Lilienmuster schmückte die Fassade. Marie pfiff leise durch die Zähne. So eine noble Adresse konnten selbst sie sich nicht leisten.
»Was machen wir, wenn Donna zu Hause ist?«, flüsterte Kim.
Franzi schüttelte den Kopf. »Sie ist beim Joggen. Ich hab mir neulich in einer Drehpause ein Autogramm von ihr geholt. Wir haben uns ein bisschen über Sport unterhalten und sie hat mir ihren ausgefeilten Trainingsplan gezeigt.«
»Super!« Kim atmete erleichtert auf.
Die drei !!! liefen die Steinstufen zum Eingang hoch. Neben der schweren Holztür war eine Messingplatte mit silbernen Klingelschildern eingelassen. Aufgeregt drückte Marie auf Donnas Klingel. Nichts rührte sich. Marie klingelte energischer. Wieder nichts.
Der Wind pfiff ums Haus. Ein Käuzchen schrie sich heiser.

Auf einmal hatte Marie ein mulmiges Gefühl. Zitternd glitten ihre Finger über die Messingplatte. »Wisst ihr was? Wir klingeln jetzt den Hausmeister raus.«
Eine brummige Männerstimme meldete sich. »Ja, was ist?«
»Das ist ein Notfall!«, rief Marie panisch in die Sprechanlage. »Wir müssen dringend zu Donna Weidemann. Bitte machen Sie auf.«
Sofort ertönte der Summer. Im Hochparterre schlurfte ihnen der Haumeister entgegen: ein etwa fünfzigjähriger Mann mit grauen, verwuschelten Haaren und einem dunkelgrünen Jogginganzug. Er musterte sie misstrauisch. »Ihr seid ja Kinder! Was wollt ihr hier?«
Marie fluchte innerlich. Wenn sie mehr Zeit gehabt hätten, hätten sie sich verkleidet, um älter auszusehen. Das hatten sie schon ein paar Mal mit großem Erfolg gemacht. Jetzt mussten sie leider so klarkommen.
Marie packte ihre Schauspieltricks aus und presste zwei Tränen aus ihren Augen. »Wir sind Donnas Cousinen und wohnen ganz in der Nähe. Donna hat uns vom Dreh aus angerufen. Sie hat vergessen, die Herdplatte auszustellen. Sie müssen uns sofort ihre Tür aufsperren!«
»Was?« Der Hausmeister bekam einen roten Kopf. »Warum habt ihr das nicht gleich gesagt?« Er verschwand in seiner Wohnung, kehrte mit einem großen Schlüsselbund zurück und stürmte die Treppen hoch.
Die drei !!! folgten ihm auf den Fersen. Im dritten Stockwerk blieb der Hausmeister keuchend vor der rechten Tür stehen. Endlich hatte er den richtigen Schlüssel gefunden und sperrte auf.

»Vielen lieben Dank!«, sagte Marie zuckersüß.
Die Detektivinnen drängten sich am Hausmeister vorbei in den Flur. Aufs Geratewohl öffneten sie die erste Zimmertür und hatten Glück. Sie standen in einer großzügigen Wohnküche mit einem altmodischen weißen Buffet und einem blitzsauberen Herd. Das Glaskeramikfeld war dunkel. Alle Schalter der Kochfelder standen auf null, kein einziges rotes Licht leuchtete. Marie drehte blitzschnell an einem Schalter, bis ein Kochfeld sich rot verfärbte. Dann rief sie hysterisch: »Die Platte glüht ja richtig!« Sie wartete, bis der Hausmeister in die Küche kam, und drehte vor seinen Augen den Schalter zurück. »Puh! Das war knapp. Sie haben uns gerettet.«
Der Hausmeister runzelte die Stirn. »Eure Cousine ist ganz schön leichtsinnig. Sie muss in Zukunft vorsichtiger sein.«
»Natürlich!« Franzi machte ein zerknirschtes Gesicht. Zusammen mit Kim stellte sie sich vor den Herd, damit der Hausmeister nicht merkte, dass die Platte längst wieder kalt war.
Marie sah sich unauffällig in der Küche um und zuckte erschrocken zusammen. Drei Dinge lagen auf dem Holztisch, die ihr das Blut in den Adern gefrieren ließen: Naomis Kette mit dem Nixenanhänger, ein hellblauer offener Briefumschlag, auf dem in zittrigen Großbuchstaben »Für Donna« stand, und etwas Kleines, Rundes, Weißes. Marie konnte es nicht genau erkennen, aber es sah aus wie eine Tablette. Maries Magen verkrampfte sich. War das eine der Tabletten, die Donna dem Professor gestohlen hatte? Hatte sie Naomi damit etwas angetan? Blitzschnell legte Marie sich einen Plan zurecht. »Am besten sehen wir uns noch ein bisschen in der

Wohnung um. Falls irgendwo ein Fenster offen steht. Wir wollen Ihre kostbare Zeit aber nicht länger beanspruchen.« Sie klopfte dem Hausmeister beruhigend auf den Arm und zog ihn vom Tisch weg in Richtung Tür. »Gehen Sie ruhig schon zurück in Ihre Wohnung. Wir kommen dann nach, wenn wir alles kontrolliert haben.«

»Nein, ich lasse euch nicht alleine hier«, protestierte der Hausmeister. »Ihr seid ja noch Kinder. Das ist viel zu gefährlich für euch.«

Mit dieser Reaktion hatte Marie gerechnet. »Ja, da haben Sie recht«, sagte sie und ignorierte die wütenden Blicke von Franzi und Kim. »Sehen wir gemeinsam nach den Fenstern. Ich glaube, aus dem Flur kommt ein Luftzug. Vielleicht ist ja im Wohnzimmer ein Fenster offen.«

»Ich schau gleich mal nach.« Der Hausmeister verschwand im Flur.

Sobald er weg war, holte Marie ihre Lippenstiftlupe aus der Hosentasche und drehte an der äußeren Hülle, um sie scharf zu stellen.

»Was machst du da?«, zischte Franzi.

»Erklär ich euch später.« Marie beugte sich über den Küchentisch und sah sich den weißen Gegenstand unter der Lupe an. Es war tatsächlich eine Tablette. Eine kleine Ecke war abgebrochen, aber man konnte das feine Zickzackmuster trotzdem gut erkennen. Ein Zickzackmuster, das Marie bekannt vorkam … Plötzlich erinnerte sie sich wieder. Marie fiel ein Riesenstein vom Herzen. Mit einem erleichterten Stoßseufzer stopfte sie die Lippenstiftlupe in ihre Hosentasche und schnappte sich den Briefumschlag. Kaum hatte sie

den Reißverschluss ihrer Jacke hochgezogen, kam der Hausmeister zurück.
»Also, ich hab die komplette Wohnung kontrolliert«, berichtete er. »Ist alles in Ordnung.«
Marie klatschte in die Hände. »Wunderbar, tausend Dank! Sie waren unser Retter. Das wird Donna Ihnen nie vergessen. So, jetzt müssen wir aber los. Donna wartet auf unseren Anruf.«
Die Detektivinnen verabschiedeten sich und verließen fluchtartig die Wohnung. Kurz darauf standen sie wieder draußen auf der Straße.
»Was war das für eine Tablette, die du da untersucht hast?«, fragte Kim panisch.
»Das war nur ein Pfefferminzdragee von Naomis Lieblingsmarke. Ich hab es am Zickzackmuster erkannt. Naomi hat mir mal eins angeboten«, beruhigte Marie sie.
»Gott sei Dank!«, riefen Franzi und Kim wie aus einem Mund.
»Und was ist mit dem Umschlag?«, wollte Kim wissen.
Marie grinste verschmitzt und öffnete den Reißverschluss ihrer Jacke. Es knisterte, als der Briefumschlag zum Vorschein kam. Ungeduldig holte sie den Brief heraus. »Hoffentlich steht nicht das drin, was ich befürchte.« Sie überflog den Text. »Oh nein! Das ist ein Abschiedsbrief von Naomi!«

Ophelia

Marie gab den Brief an Franzi weiter. »Willst du … vorlesen?«, brachte sie mühsam heraus. Franzi nickte.

Liebe Donna,
wenn du diese Zeilen liest, habe ich endlich alles hinter mir. Bitte verzeih mir! Du warst so lieb zu mir, du warst meine einzige Freundin in dieser schrecklichen Zeit. Aber ich konnte so nicht weiterleben, mit dem Wissen, dass ein grausamer Tumor mein Gehirn und mein eigener Mann unsere Ehe zerstört. Wie muss Friedrich mich hassen, dass er dazu fähig ist, mich umbringen zu wollen!
Aber ich möchte jetzt nicht mehr über Friedrich sprechen. Ich möchte über uns sprechen. Erinnerst du dich an den Abschlussabend in der Schauspielschule, als wir Hamlet *aufgeführt haben und du die Ophelia gespielt hast? Bestimmt erinnerst du dich daran, es war ja dein erster großer Erfolg. Schon damals ahnte ich, dass ich nie so gut sein würde wie du, egal wie sehr ich mich anstrenge. Nein, widersprich mir nicht! Beim* Vorstadtwache-*Dreh ist es mir noch mal so richtig klar geworden: Ich wäre immer eine mittelmäßige Schauspielerin geblieben, und das hat mich zermürbt … Jetzt habe ich schon wieder den Faden verloren, entschuldige! Also damals als Ophelia hattest du Seerosen auf deinem Kleid und Algen im Haar. Erst hast du deinen geliebten Hamlet verloren und dann wurde auch noch dein Vater ermordet. Du wurdest wahnsinnig und bist ins Wasser gegangen.*

Ophelia war mir immer unheimlich. Ich hab sie nie verstanden. Ich dachte, es gibt immer ein Licht am Horizont und einen Ausweg. Donna, ich kann das Licht nicht mehr sehen! Um mich ist dunkle, schwarze Nacht, und sie hört einfach nicht auf. Ich halte das nicht aus. Ich werde noch verrückt, wie Ophelia …
Verzeih mir, Donna, und vergiss mich nicht. Ich danke dir für alles, was du für mich getan hast. Und ich hoffe so sehr, dass wir uns eines Tages wiedersehen. Vielleicht erst im Jenseits, vielleicht aber auch früher, unten am Hafen.
Bis in alle Ewigkeit,
deine Naomi

Franzis Hand zitterte so stark, dass sie den Brief fallen ließ. Er flatterte auf den Gehsteig und Marie bückte sich danach. Der Brief war kühl, aber er brannte unter ihren Fingern wie Feuer.
»Naomi … sie will sich das Leben nehmen!«, flüsterte Kim. »Sie will ins Wasser gehen.«
Maries Kehle war so eng, dass sie das Gefühl hatte, zu ersticken. »Ich hätte es merken müssen, dass es Naomi so schlecht geht!« Energisch richtete sie sich auf. »Wir müssen Naomi retten!«
Franzi riss Marie den Brief aus der Hand. »Naomi hat bestimmt nicht zufällig den Hafen erwähnt! Damit wollte sie Donna wahrscheinlich einen Hinweis geben, eine allerletzte Möglichkeit, sie zu retten. Naomi ist hinunter zum Hafen gegangen.«
»Zum Hafen?«, wiederholte Marie. »Ja, klar! Aber dort fängt doch gleich unser Dreh an.« In der ganzen Aufregung hatte

sie nicht mehr daran gedacht, dass sie in weniger als einer Stunde als sensationslüsterne Tina vor der Kamera stehen sollte.

»Wie kannst du jetzt noch an den Dreh denken!« Kim sah Marie entrüstet an. »Wir müssen Naomi retten, das ist tausendmal wichtiger. Wir brauchen Unterstützung von der Polizei, und Naomis Mann müssen wir auch sofort Bescheid geben.«

Marie wusste, dass Kim recht hatte, aber es zerriss ihr das Herz. Auf diese Chance hatte sie so lange gewartet. Ihre erste Fernseh-Rolle, an der Seite ihres Vaters, in der *Vorstadtwache*. Der erste Schritt zum ganz großen Ruhm, und darauf sollte sie einfach verzichten?

»Los, komm endlich, Marie!«, drängte Franzi, die mit Kim gerade die Räder aufschloss.

Die Sterne am Himmel funkelten wie Diamanten. Marie schossen Tränen in die Augen. So fühlte es sich also an, wenn ein wunderschöner Traum zerplatzte. Aber sie hatte keine Wahl, sie musste ihren Traum begraben und um Naomis Leben kämpfen. Marie wischte sich Tränen und Wimperntusche von den Wangen. Dann rannte sie zu ihrem Rad hinüber.

Kim saß schon auf dem Sattel, ihr Handy in der Hand, und wählte ein zweites Mal an diesem Abend die Nummer von Kommissar Peters. »Hallo?«, sagte sie atemlos. »Ich bin's wieder, Kim. Vergessen Sie die Smoothie-Flasche. Sie müssen sofort zum Hafen kommen. Es geht um Leben und Tod.«

Kommissar Peters war noch nie ein großer Redner gewesen.

Diesmal beschränkte er sich auf zwei Worte: »Sind unterwegs!«
»Danke!«, sagte Kim, legte auf und rief in der Klinik des Professors an.

Jetzt wünschte Marie sich wirklich, sie wäre ein Profiradrennfahrer der Tour de France. Kostbare Minuten und Sekunden verrannen, als die drei !!! auf ihren Rädern durch die Innenstadt rasten. Sie schlängelten sich zwischen den Autos zu den Ampeln durch, überholten schimpfende Radfahrer und wurden kräftig durchgeschüttelt, als sie am Wochenmarkt vorbei über das harte Kopfsteinpflaster zum Hafengelände hinunterfuhren. Normalerweise brannten um diese Zeit dort nur wenige gelbe Laternen. Heute waren die Container und Frachtschiffe rund um die Hauptanlegestelle in grelles Licht getaucht. Die Crew der *Vorstadtwache* machte die Nacht zum Tag. Techniker, Schauspieler und Assistenten rannten hektisch hin und her. Die Sätze, die sie sich zuriefen, klangen aus der Ferne wie das aufgeregte Surren von Insekten. Nur Hardy war heute ausnahmsweise der ruhige Fels in der Brandung. Klar und knapp gab er seine Anweisungen: »Den Scheinwerfer mehr nach rechts. Die zweite Kamera können wir hier aufstellen. Stolpert nicht über die Kabel. Ist der Wagen des Mordopfers fertig? Und die Leiche auch? Sehr gut. Ich seh mir das gleich mal an.«
Kim, Franzi und Marie fuhren bis zum Absperrband, stellten die Räder ab und rannten zu Hardy. Gleichzeitig bestürmten sie den Regisseur mit ihren Fragen.
»Wo ist Naomi? Hast du Naomi gesehen?«, rief Marie.

»Und wo ist Donna?«, fragte Franzi.
»Ist die Polizei schon hier?«, wollte Kim wissen. »Der Wagen von Kommissar Peters?«
Hardy starrte die Detektivinnen an. »Was ist denn mit euch los? Was redet ihr da von Polizei? Donna ist nicht hier, sie spielt nicht mit bei der Hafenszene.« Er seufzte. »Marie! Du solltest doch längst mit den anderen Komparsen in der Maske sein. Dein Vater ist auch dort, in dem Zelt da drüben.«
Marie rührte sich nicht von der Stelle. Tapfer sah sie Hardy in die Augen. »Ich spiele nicht mit. Wir müssen einen Fall aufklären. Es geht um Leben und Tod. Also noch mal: Hast du Naomi gesehen?«
Mit ihrer lauten Stimme hatte sie Helga Meister und Tom Ring angelockt. Die Produzentin und der Drehbuchautor kamen zu Hardy gelaufen.
»Was ist denn hier los?«, fragte Tom Ring.
Die Produzentin war sichtlich verärgert. »Ihr könnt hier nicht noch mehr Unruhe reinbringen. Wir haben jede Menge Probleme und müssen in zehn Minuten drehen!«
Marie wurde immer panischer. Zum dritten Mal wiederholte sie ihre Frage: »Wo ist Naomi?«
Endlich antwortete Hardy: »Keine Ahnung. Sie ist noch nicht aufgetaucht. Wir müssen die Hafenszene ohne sie drehen.« Er war gar nicht der ruhige Fels in der Brandung, er war wie gelähmt. »Und du willst auch nicht mitspielen, Marie?«
Marie hatte keine Zeit, sich um den verzweifelten Regisseur zu kümmern. »Okay, das war alles, was wir wissen wollten.« Die drei !!! rannten zurück zu ihren Rädern.

»Wir müssen den Hafen systematisch absuchen«, rief Kim keuchend. »Franzi, du fährst nach rechts, wir nach links. Sobald jemand Naomi entdeckt hat, schickt er eine SMS.«

»Alles klar. Viel Glück!«, sagte Franzi und verschwand.

Als Kim und Marie aus der Reichweite der Scheinwerfer kamen, wurde es schlagartig dunkel. Nur der Mond und die Sterne leuchteten ihnen den Weg – und die unruhig flackernden Lampen ihrer Fahrräder. Schweigend fuhren sie nebeneinanderher. Links neben der Hauptanlegestelle machten sie die Schatten von Lagerhallen aus. Sie sahen aus wie unheimliche Drachen, die auf Beute lauerten. Marie trat kräftiger in die Pedale. Dann kamen sie an einer zerstörten Telefonzelle vorbei. Dahinter schimmerte ein Stück gelber Sandstrand, den der Besitzer der neuen Hafenbar angelegt hatte. Marie hatte im Internet Bilder von der Bar gesehen, die im Sommer Dance-Partys mit eigenem DJ veranstaltete. Jetzt waren die Fenster dunkel und die Bar geschlossen. Marie wollte schon weiterfahren, als sie Kims heisere Stimme hörte: »Da vorne, am Ufer!«

Marie folgte mit dem Blick ihrer ausgestreckten Hand und erstarrte. Am Ende des Sandstrands war ein kleiner Holzturm, dessen Aussichts-Plattform der DJ für seine Auftritte benutzte. Oben auf der Plattform stand eine schmale Gestalt in einem blauen Kleid, an dem der Wind zerrte. Die Gestalt trug weder Mantel noch Schuhe. Sie hatte die Arme ausgestreckt und schwankte leicht hin und her. Zehn Meter unter ihr klatschte eiskaltes Hafenwasser gegen die schräg abfallende Kaimauer.

»Naomi …«, flüsterte Marie.

»Was sollen wir jetzt machen?«, flüsterte Kim zurück. »Wenn wir sie rufen, erschrickt sie womöglich und stürzt sich ins Wasser.«
Marie krächzte: »... oder auf die Betonmauer.« Sie wusste nicht, welcher Tod schrecklicher war: sich sämtliche Knochen zu brechen und zerschmettert zu werden oder so gelähmt zu sein vom eiskalten Wasser, dass man keine Kraft mehr hatte, an der Oberfläche zu bleiben.
»Ich weiß auch nicht, was wir tun sollen ...« Noch nie in der ganzen Zeit als Detektivin hatte Marie sich derart hilflos und ohnmächtig gefühlt.
»Also ich schicke jetzt erst mal Franzi eine SMS«, schlug Kim vor.
Während sie die kurze Botschaft in ihr Handy tippte, starrte Marie weiter auf die Gestalt oben auf dem Turm. Und plötzlich fiel ihr ein, was sie tun konnte. »Wir müssen näher ran«, raunte sie Kim zu. »Aber leise. Und dann müssen wir irgendein unauffälliges Geräusch machen, eine Vogelstimme nachahmen oder so ...«
»Gute Idee!«, sagte Kim.
Die Mädchen lehnten ihre Räder an die Mauer der Bar. Sie pirschten sich durch den Sand, der zum Glück ihre Schritte verschluckte, an den Holzturm heran. Als sie kurz davor waren, wollte Marie gerade wie eine Taube gurren, als plötzlich ein Popsong der Beatles die Stille durchbrach: »All you need is love ...«

Naomi nestelte fahrig am Gürtel ihres Kleides, an dem ihr Handy befestigt war. Sie schaltete es aus, ohne einen Blick darauf zu werfen.

Marie nutzte die günstige Gelegenheit. »Nicht erschrecken, Naomi!«, rief sie. »Wir sind es nur, Marie und Kim.«

Naomi ließ ihre Arme sinken. »Geht weg! Lasst mich in Ruhe.«

»Das können wir leider nicht«, sagte Kim mitfühlend. »Wir können es nicht zulassen, dass du dich … dass du ins Wasser springst.«

Sie hörten ein Stöhnen. Die Holzplanken knarrten, als Naomi an den Rand des Turms trat und sich zu den Detektivinnen hinunterbeugte. Der Mond beleuchtete ihr schmales Gesicht. Es war weiß wie Papier. »Keine Angst! Ich werde nicht springen. Ich hab es mir anders überlegt.«

Die Antwort kam so überraschend, dass Kim und Marie etliche Sekunden brauchten, bis sie begriffen, was Naomi gerade gesagt hatte. Und selbst dann konnten sie es nicht glauben. Wollte Naomi sie bloß loswerden? Schickte sie sie deshalb weg?

»Ich komme gleich runter, versprochen«, sagte Naomi. Ihre Stimme klang unendlich traurig und müde, aber gleichzeitig ruhig und gefasst.

Erst jetzt spürten Kim und Marie, wie die Angst langsam nachließ und einer riesengroßen Erleichterung Platz machte. Naomi wollte sich doch nicht umbringen!

Die Schauspielerin richtete sich auf und strich sich eine blonde Haarsträhne hinters Ohr. »Aber ich will noch kurz alleine hier oben bleiben und nachdenken. Ist das möglich?«

Kim tauschte einen unsicheren Blick mit Marie. Als die mit dem Kopf schüttelte, sagte sie schnell: »Natürlich, sofort. Aber erst haben wir noch eine wichtige Nachricht für dich. Dein Mann wollte dich nicht umbringen. Er ist unschuldig.«
Naomi stöhnte ein zweites Mal. »Das sagt ihr doch nur, weil ihr unbedingt wollt, dass ich jetzt gleich runterkomme.«
»Das stimmt nicht!«, protestierte Marie. »Friedrich ist wirklich unschuldig. Er wollte dich nicht vergiften.«
»Ach ja?« Naomi blieb skeptisch. »Und wer hat es dann auf mein Leben abgesehen? Etwa der Weihnachtsmann?«
»Der gerade nicht …« Kim machte eine kleine Pause, bevor sie mit der schrecklichen Wahrheit herausrückte. »Es war Donna.«
Naomi lachte auf. »Donna? Das soll wohl ein Witz sein! Hört mal! Lasst mich endlich in Ruhe. Ich will alleine sein.«
Marie ging nicht auf Naomis Bitte ein. »Ich weiß, dass du das nicht von Donna erwartet hättest. Aber sie hat dir ein Medikament in den Smoothie gemischt. Deshalb bist du bei der Verfolgungsszene ohnmächtig geworden.«
»Spart euch die Mühe«, sagte Naomi. Wieder knarrten die Holzplanken. Naomi ging zurück in die Mitte des Turms.
»Bitte, komm sofort da runter!«, rief Kim, die plötzlich Angst hatte, dass Naomi aus Versehen ins Wasser stürztc. »Die Planken sind glitschig. Das ist gefährlich.«
»Tu es uns zuliebe!«, flehte Marie.
Plötzlich hörten sie hinter sich knirschenden Sand. Und schon war Franzi an ihrer Seite. »Naomi, ich bin's, Franzi«, brüllte sie. »Das hat doch keinen Sinn! Komm runter, dann reden wir in Ruhe über alles.«

Naomi klang jetzt sichtlich genervt. »Wie oft soll ich es euch noch sagen? Ich werde mich nicht umbringen. Ich will nur kurz alleine hier oben bleiben und in Ruhe nachdenken.« Demonstrativ verschränkte sie die Arme vor der Brust.

»Ich halte das nicht aus. Ich klettere rauf zu ihr!«, raunte Franzi Kim und Marie entschlossen zu.

Franzi hatte sich gerade in Bewegung gesetzt, als plötzlich eine Männerstimme rief: »Schatz, ich bin hier bei dir!« Professor Boden stolperte durch den knöcheltiefen Sand, ließ seine schwarze Arzttasche fallen und warf sich vor dem Holzturm auf die Knie. »Ich liebe dich, Naomi! Du bist mein Leben. Naomi, meine Sonne, mein Mond, mein Stern! Verzeih mir, dass ich so gemein zu dir war. Bitte, komm zu mir herunter …« Er schluchzte auf. Marie hatte noch nie einen Mann so heftig weinen sehen.

Die Schauspielerin trat zögernd an den Rand des Turms. »Friedrich …«

»Naomi!«

Der Arzt sprang auf und rannte hinüber zum Turm. Naomi rannte die schmale Holztreppe hinunter. Auf der letzten Stufe stürzte sie in die Arme ihres Mannes. Wie eine Ertrinkende klammerte sie sich an ihn. »Ich liebe dich! Keine Angst, ich wollte nicht springen. Und ich weiß jetzt, dass du nur das Beste für mich willst. Ich möchte die Zeit, die mir noch bleibt, mit dir verbringen ….«

»Die Zeit, die dir noch bleibt? Was redest du da?«

Naomi verbarg ihren Kopf an der Schulter des Professors. »Dass ich wahrscheinlich bald sterben muss. Ich glaube, ich habe einen Gehirntumor. Die Symptome sind ziemlich eindeutig. Aber ich möchte mich trotzdem untersuchen lassen. Vielleicht gibt es ja doch noch eine klitzekleine Hoffung …«

»Was … was … warum hast du mir nichts davon erzählt?«, stammelte ihr Mann.

Naomi antwortete unsicher: »Ich dachte, du würdest mich nicht ernst nehmen. Du würdest es als albernes Wehwehchen abtun.«

»Schatz, Liebes!« Der Professor presste Naomi fest an sich. »Natürlich nehme ich dich ernst! Du bist der wichtigste Mensch in meinem Leben. Aber du zitterst ja … Du bist viel zu dünn angezogen. Komm, nimm meine Jacke!« Liebevoll streichelte er Naomis Wangen und flüsterte: »Ich will dich nicht verlieren!«

»Ich dich auch nicht!«

Naomi und Friedrich küssten sich leidenschaftlich. Während sie dicht aneinandergeschmiegt dastanden und ihre Lippen miteinander verschmolzen, heulte im Hintergrund eine Polizeisirene auf. Reifen quietschten vor der Hafenbar. Dann kamen Kommissar Peters und Polizeimeister Conrad angerannt. Sie richteten ihre grellen Taschenlampen auf das Paar, sahen ihre verheulten Gesichter und daneben die drei !!!, wie zu Salzsäulen erstarrt und mit vor Schreck geweiteten Augen.

»Sind wir … sind wir zu spät?«, stammelte der Kommissar.

»Es ging nicht schneller«, keuchte Polizeimeister Conrad, während er hektisch mit der Taschenlampe die Kaimauer absuchte. »Wir waren erst bei der Hauptanlegestelle und …«

Marie fühlte sich, als würde sie aus einem Albtraum aufwachen. »Nein, nein! Sie kommen genau richtig. Naomi hat es

sich im letzten Moment anders überlegt.« Mit einem vielsagenden Blick deutete sie zum Turm.
Der Kommissar verstand sofort. Er warf Naomi einen besorgten Blick zu, die trotz Jacke am ganzen Körper zitterte und mit den Zähnen klapperte. Als er ihre nackten Füße entdeckte, die knöcheltief im Sand steckten, sagte er energisch: »Ich rufe jetzt einen Notarzt.«
»Aber ich bin selbst Arzt …«, widersprach der Professor.
Doch Kommissar Peters hatte bereits das Handy am Ohr. »Nur zur Sicherheit. Hallo? Hier spricht Kommissar Peters. Ein Rettungswagen zur Hafenbar, unten am Strand. Eine Frau im Schockzustand, völlig unterkühlt. Vielen Dank!« Er steckte das Handy weg und musterte die Detektivinnen eindringlich. »Sagt mal: Woher wusstet ihr eigentlich von der Sache? Ihr seid doch nicht zufällig hier, oder? Habt ihr etwa schon wieder einen neuen Fall gelöst?«
Die drei !!! grinsten. Dann sagte Marie stolz: »Ja, haben wir.«
»Aber wir sind noch nicht fertig«, schränkte Kim ein. »Ein entscheidendes Detail fehlt uns leider.«
Franzi nickte. »Wir müssen noch die Täterin überführen, die Naomi beinahe in den Tod getrieben hätte. Ihr Name ist Donna Weidemann und sie …«
Polizeimeister Conrad pfiff durch die Zähne. »Die berühmte Fernsehschauspielerin?«
»Genau die«, sagte Marie.
Naomi löste sich aus den Armen ihres Mannes und kam zu den Detektivinnen herüber. »Hier liegt ein Missverständnis vor. Donna ist meine beste Freundin, sie würde so was nie tun! Dazu kenne ich sie viel zu gut.«

Marie seufzte. Sie hatte in ihrer Laufbahn als Detektivin die bittere Erfahrung machen müssen, dass Leute von ihren angeblich besten Freunden betrogen und enttäuscht wurden. Jeder Mensch hatte eine dunkle Seite in sich. Beim einen blieb sie verborgen, beim anderen kam sie irgendwann zum Vorschein.

»Vorhin hat doch dein Handy geklingelt«, sagte Marie zu Naomi. »Sieh bitte mal nach, wer dran war.«

Achselzuckend löste Naomi ihr Handy vom Gürtel. »Na schön, ich weiß zwar nicht, was das bringen soll …« Sie schaltete das Handy an, gab die PIN ein und rief ihre Nachrichten ab. Dann schluckte sie. »Donna hat mir eine SMS geschickt.« Mit zitternden Fingern streckte Naomi den drei !!! das Handy hin. Aufgeregt beugten sie sich darüber.

Hallo Naomi!
Tu's nicht! Bitte!!! Das wollte ich nicht.
Ich bin schuld. Ich kann dir alles erklären.
Warte auf mich, ich komme zum Hafen.
LG, Donna

Marie reichte das Handy an Kommissar Peters und Polizeimeister Conrad weiter. Nachdem sie Donnas SMS gelesen hatten, sahen sie die drei !!! fragend an.

»Ich glaube, ihr müsst uns einiges erklären«, sagte Kommissar Peters.

Franzi seufzte. »Das ist eine lange Geschichte. Fürs Erste muss die Kurzform reichen.« Sie erzählte von den seltsamen Vorkommnissen am Set und ihrem ersten falschen Verdacht.

Bei der Gelegenheit entschuldigte sie sich bei Professor Boden, der sofort abwinkte und sich ebenfalls entschuldigte, weil er den Detektivinnen mit dem Rechtsanwalt gedroht hatte. Franzi berichtete von ihrem Verdacht mit dem Medikament im Smoothie und von Donna, die Naomi wahrscheinlich systematisch in den Selbstmord treiben wollte. Die Polizisten hörten atemlos zu.

Am Schluss schlug Kommissar Peters die Hände über dem Kopf zusammen. »Ihr bringt mich noch zum Wahnsinn! Dieser Fall ist viel zu groß für euch. Ihr hättet uns viel früher einschalten müssen. Wisst ihr eigentlich, in welche Gefahr ihr euch da gebracht habt? Ihr …«

Die restlichen Vorwürfe gingen im Klingeln seines Handys unter. »Ja? Was gibt es denn jetzt schon wieder? … Ah, ihr habt die Flasche sichergestellt. Und? … Bitte komm auf den Punkt! Was war drin? … Verstehe. Gute Arbeit, Leute, bis später!« Kommissar Peters steckte das Handy weg. »Das war die Spurensicherung. Sie haben Fingerabdrücke auf der Saftflasche gefunden und innen Reste eines pflanzlichen Beruhigungsmittels.« Er nannte einen komplizierten Namen, den die drei !!! noch nie gehört hatten.

Professor Boden dagegen machte ein bestürztes Gesicht. »Was? *Das* war drin?« Er rannte zu seiner schwarzen Arzttasche, kippte den Inhalt in den Sand und durchwühlte die Arzneimittel. Nach einer Weile richtete er sich stöhnend auf. »Das Präparat fehlt! Donna muss es mir tatsächlich gestohlen haben. Und ich hab nichts davon gemerkt.« Er ging zu seiner Frau und legte den Arm um sie. »Das hätte böse ins Auge gehen können. Das Mittel ist zwar rein pflanzlich, aber

bei deinem niedrigen Blutdruck und auf nüchternen Magen … Du hattest einen Schutzengel dabei, mein Schatz. Was für ein Glück, dass du nur ohnmächtig geworden bist!«
Naomi schmiegte sich ängstlich an ihn. Sie war wieder blass geworden und sah sehr zart und zerbrechlich aus.
»Wo bleibt denn der Rettungswagen?«, schimpfte Polizeimeister Conrad.
In dem Moment heulte die Sirene auf. Ein rot-weiß gestreifter Kastenwagen raste mit Blaulicht zur Hafenbar. Ein Notarzt und zwei Sanitäter sprangen heraus, holten eine Trage heraus und sprinteten auf die Gruppe zu. Sie betteten Naomi auf die Trage, hüllten sie in eine Rettungsdecke und fingen sofort an, sie zu untersuchen. Kurze Zeit später gaben sie grünes Licht. Bis auf einen leichten Schock fehlte Naomi nichts.
»Wie geht es dir jetzt, Schatz?«, fragte Professor Boden, der neben der Trage stand und die Hand seiner Frau hielt.
Naomi lächelte. »Gut. Nur ein bisschen müde und Kopfschmerzen. Mach dir keine Sorgen.«
Der Professor flüsterte in ihr Haar: »Alles wird gut, du wirst sehen. Ruh dich hier noch ein bisschen aus, dann bringe ich dich nach Hause.«
Die drei !!! und die Polizisten traten diskret zurück, um das Paar nicht zu stören.
»Solltet ihr nicht auch längst zu Hause sein?« Kommissar Peters tippte auf seine Armbanduhr. »Es ist schon nach Mitternacht. Eure Eltern machen sich bestimmt schon Sorgen um euch.«
Marie schüttelte den Kopf. »Die wissen, dass wir am Hafen

sind. Wir sollten ja eigentlich beim Dreh der *Vorstadtwache* dabei sein.« Wehmütig zeigte sie zur Hauptanlegestelle. Aus der Ferne konnte man die Scheinwerfer leuchten sehen. Bestimmt war die Hafenszene längst im Kasten – ohne Tina …

»Kommissar Peters?«, meldete sich Kim mit leuchtenden Augen zu Wort. »Ich hätte da eine Idee. Donna wird sicher gleich auftauchen und ich wüsste, wie wir sie überführen könnten.«

Der Kommissar zog die Augenbrauen zusammen und machte eine abwehrende Handbewegung. »Kommt nicht infrage! Das überlasst ihr schön uns.«

Kim kannte diesen Gesichtsausdruck nur zu gut. Normalerweise gaben die drei !!! sich dann geschlagen, aber diesmal wollte Kim nicht klein beigeben. Dazu war ihre Idee einfach zu gut. Zur Überraschung ihrer Freundinnen sagte sie laut: »Nein!«

»Wie … nein?« Selbst Kommissar Peters war kurz verwirrt.

»Hören Sie sich meinen Vorschlag wenigstens kurz an«, bat Kim.

Kommissar Peters tauschte einen Blick mit seinem Kollegen. »Na gut. Schieß los!«

Neugierig rückten die drei !!! näher zu Kim. »Also«, sagte sie, »ich hab bei den Dreharbeiten ein bisschen Erfahrung in der Maske gesammelt. Und ich hab zufällig mein Schminktäschchen dabei. Was halten Sie davon, wenn …«

Kurze Zeit später lag die Hafenbar scheinbar verlassen da. Das Wasser klatschte in regelmäßigen Abständen gegen die Kaimauer, der Wind strich sanft über den Sand. Ein paar

Insekten, die den kühleren Temperaturen des Herbstes trotzten, surrten um die Campinglampe, die am Boden neben einem Bündel Kleidern lag. Ansonsten war alles ruhig und friedlich. Ein bisschen zu ruhig vielleicht …

Plötzlich näherten sich eilige Schritte. Im Lauftempo kam eine Joggerin an. Sie trug einen weißen Jogginganzug, der im Mondlicht leuchtete. Vor dem Gebäude der Strandbar blieb sie stehen und zögerte. Sie hielt sich die Hand vor die Augen und suchte den künstlichen Strand ab. Dann stieß sie einen Schrei aus und rannte zu dem Kleiderbündel hinüber.

»Naomi? Bist du das?«, rief Donna voller Panik. Sie berührte den Kleiderberg. Eine Wolldecke rutschte zur Seite und gab den Blick auf einen leblosen Körper frei. Er lag schlaff mit hängenden Armen und Beinen im Sand. Es war eine zierliche Frau Anfang zwanzig. Mit ihren feuchten blonden Haaren, die ihr Gesicht einrahmten, sah sie aus wie ein Engel. Wenn da nicht überall die grünen Algen gewesen wären, die wie eine dünne, schleimige Schicht Gesicht und Haare bedeckten. Und die bleichen, tief eingefallenen Wangen. Aber das Schlimmste waren die hervorquellenden Augen und die blauen Lippen.

»Nein!« Donnas lauter Schrei hallte durch die Nacht. »Naomi! Bitte tu mir das nicht an!« Donna schüttelte den leblosen Körper. »Du bist nicht tot. Du lebst. Atme doch, bitte, atme wieder!« Als Donna merkte, dass ihre Versuche nichts bewirkten, ließ sie den Frauenkörper zurück in den Sand gleiten. Verzweifelt presste sie die Hände gegen ihre Wangen. »Das hab ich nicht gewollt, Naomi! Du solltest doch nur ein bisschen krank werden, damit du deine Rolle nicht mehr weiterspielen kannst und ich für dich einspringen kann. Eigentlich stand mir die Rolle zu, verstehst du? Bis du kamst, die junge, frische Debütantin. Dann war ich auf einmal nicht mehr knackig genug. Obwohl ich viel mehr Sport treibe als du und dauernd Diät mache und Friedrich mich operiert hat. Wozu hab ich mich so gequält? Es war alles umsonst!« Donna hämmerte mit den Fäusten auf ihre Schläfen. »Du hast mir alles weggenommen, Naomi, was mir wichtig war! Meine Traumrolle und meinen Traummann. Ich Idiot hab dir Friedrich damals sogar selbst vorgestellt. Und du hast ihn sofort mit deinem Charme eingewickelt. Warum hast du mir das angetan? Warum, warum, warum?« Donna schüttelte wieder den schlaffen Frauenkörper. Dann jammerte sie leise vor sich hin. »Es tut mir so leid, Naomi! Ich hab alles zerstört. Friedrich wollte nicht zu mir zurück und du hast viel besser gespielt als ich. Aber ich konnte nicht anders. Ich musste dich in dem Glauben lassen, dass Friedrich dich umbringen will. Und ich musste dir das Mittel in deinen Smoothie mischen …«

Sobald das Wort »Smoothie« gefallen war, traten plötzlich zwei Polizisten aus dem Gebüsch. Metall klirrte, dann schnappten Handschellen zu.

»Donna Weidemann«, sagte Kommissar Peters. »Ich verhafte Sie hiermit wegen Verabreichung gesundheitsgefährdender Medikamente an Ihre Schauspielkollegin und wegen psychischer Beeinflussung, die beinahe zum Selbstmord geführt hätte.«

»Was? Wie? W…wieso … beinahe?« Donna starrte die Polizisten an.

Das war das Signal für die drei !!!. Sie kamen hinter einer Mülltonne hervor und Kim schnippte mit den Fingern. Sofort richtete Naomi sich auf. Sie wischte sich die Algen aus dem Gesicht und öffnete ihre blauen Lippen. »Ich bin nicht tot, Donna. Aber es hat nicht viel gefehlt und ich wäre es gewesen.«

»Naomi! Du lebst!« Über Donnas Gesicht strömten Tränen. »Ich bin ja so froh. Jetzt wird alles gut. Bitte verzeih mir, du musst mir verzeihen!«

»Wie kannst du es wagen, das zu verlangen?« Professor Boden hob drohend die Hände.

»Lass nur«, sagte Naomi müde. Mit sanfter Gewalt zog sie ihren Mann von Donna weg. Noch einmal drehte sie sich kurz um und sah ihre ehemalige Freundin tieftraurig an. »Nein, Donna, ich kann dir nicht verzeihen.« Damit wandte sie sich endgültig ab.

Donna wehrte sich nicht, als Polizeimeister Conrad sie zum Polizeiwagen führte, ihren Kopf nach unten drückte und sie auf den Rücksitz schob. Sie hatte aufgehört zu weinen. Ihr Gesicht wirkte jetzt wie eine Maske. Ihre weit aufgerissenen, starren Augen waren das Letzte, was die drei !!! sahen, bevor Kommissar Peters die Tür zuschlug und das Auto in die Nacht hineinbrauste.

Ein rauschendes Filmfest

Der Vorspann zur *Vorstadtwache* flimmerte über die Leinwand. Die drei !!! saßen in der ersten Reihe und summten die Titelmelodie mit. Marie hatte vor Aufregung knallrote Wangen. Unter ihrem sorgfältig aufgetragenen Rouge sah man es zum Glück kaum. Marie drehte sich kurz um. Ein Glücksgefühl durchströmte sie, als sie hinter sich die Film-Crew sah. Ein unsichtbares Band verknüpfte das Team, wie sie hier alle dicht gedrängt in einem italienischen Restaurant saßen und zusammen die Preview der neuen Folge feierten. Sie waren eine wunderbare, große Familie – nein, das stimmte nicht ganz. Tessa war das schwarze Schaf, ein Fremdkörper, den Marie am liebsten entfernt hätte, wenn sie bloß gewusst hätte, wie.

»Pass auf! Gleich kommt die Hafenszene.« Kim zupfte an Maries kleinem Schwarzen, das ihre Freundin heute mit einem flauschigen schneeweißen Cape, einer Kette aus Süßwasserperlen und schwarzen Ankle-Boots kombiniert hatte.

Sofort drehte Marie sich wieder zur Leinwand um. Der Vorspann ging gerade nahtlos in die erste Szene über. Die Kamera schwenkte aus der Vogelperspektive über den nächtlichen Hafen. Blaulichter blinkten an der Hauptanlegestelle. Ein Kranwagen hievte ein schlammverschmiertes Auto aus dem Wasser. Eine junge blonde Frau drängelte sich zum Absperrband vor, dicht gefolgt von ihren Freundinnen, einer Brünetten mit kurzen Haaren und einer sportlichen Rothaarigen. Tina schoss pausenlos Fotos: wie der Wagen vorsichtig abgesetzt wurde, wie die Rettungskräfte die Fahrertür aufschnitten und die Leiche herausholten. Ihre Freundinnen murmelten dabei fasziniert: »Ist das gruselig … krass … das glaubt uns kein Mensch …«

Tina boxte sich noch weiter vor. »Was ist passiert? Wurde der Fahrer ermordet?«

Hauptkommissar Brockmeier und Kommissarin Gellert kamen zu ihr herüber. Ab da lief alles wie am Schnürchen nach dem geänderten Drehbuch ab. Am Ende wurden Tina und ihre Freundinnen unter heftigem Protest aller drei vom Tatort entfernt.

Cut, Szenenwechsel. Doch keiner sah mehr zu. Alle standen auf und jubelten den drei !!! zu.

Franzi winkte grinsend ab und Kim wäre am liebsten in der Küche des Restaurants verschwunden. Sie fand die Reaktion völlig übertrieben. Sie hatte doch nur gemeinsam mit Franzi und Marie eine kleine Komparsenrolle übernommen. Und auch das war reiner Zufall gewesen. Hardy hatte den ersten Take des Hafendrehs abbrechen müssen, weil zu viele Pannen passiert waren: Erst heulte die Sirene des Polizeiautos von Kommissar Peters auf. Dann fuhr der Rettungswagen für Naomi mitten durchs Bild. Und im dramatischsten Augenblick, als der Filmarzt sich über die Leiche beugte, lief im Hintergrund Donna im Jogginganzug vorbei. Kim und Franzi hatten es dem Einsatz von Maries Vater zu verdanken, dass sie beim zweiten Take mitspielen durften, sozusagen als Belohnung für ihren erfolgreich gelösten Fall. So ein Angebot hatten sie natürlich schlecht ablehnen können.

Hardy stoppte den Film und ließ sein lautes Lachen hören.

»Ihr drei wart wirklich toll. Und du hast meine Erwartungen noch mal übertroffen, Marie!«
Marie genoss das Lob des Regisseurs und den Applaus der Crew in vollen Zügen. Sie fasste Kim und Franzi an den Händen und verbeugte sich strahlend.
Der Jubel schwoll noch einmal richtig an. Bis Professor Boden erschrocken den Zeigefinger auf den Mund legte und »Pssst!« machte. »Seid bitte nicht so laut«, bat er. »Meine Frau bekommt sonst wieder Kopfschmerzen.«
Naomi lachte laut auf. »Nein, nein! Mir geht es gut. Und ich verspreche euch, dass ich euch in Zukunft nicht mehr mit meinen Wehwehchen nerve.« Damit erntete sie freundschaftliches Gelächter. Ihre Geschichte hatte sich längst herumgesprochen und alle Kollegen standen voll auf ihrer Seite. An Donna dagegen ließen sie kein gutes Haar.
Marie sah Naomi bewundernd an. Die Schauspielerin sah blendend aus in ihrem weißen Kleid. Dabei hatte sie kaum Make-up aufgetragen, nur einen Hauch Lipgloss und hellblauen Lidschatten, der perfekt zu ihrer Nixenkette passte. Es ging Naomi zum Glück auch blendend. Sie freute sich, weil ihr Mann gerade erfahren hatte, dass die Klage seiner Patientin abgeschmettert worden war. Aber der Hauptgrund für ihre Freude war ein anderer: Professor Boden hatte sie komplett durchgecheckt und keinen Tumor gefunden. Naomi war vollkommen gesund. Die Übelkeit und die Kopfschmerzen am Set kamen zunächst vom Lampenfieber und weil Naomi kaum etwas gegessen hatte. Dann hatte Donna nachgeholfen …
Während die Crew sich um Naomi scharte, beugte Kim sich

zu Kommissar Peters hinüber, der schräg hinter ihr saß und der einzige echte Polizist im Raum war. »Was passiert jetzt eigentlich mit Donna? Muss sie ins Gefängnis?«

Kommissar Peters kratzte sich am Kinn. »Das steht noch nicht fest. Donna hat ein umfassendes Geständnis abgelegt. Das wird ihr beim Prozess positiv angerechnet. Wenn sie Glück hat, wird ihre Freiheitsstrafe zur Bewährung ausgesetzt.«

»Arme Donna«, murmelte Franzi. Bei aller Wut und Enttäuschung, dass sich ausgerechnet ihre Lieblingsschauspielerin als skrupellose Verbrecherin entpuppt hatte, empfand sie auch ein bisschen Mitleid.

Kim ging es ähnlich. »Dieser riesige Druck auf die Schauspielerinnen muss schrecklich sein. Natürlich entschuldigt es nicht, was Donna getan hat, aber ein Stück weit kann ich es nachvollziehen. Ist echt heftig, wenn du mit Anfang dreißig schon zum alten Eisen gehörst.«

Jetzt kam auch Marie ins Grübeln. Bisher hatte sie immer nur die Sonnenseiten des Schauspiel-Berufs gesehen, aber es gab natürlich auch Schattenseiten. Vielleicht sollte sie später doch Detektivin werden, da konnte sie auch noch mit 60 ermitteln, wie die berühmte Miss Marple.

Helmut Grevenbroich blickte in die ernsten Gesichter von Kim, Franzi und Marie. »Der Fall hat euch ganz schon mitgenommen. Kein Wunder, er war ja auch besonders nervenaufreibend. Aber ihr habt ihn erfolgreich gelöst, und das sollten wir feiern.« Maries Vater winkte den Kellner heran, der auf einem Tablett Sekt und O-Saft herumreichte. Jeder nahm sich ein Glas und Helmut Grevenbroich sprach einen

doppelten Toast aus: »Auf eine weitere geniale Folge der *Vorstadtwache* und auf die drei !!!, unsere Special Guests!«
»Auf die drei !!!«, riefen die Crew-Mitglieder.
Kim, Franzi und Marie mussten mit allen anstoßen. Nach dem Sekt sahen sie sich die *Vorstadtwache*-Folge noch mal in voller Länge an. Danach gingen sie zum gemütlichen Teil des Abends über. An einer langen Tafel war für die Crew gedeckt. Es gab ein italienisches Menü, das keine Wünsche offenließ.
Kim kratzte genießerisch die Tiramisu-Reste aus ihrem Schälchen. »Und was kommt jetzt?«
»Sag bloß, du hast immer noch Hunger?«, fragte Franzi, die schon vor der Nachspeise kapituliert hatte.
Kim streckte ihr die Zunge heraus und lachte. »Nein! So verfressen bin ich auch wieder nicht. Aber es gibt doch bestimmt noch mehr Programmpunkte außer dem Film.«
Helmut Grevenbroich, der das Gespräch mitverfolgt hatte, zwinkerte Kim geheimnisvoll zu. »Da liegst du richtig. Wartet einen Moment und lasst euch überraschen.« Er verschwand hinter einem dunkelblauen Vorhang.
Fünf Minuten später ging plötzlich der Vorhang auf. Drei Musiker standen auf einer kleinen improvisierten Bühne: ein Pianist, ein Kontrabassspieler und ein Saxofonist.
Helmut Grevenbroich zog das Mikro an sich heran. »Hallo, Leute! Ihr habt sicher auch schon von dem Gerücht gehört, dass Hauptkommissar Brockmeier gar nicht Saxofon spielen kann, sondern alles nur Play-back ist.« In die Lacher hinein sagte er: »Diesen Vorwurf konnte ich nicht länger auf mir sitzen lassen. Ich hab ein paar Musikstunden genommen.

Hier kommt der Beweis!« Er setzte das Saxofon an die Lippen und die Band legte los.
Sie spielten einen Swing-Klassiker, der sofort ins Blut ging. Alle klatschten begeistert mit und Franzi rief Marie zu: »Dein Vater ist wirklich unglaublich!«
»Ja, das ist er.« Mit niemandem auf der Welt hätte sie ihren wunderbaren Vater tauschen wollen. Und das Beste war: Er gehörte ihr ganz alleine!
Helmut Grevenbroich beendete das Stück mit einem kleinen Solo. Dann ließ er sein Saxofon sinken. Die Crew sprang von den Stühlen auf. »Bravo, bravo, bravo!«
Tessa klatschte besonders laut und brüllte: »Zugabe!«
Helmut Grevenbroich lächelte ihr zu. »Auf besonderen Wunsch einer Dame spielen wir noch eine Nummer.« Das zweite Stück war eine romantische Ballade. Es wurde still im Publikum. Tessa schob sich in die erste Reihe vor.
»Das muss ich mir nicht antun«, murmelte Marie. Sie durchbohrte Tessa mit einem giftigen Blick, stand auf und ging mit steifen Beinen hinüber zur Bar, wo sie sich einen Fruchtcocktail bestellte, der superlecker war, ihr aber überhaupt nicht schmeckte.
Nach den Beifallsstürmen kam Helmut Grevenbroich zur Bar herüber. Er setzte sich auf den Hocker neben Marie und räusperte sich. »Was ist los, Prinzessin? Hab ich so miserabel gespielt?«
Marie kratzte am Zuckerrand ihres Cocktailglases. »Nein, natürlich nicht …«
»Und warum hast du dann gar nicht geklatscht?«, hakte ihr Vater nach.

»Du hast doch schon jede Menge Fans!«, platzte Marie heraus. »Tessa ist ganz verrückt nach dir. Warum hast du sie am Set geküsst? Ihr wurdet gefilmt. Ich hab euch gesehen, im Schneideraum.«
Helmut Grevenbroich sah seine Tochter verdutzt an. »Ach so! Jetzt verstehe ich. Du bist eifersüchtig.«
»Überhaupt nicht!« Marie trank ihren Cocktail so hastig, dass sie sich verschluckte und fürchterlich husten musste.
Ihr Vater klopfte ihr auf den Rücken. »Na, geht's wieder? Schön.« Ein Lächeln huschte über seine Lippen. »Du musst keine Angst haben. Tessa und ich sind nur Kollegen. Wir verstehen uns gut, das ist alles. Den Kuss auf die Wange hab ich ihr gegeben, weil ich ihr Glück für die nächste Szene wünschen wollte.«
Marie sah ihrem Vater forschend in die Augen. Er erwiderte ruhig ihren Blick. Marie wollte ihm so gerne glauben, aber tief in ihrem Innern nagte das Misstrauen weiter. Ihr Vater verstand sich einfach viel zu gut mit Tessa …
»Helmut, wo bleibst du denn?«, rief Tom Ring vom Tisch herüber. »Du kannst uns doch hier nicht alleine feiern lassen.«
»Ich komme gleich!« Maries Vater winkte dem Drehbuchautor zu. Bevor er aufstand, legte er seine warme Hand auf Maries Unterarm. »Willst du nicht doch mitfeiern? Der Abend hat gerade erst angefangen.«
»Lass mich noch ein bisschen hier sitzen«, sagte Marie, die auf einmal schrecklich müde war. Sie beobachtete, wie ihr Vater mit lautem Hallo von seinen Kollegen empfangen wurde und sich auf den einzigen freien Platz setzte – neben

Tessa. Jetzt war der Abend für sie gelaufen. Marie überlegte gerade, ob sie sich unauffällig davonstehlen sollte, als ihr Handy in der Abendtasche klingelte. Nie im Leben wäre sie darauf gekommen, wer ihr eine SMS geschickt hatte: Leonard!

Hallo Marie!
Wie geht's? Bist du viel unterwegs mit deinem Shopping-Berater?
LG, Leonard

Eine feine Röte stieg bis unter Maries Haarwurzeln. Deshalb hatte Leonard sich so komisch verhalten. Er war eifersüchtig wegen Adrian. Wie süß! Marie simste zurück, dass es ihr gut ginge und dass sie den Shopping-Berater in die Wüste geschickt hätte, weil er ihr ein total schreckliches Minikleid aufgeschwatzt hatte.
Danach ging es ihr schon wesentlich besser. Vielleicht sollte sie doch noch ein bisschen bleiben. Da kamen Kim und Franzi zu ihr herüber.
»Hey, was ist los?«, fragte Kim besorgt. »Du sitzt hier einsam rum, dabei bist du doch sonst die Party-Queen.«
Marie seufzte. Dann erzählte sie ihren Freundinnen von Tessa. Kim und Franzi hörten aufmerksam zu.
»Aber wenn dein Vater selbst sagt, dass alles ganz harmlos ist«, meinte Franzi, »kannst du ihm ruhig glauben.«
»Er vergöttert dich!« Kim nickte eifrig. »Du bist seine Prinzessin.«
Marie spürte, wie ihre Eifersucht dahinschmolz wie die Eis-

würfel in ihrem Cocktailglas. Kim und Franzi hatten recht. Sie hatte sich da in etwas hineingesteigert. Marie lächelte. »Danke, ihr seid lieb.« Plötzlich fiel ihr ein, dass sie ihre Freundinnen schon lange nicht mehr gefragt hatte, wie es ihnen ging. Das musste sie schleunigst nachholen. »Und wie steht's bei euch? Was macht die Liebe?«

Franzi winkte lässig ab. »Ich hab Tom abgeschrieben. Er lebt viel zu weit weg von mir in seiner Promi-Welt. Da gehöre ich nicht hin. Es tut auch nicht mehr weh. Benni war super. Er hat mich getröstet, wie ein richtig guter Freund. Endlich funken bei uns keine Verliebtheits-Gefühle mehr dazwischen. Ich kann euch gar nicht sagen, wie froh ich darüber bin.«

»Das freut mich für dich«, sagte Marie ehrlich. Franzi sah wirklich glücklich aus. »Und wie ist die Stimmung bei dir und Michi?«, wandte sie sich an Kim. »Hat er sich wieder eingekriegt?«

Die wurde prompt rot, strahlte aber mit den Teelichtern auf dem Bartresen um die Wette. »Wir haben uns heute Nachmittag versöhnt. Michi hat eingesehen, dass er mit seiner Einmischung zu weit gegangen ist. Er hat mir gestanden, dass er sich große Sorgen um mich gemacht hat. Weil er mich so wahnsinnig lieb hat. Ist das nicht süß?«

»Sehr süß!«, bestätigte Marie. »Dann ist ja wieder alles in Butter. Kommt, stoßen wir darauf an, dass die Tarotkarten recht hatten. Naomi war tatsächlich die Königin der Kelche, aber sie musste zum Glück nicht sterben, weil wir rechtzeitig in das Schicksal eingreifen konnten.« Marie gab dem Barmann ein Zeichen. »Drei Cola bitte. Mit extra viel Eis!«

Mira Sol

Die drei !!!

Klappe und Action!

Die drei !!!

Klappe und Action!

»Du hast ihn umgebracht!«

Kim spürte, wie heiße Wut in ihr aufstieg. Langsam, aber beständig wie glühende Lava, die sich unaufhaltsam die Hänge eines Vulkans hinabwälzt, breitete sich der Groll in ihr aus. Sie hörte das Blut in ihren Ohren rauschen und es gab nur noch einen einzigen Gedanken: RACHE! Hastig sah sie sich um. Ihr Blick fiel auf die Kommode. Etwas Rotes leuchtete zwischen dem Bücherstapel und der Keksschale hervor – das neue Rubberband-Armband! Augenblicklich schnellte Kims Hand nach vorne, knapp an Bens Schulter vorbei, der ihre Beine fest umschlungen hielt. Ihre Finger krallten sich um das elastische Armband. Mit der anderen Hand wühlte sie in ihrer Hosentasche, blickte einen Wimpernschlag lang zu ihrem Bruder hinab. Seine Brauen hatten sich gehoben, ein fragender Blick: Was hast du vor?!

Im selben Moment ertastete Kim etwas in der Tasche. Blitzschnell zog sie den Gegenstand hervor und legte das Gummiband darum.

Bens Augen weiteten sich.

Kim zielte, spannte das Gummi und ließ los. Sirrend schnellte das Geschoss Richtung Schreibtisch. Es fand mit einem satten KLONK sein Ziel: Einer kleinen Explosion gleich zerpulverte es an Lukas' Hinterkopf. Der Junge sprang wie von der Tarantel gestochen auf, presste die Hand auf die Stelle, an der er getroffen war, und begann zu schreien. Sein Ellbogen streifte die Computertastatur, die polternd zu Boden fiel.

Bens Griff lockerte sich. Er rappelte sich auf und eilte zu seinem Zwillingsbruder. »Du hast ihn umgebracht!«, rief er Kim zu. Er versuchte einen Blick auf Lukas' Kopf zu werfen. »Was war das? Eine Stahlkugel?!«

Kim zog eine teuflische Grimasse. »Ein Giftpfeil.«

Lukas riss entsetzt die Augen auf.

Diesen Moment der Verwirrung nutzte Kim aus. Sie warf sich nach vorne, drängte die Zwillinge beiseite und drückte den Knopf am PC. Der Monitor wurde schwarz.

Die Zwillinge machten frustrierte Gesichter. Lukas strubbelte sich durchs Haar. Eine kleine Wolke aus hellgrünem Staub stieg auf. Verwundert betrachtete er seine Hand. »Kein Blut.« Fast schien er enttäuscht zu sein. Lukas schnupperte und schüttelte verwundert den Kopf. Ein feiner süßlicher Duft breitete sich aus. Ausgerechnet ihre Lieblingssorte! Kim überlegte kurz: War ein zerschossenes Waldmeister-Brausestäbchen ein zu hoher Preis im Kampf um ihren Computer? Nein, entschied sie dann, der Einsatz hatte sich gelohnt! Sie hatte wieder einmal erfolgreich die Zwillinge abgewehrt und davon abgehalten, in ihrer Privatsphäre herumzuschnüffeln. Zwei gleiche braune Augenpaare starrten sie wütend an, zwei gleiche Stupsnasen krausten sich und aus zwei gleich geformten Mündern brach es zur selben Zeit hervor: »Fette Planschkuh!«

Kim blieb gelassen. »Lasst euch mal was Neues einfallen«, sagte sie ruhig und streifte das Armband über. »Und jetzt verschwindet endlich. Sonst packe ich wirklich meine Giftpfeile aus, ihr siamesischen Superhirnis.«

Ben streckte die Zunge raus, Lukas verdrehte die Augen und

machte mit der Hand eine Scheibenwischer-Geste vor seinem Gesicht. Aber dann drehten sich die beiden um und trollten sich tatsächlich zur Tür.

Dort stießen sie mit Kims Vater zusammen. Herr Jülich sah mit ernstem Gesicht in die Runde. »Was ist denn hier schon wieder los?«

Kim seufzte. »Die Zwillinge sind einfach hereingekommen und wollten an meinen Computer. Ich musste sie abwehren.« Sie hob die Tastatur vom Boden auf und untersuchte sie. Der Teppichboden hatte den Sturz abgefedert, das Gehäuse war zum Glück heil geblieben. Kim legte die Tastatur auf den Tisch zurück.

Ihr Vater machte ein ernstes Gesicht. »Lukas, Ben, ihr wisst genau, dass ihr in Kims Zimmer nichts zu suchen habt. Ihr habt doch eigene Computer!«

»Aber die sind so langsam«, sagte Lukas und seufzte.

»Sie reichen für euch vollkommen aus«, antwortete Herr Jülich kopfschüttelnd.

Lukas verschränkte die Arme vor der Brust. »Wir wollten dir nur helfen«, murrte er. »Aber die«, er wies mit dem Kinn auf Kim, »hat mir ein Loch in den Kopf geschossen!«

Sein Bruder nickte heftig. »Mit einer Zwille und einer Stahlkugel!«

Herr Jülich hob alarmiert die Augenbrauen. Er sah Kim fragend an, während er Lukas zu sich herzog. »Zeig mal!« Er untersuchte Lukas' Kopf. »Da ist nichts«, stellte er schon nach kurzer Zeit fest. »Aber du solltest dir mal wieder die Haare waschen. Da sind schon grüne Krümel drin!« Herr Jülich wischte sich die Hände an seiner Jeans ab.

Kim räusperte sich. »Es war ein Brausestäbchen«, sagte sie leise. »Ich war so wütend. Ich wusste nicht, wie ich mich sonst wehren sollte.«
Ihr Vater sah sie streng an. »Das hätte voll ins Auge gehen können! Versprich mir, dass du so was nie wieder machst!«
Kim wurde rot. Sie nickte schweigend.
Die Zwillinge grinsten schadenfroh.
»Und ihr beide«, sagte Kims Vater drohend, »lasst in Zukunft die Finger vom Computer eurer Schwester! Sonst weiß ich, wer hier mal zwei Wochen lang den Abwasch macht!«
Die Zwillinge zogen die Köpfe ein.
»Bei *was* wolltet ihr mir eigentlich helfen?«, fragte Herr Jülich.
Ben und Lukas sahen sich verschwörerisch an. »Das ist unser Geheimnis«, sagte Ben.
Lukas nickte heftig. »Es wird einschlagen wie eine Bombe! Du wirst dich vor Aufträgen kaum retten können.«
»Darum geht es also«, sagte Herr Jülich. Er schüttelte den Kopf. »Bitte keine Dummheiten, Jungs! Um mein Kuckucksuhren-Geschäft kann ich mich sehr gut alleine kümmern.«
Die Zwillinge sahen ihn beleidigt an und schwiegen.
»Und jetzt raus mit euch!«, rief Herr Jülich. »Pablo wartet unten an der Haustür, ihr wart heute noch nicht draußen mit ihm!«
Kim atmete auf, als sich die beiden Jungen zur Tür hinausgedrückt hatten und die Treppe runterdonnerten.
»Nehmt ihn bitte an die Leine!«, rief Herr Jülich den Jungs noch hinterher.
Unten bellte Pablo freudig auf. Der süße Cockerspaniel-

Mischling war sehr bewegungsfreudig. Er wartete bestimmt schon sehnsüchtig darauf, dass er endlich wieder rauskam. Seit einem Vorfall mit dem neuen Nachbarn durfte der Hund nämlich nicht mehr alleine in den Garten.

Kims Vater setzte sich aufs Bett. Er lächelte Kim an. »Du hast es nicht gerade leicht mit deinen Brüdern, was?«

»Manchmal ist es echt nervig«, gab sie zu. »Aber ich komm schon klar.« Sie setzte sich neben ihren Vater und sah ihn besorgt an. »Läuft es wirklich so schlecht mit deinen Uhren?«

»Im Moment habe ich keine Aufträge.« Herr Jülich strich sein T-Shirt glatt. »Aber das ist kein Anlass zur Sorge. Mama verdient genug für uns alle.«

Kim nickte langsam. »Ja, schon. Aber es ist doch schade, dass sich gerade keiner für deine Uhren interessiert.« Sie lächelte ihren Vater an. »Die sind nämlich toll!«

»Danke!« Herr Jülich zwinkerte. »Ich habe übrigens schon eine Idee, wie ich mein Geschäft ankurbeln kann.«

»Echt? Wie denn?«

»Ich habe mich mit einem Geschäftsmann unterhalten, der eine Uhr als Gastgeschenk für seine Reise nach China gekauft hat. Dort sind die Leute ganz wild auf Kuckucksuhren!« Herrn Jülichs Augen begannen zu leuchten. »Ich werde den chinesischen Markt erobern! Bei einer Bevölkerung von 1,3 Milliarden Menschen muss nur jeder tausendste Chinese eine Uhr kaufen – dann sind das 1,3 Millionen Kuckucksuhren!«

Kim musste lachen. »Das ist aber eine ziemlich große Menge. Die kannst du doch gar nicht alle selber bauen.«

Ihr Vater zuckte mit den Schultern. »Sie werden ja nicht alle auf einmal bestellt. Notfalls suche ich mir ein paar Mitarbeiter. Na ja, mal sehen.«

Im Flur ertönte ein Gong. Dann war vier Mal der Ruf eines Kuckucks zu hören. Kim sprang auf. »Papa, ich muss mich fertig machen! Ich bin mit Franzi und Marie verabredet.«

»Der Detektivclub ruft, nehme ich an?« Herr Jülich stand ebenfalls auf. »Ich sollte jetzt auch mal weitermachen.« Er zögerte. Dann sah er Kim ernst an. »Du weißt, dass ich dir vertraue. Aber bitte seid vorsichtig und bringt euch in keine gefährlichen Situationen!«

»Ja, klar!« Kim verdrehte die Augen. Es war mal wieder typisch, dass Erwachsene immer nur die Gefahren erwähnten und nie den Erfolg. Seit sie mit Franzi und Marie zusammen den Detektivclub *Die drei !!!* gegründet hatte, waren sie in über fünfzig Fällen Verbrechern auf der Spur gewesen. Dabei hatten sie jeden einzelnen Täter erwischt und dingfest gemacht! Kim war sehr stolz auf diese Leistung. Sie überlegte, ihren Vater darauf hinzuweisen, beschloss dann aber, die Diskussion sein zu lassen. Es hätte sie nur noch weitere Zeit gekostet. Sie musste dringend los, wenn sie rechtzeitig zu ihrer Verabredung kommen wollte.

Kim suchte hektisch in ihrem Rucksack nach dem Lipgloss. »Du brauchst dir übrigens keine Sorgen zu machen, wir haben keinen neuen Fall. Wir haben heute unseren Auftritt beim neuen Film von Maries Vater!« Sie fand das Döschen mit dem farbigen Gloss und trug etwas von der zartrosa Paste auf ihre Lippen auf.

Herr Jülich schlug sich mit der Hand vor die Stirn. »Richtig, wie konnte ich das vergessen! Ich habe doch vorgestern erst die Einwilligungserklärung für die Filmgesellschaft unterschrieben.«

Er lächelte. »Finde ich toll, dass ihr in einer Szene mitspielen dürft! Bist du aufgeregt?«

Kim nickte. »Wenn ich daran denke, bekomme ich schon ganz weiche Knie. Es ist ja nicht das erste Mal, dass ich vor der Kamera stehe, aber jetzt hat uns Maries Vater Komparsenrollen besorgt. Dafür mussten wir sogar einen Text auswendig lernen!«

Kim schluckte. Sie war wirklich sehr aufgeregt. In den letzten zwei Wochen waren Marie, Franzi und sie bestimmt fünf Mal am Set gewesen und hatten bei den Filmaufnahmen zugesehen, um sich auf ihre Rollen einzustimmen. Heute waren sie endlich selbst dran!

Kim betrachtete kritisch ihre Haare im Spiegel über der Kommode. Sie hätte doch noch zum Friseur gehen sollen, ausgerechnet heute standen die Spitzen an den Seiten in alle Himmelsrichtungen ab. Sie seufzte. Jetzt war es zu spät. Sie griff nach der Tube mit Stylingcreme.

»Dann will ich dich mal nicht weiter stören«, sagte Herr Jülich lächelnd. »Viel Erfolg nachher und grüß Herrn Grevenbroich alias Hauptkommissar Brockmeier von mir!« Er lief zur Tür.

»Mach ich«, rief Kim und verteilte etwas Gel zwischen ihren Händen. »Heute wird aber nicht für die *Vorstadtwache* gedreht. Herr Grevenbroich spielt einen Kaufhausdetektiv in der neuen Fernsehserie *Ladendetektiv Ole Jacobsen.*« Kim fuhr sich einmal durch die Haare und arbeitete die Seiten-

partien heraus. »Maries Vater spielt Ole Jacobsen, einen arbeitslosen Schauspieler, der einen Job als Ladendetektiv im großen Nobel-Kaufhaus seines Cousins annehmen muss, um über die Runden zu kommen. Ole findet den Job zuerst todlangweilig, aber dann bekommt er es mit gefährlichen Räubern zu tun. Er jagt die Verbrecher, mit Action und Schießereien und so, und kann sie natürlich fassen. Ab da ist sein Ehrgeiz als Detektiv geweckt.«
Kims Vater nickte beeindruckt.
Kim grinste. »Herr Grevenbroich kann in dieser Serie auch sein Comedy-Talent zeigen. Der Regisseur meint, die Serie hätte locker das Potenzial, so beliebt wie die *Vorstadtwache* zu werden.«
»Ich drücke fest die Daumen«, sagte Herr Jülich. »Jetzt muss ich wieder in die Küche.« Er lächelte Kim an. »Um 22:00 Uhr bist du wieder da, richtig?«
Kim nickte und warf einen zufriedenen Blick in den Spiegel. Das Styling hatte sich ausgezahlt. »Danke! Ja, jemand vom Fernsehteam fährt Franzi und mich nach Hause«, antwortete sie. »Es ist ja nicht weit.« Praktischerweise befand sich der Hauptdrehort im alten Kaufhaus *Pulitzer.* Das große, vierstöckige Gebäude mit der eindrucksvollen Glaskuppel lag direkt am Marktplatz in ihrer Stadt.
»Prima, ich hebe dir etwas von den Bratkartoffeln auf!« Herr Jülich verschwand mit einem Winken.
Kim tauschte eilig das ausgeleierte T-Shirt, das sie trug, gegen ein sonnengelbes Top und die alte Jeans gegen Cargo-Pants. Dann schlüpfte sie in ihre neuen Sneakers. Jutta, die Kostümbildnerin vom Fernsehteam, hatte ihnen vor einigen

Tagen eine E-Mail geschickt und darum gebeten, dass jede ihr eigenes Outfit zum Dreh mitbrachte. Es sollte sportliche Kleidung in bunten Farben sein, die zu den Rollen, die sie spielten, passte: drei junge Kundinnen, die gerade in der Sportabteilung beraten wurden, während sich im Vordergrund Ole Jacobsen eine wilde Verfolgungsjagd mit zwei Verbrechern lieferte und eine Flugrolle über einen Aktionstisch mit Tennisbällen machte.

Kim murmelte den Text, den sie zu sagen hatte: »Parkouring im Kaufhaus, wie geil!«

Marie würde dann nicken, ihre langen blonden Haare nach hinten werfen und sagen: »Ob das gut geht …«

In der nächsten Einstellung sollte Ole Jacobsen inmitten einer Unmenge von Tennisbällen auf dem Boden sitzen, hinter ihm der umgekippte Tisch, und Franzi würde ihm beim Aufstehen helfen. Während der Ladendetektiv wieder lossprintete, sollte sie ihm hinterherrufen: »Sie tragen die falschen Klamotten!«

Dann würden sie alle drei gleichzeitig den Kopf schütteln.

Kim musste in sich hineingrinsen. Plötzlich war sie gar nicht mehr so aufgeregt. Der Dreh würde bestimmt sehr lustig werden.

Sie schulterte ihren Rucksack und machte sich auf den Weg. Im Vorgarten zappelten die Zwillinge und Pablo, zu einem Knäuel verstrickt, im Blumenbeet. Lukas hatte die Schlaufe der Hundeleine fest um sein linkes Handgelenk gewickelt, mit der Rechten hielt er sich an einem Busch mit rosa Pfingstrosen fest. Ein Teil der Leine wand sich um Bens Bein und der Junge kämpfte mühsam um sein Gleichgewicht. Pablo zog aus Leibeskräften, er war erstaunlich stark für einen mittelgroßen Hund. Seine Vorderpfoten hatte er auf den Zaun zum Nachbarn hin gestemmt und die Hinterpfoten hingen auf halber Höhe in der Luft. »Pablo, bei Fuß!«, keuchte Lukas. Plötzlich gab es ein lautes Knacken und die Stängel der Blüten brachen ab. Lukas kippte vornüber. »Verdammt!«, hörte Kim ihren Bruder rufen, dann hing er auch schon bäuchlings über dem kniehohen Zaun. Hilflos schwenkte er die abgebrochenen Pfingstrosen in der Luft, während er weiterhin die Leine fest in der Hand hielt. Der Hund schnupperte kurz an einer der Blüten, kläffte und machte sich dann mit einem Ruck endgültig los. Er verschwand schwanzwedelnd im Rhabarber des Nachbargartens und begann begeistert zu buddeln.

Kim sah aus den Augenwinkeln, wie sich Herr Poschke aus der Hollywoodschaukel auf seiner Terrasse erhob und den Hals reckte. Er fing an zu schreien und rannte los. Einen Augenblick überlegte Kim, einzugreifen. Dann entschied sie, dass ihre Brüder alleine klarkommen mussten. Sie hatte jetzt wirklich keine Zeit mehr. Eilig schloss sie ihr Fahrrad auf und machte, dass sie loskam.

Marie und Franzi standen neben einer Absperrung am Hintereingang des Kaufhauses *Pulitzer*. Eine junge Frau mit Basecap, unter dem lange braune Haare hervorschauten, und einem Headset war bei ihnen. Kim erkannte Sophie, die Regiepraktikantin.

Alle drei winkten ungeduldig, als sie Kim entdeckten. Sie rannte die letzten Meter. »Tut mir leid!«, keuchte sie, als sie

ihre Freundinnen erreicht hatte. Marie sah Kim vorwurfsvoll an. »Du bist doch sonst immer so pünktlich!« Sie zupfte nervös an ihrem himmelblauen Kapuzenpulli. Ihre Beine steckten in dunkelblauen Leggins und an den Füßen hatte sie schneeweiße Sneakers. Wie immer war Marie top gestylt.
Sophie verschob die Absperrung ein Stück. »Dann mal rein mit euch«, flüsterte sie. »Aber seid leise, der Dreh läuft gleich.«
Die drei !!! schlüpften zwischen den Gittern hindurch und folgten Sophie. Sie mussten ziemlich aufpassen, um nicht über eines der vielen Kabel am Boden oder die Stative zu stolpern, die überall herumstanden. Sophie steuerte in Richtung einer Anlage mit mehreren kleinen Monitoren, die neben dem Eingang aufgebaut war. Davor saß Christian, der Regisseur. Die drei !!! hatten den sympathischen Mann beim letzten Filmdreh kennengelernt. Damals war er noch Assistent. Jetzt verantwortete er seinen ersten eigenen Dreh.
Sophie hielt einen Finger vor den Mund und deutete mit der Hand zu mehreren großen Kisten, die neben der Monitoranlage standen.
Marie nickte und lächelte Sophie zu. Die Praktikantin rückte ihr Headset zurecht und eilte nach vorne.
Augenblicklich war Kim von der Atmosphäre gefangen. Sie reckte den Hals. In einigen Metern Entfernung standen Maries Vater und seine Schauspielkollegin und unterhielten sich. Einer der Lichttechniker kniete vor ihnen und prüfte mit einem Messgerät das Licht. Hinter der Kamera stand Tessa, Maries Stiefmutter. Sie und Herr Grevenbroich hatten sich vor langer Zeit bei einem Dreh kennen- und lieben gelernt und hatten vor vier Wochen geheiratet. Kim benei-

dete Marie ein wenig um ihre coole Patchwork-Familie, zu der noch Lina, die 12-jährige Tochter von Tessa, und Finn, der 18 Monate alte Halbbruder, gehörten. Der Kleine war einfach so süß! Kim wünschte sich oft, ihre Zwillingsbrüder wären auch wieder so klein und harmlos. Sie seufzte und hob ein leicht zerfleddertes Drehbuch auf, das auf der Kiste vor ihr lag. Sie überlegte, ob sie es auf den Tisch vor Christian legen sollte. Der Regisseur sprach gerade in sein Headset und betrachtete konzentriert einen der Monitore. Herr Grevenbroich und seine Kollegin waren darauf im Brustbild zu sehen. Kim beschloss, das Drehbuch einfach in der Hand zu behalten, und setzte sich. Marie rückte ein Stück zur Seite. Im selben Moment gab es einen ohrenbetäubenden Knall.

Schüsse am Set

Ein zweiter Knall folgte. Kim duckte sich. Das waren Schüsse! Auch Marie und Franzi zogen die Köpfe ein.
Kim sah zwischen zwei Stativen hindurch. Herr Grevenbroich kniete mit schmerzverzerrtem Gesicht wenige Meter vor ihnen am Boden. Er hielt sich einen Arm. Auf dem Hemdstoff breitete sich ein dunkler Fleck aus. Blut! Seine Schauspielkollegin versuchte ihn zu stützen. Auch ihr stand der Schreck ins Gesicht geschrieben.
Maries Vater rappelte sich halb auf. Er öffnete den Mund und keuchte mühsam: »Keine Sorge. Nur ein Schleifschuss.«
Die junge Frau kniff die Augen zusammen. »*Schleifschuss*«, wiederholte sie. »Aha.« Dann zuckte es um ihren Mund.
Herr Grevenbroich verdrehte die Augen. »Ich meinte STREIFSCHUSS! Verdammt. Sorry, Leute!« Dann bekam er einen Lachanfall. Seine Kollegin konnte nun nicht mehr an sich halten und fing ebenfalls an, schallend zu lachen. Die beiden klopften sich auf die Schultern. Maries Vater trällerte: »Schleifschluss ... ich habe einen Schleifschuss, schalalalaaa.«
Er nestelte an seinem Hemdärmel herum, die Maskenbildnerin eilte herbei und entfernte einen kleinen Plastikbeutel, der zur Hälfte mit blutroter Flüssigkeit gefüllt war.
»Aus! Danke!«, rief Christian. Er winkte ab. »Helmut, du wechselst das Hemd, und dann wiederholen wir die Szene.«
Kim schüttelte den Kopf. Sie hatte überhaupt nicht mitbekommen, dass der Dreh schon lief. Ein Blick auf Marie und Franzi verriet ihr, dass es ihren Freundinnen ähnlich ging.

»Die beiden haben so verdammt gut gespielt, dass ich wirklich dachte, dein Vater ist schwer verletzt. Mann, hab ich mich erschreckt!« Franzi schüttelte den Kopf.
Marie nickte schweigend.
»Wir machen dreißig Minuten Pause auf der Kaufhaus-Dachterrasse, wenn der nächste Take klappt«, versprach Christian. »Dann geht eine Runde Getränke auf mich!«
Das Team klatschte und johlte. Herr Grevenbroich schlüpfte in das neue Hemd, das die Kostümbildnerin ihm gebracht hatte, und klatschte sich mit seiner Filmpartnerin ab. Sie gingen wieder auf Position.
»Und: Bitte!«, rief Chris.

Eine Dreiviertelstunde später war die Schuss-Szene im Kasten und das Team hatte sich auf der sonnigen Terrasse versammelt, die zum Restaurant im obersten Stock des Kaufhauses gehörte. Chris bestellte Cola, Limo und Wasser und alle griffen dankbar zu.
Marie ließ sich in einen der Korbsessel unter einem großen weißen Sonnenschirm fallen. Sie lächelte ihren Vater an. »Danke, Papa, dass wir mitkommen durften!«
Herr Grevenbroich nahm einen Schluck Wasser. »Prinzessin, das ist doch selbstverständlich!« Er stellte das Glas auf dem Tischchen vor sich ab und sah Marie liebevoll an.
Chris nickte den drei !!! zu. »Ihr gehört mittlerweile ja quasi zum Team – so oft, wie ihr dabei seid. Schön, dass ihr auch heute wieder zuschaut!«
Marie strahlte in die Runde. Es war ihr deutlich anzusehen, dass sie mal wieder in ihrem Element war und sich rundum

wohlfühlte. Sie wollte später unbedingt Sängerin oder, wie ihr Vater, Schauspielerin werden. Daher nahm sie schon seit Jahren Gesangs- und Schauspielunterricht und besuchte eine Ballettklasse sowie verschiedene Fitness-Kurse. Sie genoss es sehr, wenn sich die Möglichkeit bot, bei Drehaufnahmen dabei zu sein und sich als Teil des Teams zu fühlen.

Tessa gesellte sich zu ihnen. Sie fuhr sich durch die kurzen hellbraunen Haare und ihre hellbraunen Augen blitzten übermütig. »So schön die Zeit mit Finn zu Hause auch war – es tut richtig gut, endlich wieder im Team arbeiten zu können!«

Herr Grevenbroich legte ihr den Arm um die Taille und sah zu ihr auf. »Es ist wunderbar, dass du wieder dabei bist!«

Tessa nickte strahlend. »Es ist aber auch ein Glücksfall, dass unser Au-pair-Mädchen länger bei uns bleiben will und sich um Finn und Lina kümmert. Sonst würde das alles nicht so reibungslos klappen!«

»Dieser Dreh ist ja ein richtiges Familienunternehmen«, stellte Jutta, die Kostümbildnerin, augenzwinkernd fest.

»Genau«, sagte Helmut. »Dafür haben wir auch unsere Hochzeitsreise verschoben. Das ist schließlich eine einmalige Gelegenheit, die so schnell nicht wiederkommt: Tessa an der Kamera, Marie und ihre Freundinnen als Komparsen und ich in der Hauptrolle. Und das alles an unserem Wohnort.«

Marie setzte sich plötzlich kerzengerade auf. »Sagt mal, kann das sein: Ist die Hochzeit wirklich schon vier Wochen her?«

Ihr Vater nickte. »Ganz genau!« Er stand auf und schlang seine Arme um Tessa. »Auf den Tag vier Wochen!«

Die beiden strahlten sich glücklich an.

Kim dachte an die tolle Hochzeit zurück. Zusammen mit Marie, Lina und Franzi war sie Blumenmädchen gewesen und hatte tatsächlich ein paar Tränen der Rührung verdrückt, als Helmut und Tessa sich in einer wunderschönen Kapelle das Jawort gaben.

Franzi schien auch daran zu denken. Sie zupfte an einem ihrer kurzen roten Zöpfe und lächelte versonnen. »Das war die schönste Hochzeit, die ich je erlebt habe.«

»Ohne eure Hilfe hätte sie womöglich gar nicht stattgefunden«, warf Tessa ein. Sie sah kurz ernst drein, lächelte aber gleich wieder.

Die drei !!! tauschten einen vielsagenden Blick. »Zum Glück konnten wir die Akte ›Hochzeitsfieber‹ erfolgreich schließen«, stellte Kim fest. »Das war ein harter Fall!«

»Aber ihr habt rechtzeitig den Täter aus dem Verkehr gezogen«, sagte Herr Grevenbroich. »Ich bin verdammt stolz auf euch!«

Kim seufzte leise. Solch ein Lob wünschte sie sich von ihren Eltern auch manchmal.

Chris sah auf die Uhr und klatschte in die Hände. »Leute, es geht weiter! Bitte in die Sportabteilung. Licht, Ton und Kamera gehen schon mal vor und bauen auf.« Er sah sich nach seiner Assistentin um. »Sophie?«

Die junge Frau saß etwas abseits und machte Notizen in ihrem Drehplan. »Hier bin ich!«, meldete sie sich. »Was gibt es denn?«

»Kommst du bitte mit und bringst die Bodenmarkierungen an?«, fragte der Regisseur. »Und die Tennisbälle müssen noch auf dem Tisch aufgebaut werden.«

»Klar!«
»Super!« Chris hob den Daumen. »Ich hole die beiden neuen Schauspieler unten ab.«
Marie wandte sich an Sophie. »Wir helfen dir!«
»Danke, das ist nett von euch«, sagte Sophie. Sie klemmte sich den Kuli hinter das Ohr und stand auf. »Dann mal los!«
Die drei !!! folgten dem Team durch das Restaurant. Gleich im Anschluss daran lag die Sportabteilung des Kaufhauses.
Im Gehen wandte sich Chris an Helmut und seine Schauspielkollegen. »Kommt ihr bitte in fünfzehn Minuten nach?«
Herr Grevenbroich sah auf die Uhr. »Alles klar, ich muss noch mal kurz runter zum Auto, ich habe was vergessen. Bin dann pünktlich da.«
Chris zwinkerte. »Und wenn nicht, gibst du eine Runde aus!«
»Jaha!«, rief Helmut Grevenbroich und eilte fort.
Während mehrere Frauen und Männer Kabeltrommeln abwickelten und Scheinwerfer, Mikrofone und Kameras verbanden, stapelten Kim, Franzi und Marie die Tennisbälle auf dem Verkaufstisch. Sophie brachte unterdessen kleine Stücke Klebeband am Boden an. Sie markierte damit die Stellen, an denen Komparsen und Schauspieler bei den verschiedenen Einstellungen zu stehen hatten. Tessa sprach sich gerade mit den beiden Lichttechnikern David und Daniel ab. Sie brachte dabei die Kamera auf dem Stativ in Position und prüfte im Display, ob sie die richtige Einstellung hatte.
Chris kam in Begleitung zweier weiterer Schauspieler. Sie wurden sofort von Jutta in Empfang genommen und in die Teeküche der Kaufhausangestellten geführt, in der die Maskenbildnerin ihr Studio aufgebaut hatte.

»An dieses Gewusel am Set werde ich mich nie gewöhnen«, stellte Franzi fest und wich einem Kabelträger aus. »Das ist alles so hektisch.«
Marie nickte begeistert. »Das ist es ja, was ich so liebe!«
Franzi zog energisch die Haargummis an ihren beiden kurzen Zöpfen fest. »Ich weiß nicht.«
Kim nestelte nervös an ihrem T-Shirt. »Leute, ich bin auf einmal total aufgeregt!«
»Lampenfieber gehört einfach dazu!«, antwortete Marie und legte ihr kurz die Hand auf die Schulter. »Wir schaffen das!«
Chris klatschte in die Hände. »So, ihr drei. In zehn Minuten sind wir so weit. Ihr könnt euch ja schon mal eure Plätze ansehen.« Er deutete auf drei kleine gelbe Kreuze auf dem Fußboden seitlich vom Verkaufstisch mit dem Berg von Tennisbällen darauf. »Wir machen zuerst eine Stellprobe. Sophie?« Chris sah sich um. »Sind Edgar und Nelly mit der Maske fertig?«
Die Assistentin streckte den Daumen nach oben.
»Fein. Und wo steckt Helmut?«
»Er ist noch nicht da«, antwortete die Praktikantin.
In dem Moment kam Herr Grevenbroich angelaufen. »Doch!«, rief er und entschuldigte sich etwas atemlos.
Chris verdrehte die Augen. »Ab in die Maske mit dir.« Zu Tessa und den drei !!! gewandt sagte er: »Okay, wir fangen erst in fünfzehn Minuten an.«
»Prima!«, rief Kim sofort und lief rot an. Sie trat von einem Bein aufs andere. »Ich meine, dann kann ich doch auch noch mal kurz … verschwinden?«
Chris fuhr sich durch die Haare. »Aber geh bitte nicht auch

noch verloren, ja? Die Toiletten sind im Treppenhaus, du musst durch die Spielwarenabteilung durch und dann links.«

»Danke!« Kim machte sich auf den Weg.

Die benachbarte Spielzeugabteilung war riesig – und menschenleer. Kim wunderte sich, dass keine Verkäuferinnen da waren. Ein Gong ertönte. Dann erfolgte eine Lautsprecherdurchsage. Eine freundliche weibliche Stimme machte darauf aufmerksam, dass das Kaufhaus in fünf Minuten schließen würde. Alle Kunden wurden gebeten, sich zum Ausgang zu begeben.

Wahrscheinlich machten die Verkäuferinnen gerade die Abrechnung in einem Nebenraum, nahm Kim an. Sie lief an einer großen Modelleisenbahn-Landschaft, einem Regal mit Barbie-Puppen und einer Vitrine mit Teddy-Bären vorbei. Sie bedauerte, dass sie sich beeilen musste, damit sie auch rechtzeitig wieder am Set sein würde. So ganz alleine in einer Spielwarenabteilung zu sein, das hatte schon was! Nicht, dass sie noch mit Puppen oder Plüschtieren spielte, aus dem Alter war sie nun wirklich raus. Aber es war trotzdem spannend, das Gefühl zu haben, alleine mit all den tollen Sachen zu sein. An einer Wand standen mindestens zwei Dutzend großer Puppen mit niedlichen Gesichtern und langem seidigem Haar. Sie trugen Kleider mit Rüschen und Spitzen in Himmelblau, Weiß und Rosa und sahen Kim aus großen Kulleraugen unter dichten Wimpernkränzen an. Fast schienen sie ihr etwas zuzuflüstern aus ihren leicht gespitzten, zartrosa Mündern. Kim bekam eine Gänsehaut. Die Puppen wirkten so lebendig! Hatte sich die eine eben bewegt? Sah ihr die andere etwa nach? Kim schüttelte den Kopf. Ihre Fantasie spielte ihr wohl gerade einen Streich. Trotzdem legte sie noch einen Zahn zu und lief in die Richtung, die ein Schild mit der Aufschrift »Personal-WC« wies.

Als Kim auf dem Rückweg wieder an den Puppen vorbeikam, stellte sie erleichtert fest, dass sie wirklich völlig harmlos aussahen. Keines der Augenpaare verfolgte sie mehr, engelsgleich lächelten die Gesichter ins Nirgendwo. Kim entspannte sich und versuchte sich auf ihren Text zu konzentrieren, den sie in wenigen Minuten vor laufender Kamera aufsagen würde: *Parkouring im Kaufhaus, wie geil! Parkouring im Kauf-* »AHH!«

Etwas hatte Kim an der Schulter gestreift! Sie riss den Kopf hoch und sah in Davids erschrockenes Gesicht.

»Gute Güte! Hast du mich erschreckt.« Der Lichttechniker fuhr sich durchs halblange rotbraune Haar. »Wo kommst du denn auf einmal her?«

»Von den Toiletten«, antwortete Kim und wies hinter sich zum Treppenhaus. Sie atmete tief durch und spürte, wie ihr Herzschlag sich wieder beruhigte. »Du hast mich aber auch gerade total erschreckt!«

»Sorry, das wollte ich nicht. Ich musste schnell mal telefonieren und bin rausgegangen«, sagte David. Er sah auf seine Armbanduhr. »Und jetzt muss ich sofort wieder ans Set! Sonst reißt mir Chris den Kopf ab. Bis gleich!«

Bevor Kim antworten konnte, war David auch schon um die Ecke gebogen. Sie folgte ihm schnell durch die verwaiste Spielwarenabteilung. Schließlich wollte auch sie keinen Ärger mit Chris riskieren. Als sie an der Kasse vorbeigelaufen war, zögerte sie jedoch kurz. War da eben ein Rascheln gewesen? Sie lauschte. Ja, sie hatte sich nicht getäuscht, da war es

wieder, dieses leise Geräusch. Kim konnte ihren Detektivinstinkt nicht mehr unterdrücken. Sie musste jetzt sofort nachsehen, was da war!
Kim lief ein Stück zurück und beugte sich über den Tresen. Verwundert stellte sie fest, dass dort ein Junge hockte und gerade einen Erste-Hilfe-Kasten schloss. Er sah zu ihr auf, grinste und sagte: »Hi!«
»Äh, hi!«, erwiderte Kim. Sie schätzte den Jungen auf etwa 17, 18 Jahre. Sein blondes Haar war ziemlich verwuschelt. Er richtete sich auf und strich sich eine Haarsträhne aus der Stirn. Dabei hinterließ seine Hand dort einen schwarzen Fleck. Kim bemerkte, dass seine Finger ölverschmiert waren. Am Hemdkragen war ein kleines Schild befestigt. Kim entzifferte die Aufschrift: »Spielwaren – Andreas Mertens«.
Der Junge grinste schief. »Entschuldige bitte mein Aussehen, aber ich hatte einen kleinen Unfall mit einem Modell-Helikopter. Ich musste mir ein Pflaster holen.«
Kim lächelte. »Die Arbeit in einer Spielwarenabteilung scheint gefährlich zu sein.«
Andreas nickte. »Stimmt. Vor allem, wenn es so viele fantastische elektronische Modellbausätze gibt, die man alle ausprobieren muss. *Pulitzer* ist sehr gut sortiert, kann ich dir sagen. Ich bin froh, dass ich hier gelandet bin.« Er wischte sich die Hand an seiner Jeans ab und hielt sie Kim hin. Kim nahm sie und schüttelte sie. Sie bemerkte ein langes, schmales Pflaster am Handgelenk des jungen Mannes. Er sah sie mit einem intensiven Blick an. Seine Augen lächelten.
»Ich bin Andreas, Azubi.«
Kim nannte ihren Namen. Sie stellte irritiert fest, dass ihr ein

bisschen schwindelig war. Was war das denn jetzt? Sie war absolut glücklich mit ihrem Freund Michi, der die schönsten Augen der Welt hatte und die süßesten Sommersprossen auf der Nase. Aber diese Augen hier vor ihr …

»Gehörst du zum Filmteam?«, unterbrach Andreas ihre Gedanken. Kim räusperte sich. »Ja. Ich bin mit zwei Freundinnen zum Komparsendreh hier.«

»Super«, sagte Andreas. Kim blinzelte. Diese Augen, dieser Blick! Sie schluckte. »Ich muss dringend rüber in die Sportabteilung, wir drehen gleich.« Sie machte auf dem Absatz kehrt und lief los.

»Toi, toi, toi!«, rief Andreas ihr hinterher. »Bis bald vielleicht mal!«

Kim drehte sich nicht mehr um, aber sie hob eine Hand zum Abschied. »Ja, tschüss!«, stieß sie mit belegter Stimme hervor.

Die Vorbereitungen liefen immer noch mit Hochdruck, als Kim am Set ankam. Die Tontechniker eilten herum und richteten Mikrofone aus, David und Daniel wiesen ihre Assistenten an, die weiße Reflektorschilder positionierten, und Tessa richtete gerade eine Kamera ein, die vor dem Tisch mit den Tennisbällen stand.

Herr Grevenbroich besprach sich mit Chris und dem Schauspieler, der den Verbrecher spielte. Marie und Franzi standen in einigen Metern Abstand zu dem Aktionstisch. Marie frischte gerade ihr Lipgloss auf und Franzi jonglierte mit vier Bällen. Sie nickte Kim knapp zu. »Hi! Wir warten immer noch …«

»Ich wusste gar nicht, dass du jonglieren kannst«, sagte Kim. Bewundernd sah sie ihrer zierlichen Freundin zu, die konzentriert die Bälle warf. Franzi war eine echte Sportskanone. Sie liebte es, auf ihrem Pony lange Ausritte zu machen oder zu rudern, zu klettern und zu skaten. Eigentlich war es gar nicht so verwunderlich, dass sie auch im Jonglieren so geschickt war.

»Stopp!«, war plötzlich Chris' Stimme zu hören. Der Regisseur kam zu Franzi rübergelaufen und schnippte mit dem Finger.

Franzi ließ vor Schreck die Bälle fallen, sie kugelten in allen vier Himmelsrichtungen davon. »Ich meinte: Das ist gut!« Der Regisseur rieb sich die Hände. »Richtig gut, das nehmen wir ins Drehbuch auf.«

Franzi sah Chris verständnislos an.

»Deine Jonglage eben, die bauen wir ein. Tessa, Helmut, kommt doch bitte mal her.«

Chris erläuterte den beiden seine Idee, während Franzi ihre Bälle wieder einsammelte. Tessa und Helmut nickten.

Dann erklärte Chris auch den drei !!! den neuen Ablauf: »Ihr steht bei der ersten Einstellung, wenn Ole Jacobsen den Gang entlangrennt und zu seinem Hechtsprung ansetzt, alle drei von Anfang an im Hintergrund. Franzi jongliert, Kim und Marie, ihr seht ihr einfach zu und nickt begeistert.« Chris schob seine Brille hoch, die zur Nasenspitze gerutscht war. »In der zweiten Einstellung zoomt Tessa an euch ran, dann kommt dein Text, Kim. Franzi jongliert, während du sprichst, weiter. Und dann kommt Marie mit ihrem Text. In der dritten Einstellung fängt Franzi die Bälle alle auf einmal auf, legt sie ganz cool auf den jetzt leeren Tisch und hilft Helmut beim Aufstehen. Wenn er wieder losgelaufen ist,

ruft sie ihm ihren Text hinterher.« Chris nickte. »Helmuts Hechtsprung und die unsanfte Landung drehen wir dann im Anschluss. Jetzt seid ihr erst mal dran. Also: Viel Glück!«
Kim war etwas verwirrt. Dann erinnerte sie sich daran, dass ihnen Chris bereits letzte Woche erklärt hatte, dass im Film eine Sequenz meist in mehreren Teilen gedreht wurde, die erst ganz zum Schluss beim Filmschnitt richtig zusammengefügt wurden. Der Hechtsprung musste ziemlich aufwendig vorbereitet werden, das war nicht in einem einzigen Dreh zu schaffen.
»Alles klar?«, fragte Chris.
Die drei !!! sahen sich kurz an und nickten.
»Dann proben wir das jetzt mal zunächst ohne Kamera, okay?«
Der Durchlauf gelang auf Anhieb, Chris musste nur wenig korrigieren. Die drei Mädchen klatschten sich ab. Es konnte losgehen!
Jutta kam noch einmal vorbei und mattierte ihre Gesichter mit Puder.
Tessa sah konzentriert auf das Display der Kamera.
Kim atmete tief ein und wieder aus. Ihr Herz pochte heftig gegen ihre Rippen.
Marie zwinkerte ihr zu. »Gutes Gelingen!«, sagte sie leise.
»Ton?«, rief Sophie.
»Läuft!«, antwortete eine Frau.
»Licht?«
»An«, sagte David.
Sophie scannte den Drehort mit einem schnellen Blick, dann nickte sie Chris zu. »Kamera an!«

Das LED-Lämpchen an der Kamera vor Tessa leuchtete rot auf. »Kamera läuft!«, sagte sie.
»Und: Bitte!«, rief der Regisseur.
Kim konzentrierte sich ganz auf Franzi. Ihre Freundin hob die Arme und warf den ersten Ball locker aus dem Handgelenk. Der zweite folgte.
Kim und Marie knipsten ihr Lächeln an und nickten. Gleich würde Franzi den dritten und vierten Ball in die Luft werfen. Marie pustete sich eine Haarsträhne aus dem Gesicht, nickte und lächelte weiter. Kim sah, wie ihre weißen Zähne im grellen Scheinwerferlicht leuchteten.
Dann bemerkte sie, dass Franzi abrupt in der Bewegung innehielt. Ihre Freundin riss Augen und Mund auf und blieb wie gelähmt stehen. Der erste Tennisball prallte auf dem Boden auf und schlug gegen das Kamerastativ. Der zweite sprang Tessa direkt vor die Kamera. Sie verriss das schwere Gerät.
»Das gibt's doch nicht«, keuchte Franzi.

Überfall!

Kim drehte sich um und starrte in die Richtung, in die Franzi immer noch blickte. Sie traute ihren Augen nicht. Was sich hier gerade abspielte, musste Teil des Films sein!
Am anderen Ende der Sportabteilung befanden sich drei Aufzüge. Kim war erst vor wenigen Minuten an den geschlossenen Türen vorbeigelaufen. Jetzt aber war einer der Fahrstühle geöffnet und fahles Neonlicht sickerte daraus hervor. Kim hielt den Atem an: Eine Person befand sich, halb sitzend, halb liegend, im Türbereich! Sie versuchte verzweifelt, den Aufzug zu blockieren, indem sie ihre Beine in die Lichtschranke hielt. Ihre dunklen, langen Haare hingen ihr wirr ins Gesicht, sie hatte beide Arme über dem Kopf erhoben und winkte seltsam ungelenk. Kim erkannte, warum: Die Hände der Frau waren mit Klebeband aneinandergefesselt! Sophie ließ einen spitzen Schrei los. Augenblicklich geriet das gesamte Fernsehteam in helle Aufregung. Jemand stieß gegen einen der Reflektorschirme. Er segelte zu Boden und streifte David, der daraufhin panisch aufschrie. Er stieß die glänzende Folie von sich, als hätte sie versucht, sich auf ihn zu stürzen und ihn festzuhalten.
Die drei !!! sprinteten sofort los. Franzi kam als Erste bei den Aufzügen an. Geistesgegenwärtig drückte sie den Hebel, der die Türen offen hielt. Die Frau rollte verzweifelt mit den Augen und versuchte etwas zu sagen. Das fest um ihren Mund gewickelte Klebeband hinderte sie daran. Sie atmete heftig und schwenkte den Kopf wild hin und her.

»Warten Sie«, sagte Kim so bestimmt wie möglich. Dabei schlug ihr das Herz vor Aufregung bis zum Hals. »Beruhigen Sie sich. Sie sind in Sicherheit! Ich entferne jetzt den Knebel.« Mit zitternden Fingern suchte sie nach dem Ende des Klebestreifens. Aber das Band war so fest zugezogen, dass sie es nicht fand.

»Hier«, sagte Chris. Er hielt Kim seinen Autoschlüssel hin. »Vielleicht kannst du es damit durchschneiden?«

Kim nickte und nahm den Schlüssel. Sie arbeitete sich damit vorsichtig durch den Klebestreifen. Tatsächlich gelang es ihr mit ein paar sägeartigen Bewegungen, den Streifen in der Nähe eines Ohrs zu durchtrennen.

»Achtung, es wird kurz wehtun«, warnte sie die Frau. Dann zog sie mit einem schnellen Ruck das Klebeband weg.

Die Frau riss den Mund auf und stieß einen Schmerzenslaut aus. Sie japste: »Luft! Endlich Luft. Danke!« Sie deutete in die Kabine und ächzte: »Meine Kollegin … Sie müssen ihr helfen!«

Erst jetzt bemerkte Kim die zusammengekrümmte Gestalt im hinteren Teil des Fahrstuhls. Bewegungslos saß sie mit vornübergekipptem Oberkörper an die Wand gelehnt.

Franzi und Marie eilten zu ihr. Sie mussten dabei über eine große Menge von Geldmünzen steigen, die auf dem gesamten Boden verteilt waren. Dazwischen lagen zwei zerknüllte Plastiktaschen.

Die Frau hob den Kopf und sah mit glasigen Augen in die Runde. Kim durchtrennte das Klebeband über ihrem Mund.

»Hilfe«, flüsterte die Frau tonlos. Sie hatte Tränen in den Augen. »Überfall!«

»Ich glaube, sie steht unter Schock«, sagte Tessa. Sie strich der Frau beruhigend über die blonden, gelockten Haare, während Franzi ihre Arme und Beine von den Fesseln befreite.

Kim sah in die Runde, die sich mittlerweile vor dem Fahrstuhl versammelt hatte.

»Ich rufe die Polizei«, sagte Chris. Er zog sein Handy aus der Hosentasche und tippte hektisch darauf herum.

David und Daniel halfen den beiden Frauen, sich auf einen Stapel Yogamatten zu setzen. Bis auf die von den Fesseln schmerzenden Hand- und Fußknöchel schienen beide Frauen unverletzt.

»Wir sind überfallen worden«, sagte schließlich die Dunkelhaarige. Sie massierte sich die Handgelenke. Stockend berichtete sie, dass sie zusammen mit ihrer Kollegin gerade auf dem Weg zum Tresor im Keller war. Dort wurden täglich die Einnahmen aller Kassen des Kaufhauses aufbewahrt, bis sie spätabends ein Sicherheitsdienst abholte und zum Nachttresor der Bank brachte. »Wir haben, wie immer, das abgeschöpfte Geld in zwei unauffälligen Plastiktaschen verstaut«, fuhr die Verkäuferin fort. »Wir sind per Sonderfahrt ohne Zwischenstopp mit dem Aufzug runter in den Keller gefahren.« Sie schluckte. »Mittendrin gab es dann einen Riesenschlag. Ein Teil der Decke war plötzlich weg und ein vermummter Mann ist in die Kabine gesprungen.« Die Verkäuferin kniff die Augen zusammen. »Es ging alles so schnell. Er hat mit einer Pistole herumgefuchtelt und den Schlüssel für die Sonderfahrt gezogen. Dann hat er auf den Knopf für das oberste Stockwerk gedrückt. Während wir nach oben gefahren sind, hat er meiner Kollegin die beiden Taschen entrissen und uns gefesselt. Ich habe mich zuerst gewehrt und ihn gekratzt, aber dann hat er mir die Pistole unter die Nase gehalten und mich aus seinen eiskalten Augen angefunkelt. Da habe ich ganz schnell stillgehalten. Er hat dann die Geldscheine in seinen Rucksack gestopft und ist im obersten Stockwerk ausgestiegen und seelenruhig weggegangen. Vorher hat er noch den Nothalt gedrückt, sodass der Fahrstuhl blockiert war.« Sie atmete tief durch. »Wir waren bestimmt eine halbe Stunde oder länger in dieser stickigen Kabine eingesperrt. Ich habe es zuerst nicht geschafft, mich an der Wand hochzuziehen, um einen der Knöpfe zu erreichen.« Die Frau legte den Kopf in den Nacken. »Aber dann ist es mir zum Glück gelungen.«

Ihre Kollegin lehnte sich an sie. Sie schüttelte schweigend den Kopf.

Kim runzelte die Stirn. Sie erinnerte sich an etwas. Sie versuchte sich zu konzentrieren. Das war leider inmitten dieser aufgeregt durcheinandersprechenden Menschenmenge fast nicht möglich.

»Entschuldigt bitte mal«, hörte sie Herrn Grevenbroich hinter sich. »Lasst ihr mich mal durch?« Kim und Franzi traten ein Stück zur Seite.

Maries Vater hatte zwei Gläser mit Wasser besorgt. Eines davon reichte er der blonden Verkäuferin, die dankbar annahm. Er beugte sich zu der anderen Frau herunter und hielt ihr das Glas hin. »Bitte. Trinken Sie erst einmal etwas. Die Polizei wird gleich da sein.«

»Das ist sehr nett.« Die Frau nahm das Glas und trank einen Schluck. »Vielen Dank!« Sie sah Herrn Grevenbroich an. Im selben Moment entglitten ihr die Gesichtszüge. Sie stieß einen lauten Schrei aus. Dann rief sie: »Hauptkommissar Brockmeier! Er ist es …«

Herr Grevenbroich trat einen Schritt zurück. »Ähm, ja.« Er schmunzelte. »Der bin ich … auch.«

Kim unterdrückte ein Grinsen. Helmut Grevenbroich wurde, wie sie von Marie wusste, öfter auf der Straße mit diesem Namen angesprochen. Die Menschen kannten ihn aus der bekannten TV-Serie *Vorstadtwache*, in der er seit Jahren die Hauptrolle des Hauptkommissars Brockmeier spielte.

Marie kicherte.

»Er ist es, ich erkenne ihn an seinen blauen Augen!«, rief die Frau mit zittriger Stimme. Sie zeigte mit dem Finger auf Maries Vater. »Er ist der Täter! Dieser Mann hat uns überfallen. Diesen Blick werde ich nie vergessen!«

Schlagartig wurde es totenstill. Marie blieb der Mund offen stehen. Herr Grevenbroich räusperte sich. »Entschuldigen Sie bitte … das ist absurd … Sie stehen unter Schock und verwechseln mich.« Er versuchte, der Verkäuferin beruhigend eine Hand auf die Schulter zu legen. Die Frau wehrte ihn mit einer groben Bewegung ab. »Lassen Sie mich, Sie mieser Verbrecher!« Wasser schwappte aus dem Glas und ergoss sich über Herrn Grevenbroichs Arm. Er zuckte zurück und krempelte verdattert den nassen Hemdsärmel auf.

Kim sah, dass sich ein langer Kratzer am Handgelenk entlangzog. Die Verkäuferin starrte ebenfalls auf die Wunde und stieß einen erstickten Schrei aus. »Sehen Sie die Kratz-

spur? Die habe ich ihm beigebracht, als er mich gefesselt hat. Er ist eindeutig der Täter!«
Herr Grevenbroich schüttelte den Kopf. Er machte einen Schritt zurück. Tessa trat neben ihn und fasste ihn an der Schulter. Sofort schrie die Verkäuferin: »Lassen Sie ihn nicht gehen! Er will flüchten!«
Jetzt drehte Marie beinahe durch. Sie baute sich vor der Frau auf und rief: »Lassen Sie sofort meinen Vater in Ruhe! Sie Lügnerin!« Ihre Stimme zitterte vor Wut. Kim konnte sich nicht erinnern, ihre Freundin jemals so außer sich erlebt zu haben.
Tessa zog Marie sanft an sich. »Das wird sich bestimmt alles klären lassen«, sagte sie mühsam beherrscht. »Das muss ein fürchterlicher Irrtum …«
Eine tiefe Stimme unterbrach Tessa: »Guten Abend!« Ein mittelgroßer, vielleicht vierzigjähriger Mann in Jeans und Parka lief zusammen mit zwei Polizisten den Gang entlang. Die Dreiergruppe blieb vor den beiden Verkäuferinnen stehen. »Kommissar Cornelius Wengert«, stellte sich der Mann vor. »Sie haben die Notrufzentrale verständigt?«
Chris räusperte sich. »Ja, das war ich. Hier hat ein Überfall stattgefunden.«
»Diese Frau verleumdet meinen Vater!«, rief Marie und deutete auf die dunkelhaarige Verkäuferin. Ihre Augen funkelten vor Wut.
»Bitte eins nach dem anderen.« Der Kommissar räusperte sich. »Sie *alle* sind hier überfallen worden?«
»Nein«, setzte Kim an. Diese –«
»Wir! Meine Kollegin hier und ich«, rief die dunkelhaarige

Verkäuferin dazwischen. »Dieser Verbrecher«, sie deutete auf Helmut Grevenbroich, »kam durch die Aufzugsdecke und hat uns mit einer Pistole bedroht. Dann hat er die kompletten Tageseinnahmen geraubt.«
Kim beobachtete, wie der Kommissar den beiden Polizeibeamten ein Zeichen gab. Die Männer postierten sich daraufhin rechts und links von Helmut und Tessa.
»Sie lügt!«, schrie Marie. Tessa umfasste sie fester, als fürchte sie, dass Marie gleich auf die Verkäuferin losgehen würde. »Mein Vater war die ganze Zeit am Set und hat gedreht!«, fuhr Marie atemlos fort. »Wie sollte er Sie da überfallen haben?« Sie wischte sich eine Träne aus dem Auge und sah den Kommissar an. »Und wer sind Sie eigentlich? Wo ist Kommissar Peters? Er kennt meinen Vater gut, er weiß, dass er so etwas niemals tun würde!«
Tessa nickte heftig.
Wengert schien für einen Augenblick verwirrt, fasste sich aber schnell wieder. »Mein Kollege Peters ist nicht da, ich vertrete ihn während seines Urlaubs.«
»Auch das noch«, zischte Marie.
»Wie bitte?«
Marie zuckte zusammen, sie schien zu begreifen, dass es in diesem Augenblick mehr als unklug war, den Kommissar zu verärgern. Sie schluckte. »Ich habe gesagt: *Ah, ach so.*«
Wengert sah sie kurz zweifelnd an, nickte dann aber. »Und woher kennst du Peters?«
»Er ist ein Freund meines Vaters. Wir haben schon oft mit ihm zusammengearbeitet und ihm geholfen«, antwortete Marie.

»Soso.« Es war dem Kommissar deutlich anzumerken, dass ihn Maries Antwort verwirrte. Er schwieg eine Weile und sah in die Runde. Schließlich sagte er: »So kommen wir hier nicht weiter. Ich möchte als Erstes mit Ihnen beiden reden.« Er nickte den Verkäuferinnen zu. Dann wandte er sich an einen der Polizisten. »Gibst du bitte der Spurensicherung Bescheid, sie sollen so schnell wie möglich kommen.« Der Kommissar beachtete Marie gar nicht mehr, obwohl sie immernoch, nur wenige Schritte entfernt, vor ihm stand.

Der Polizeibeamte nickte und zog ein Handy hervor. Dabei ließ er Herrn Grevenbroich nicht aus den Augen.

»Alle anderen bitte ich, den unmittelbaren Tatort jetzt zu verlassen. Aber halten Sie sich in der Nähe auf, wir werden noch Fragen an Sie haben.«

Jutta und Daniel machten sich als Erste auf den Weg. Dann folgten weitere Mitglieder des Drehteams. Chris zögerte, Tessa und die drei !!! blieben bei Helmut stehen.

Kim knetete nervös die Hände. Irgendwie wurde hier kostbare Zeit verschwendet. Sie konnte nicht sagen, warum sie diesen Gedanken hatte. Sie versuchte verzweifelt dahinterzukommen.

In diesem Augenblick fiel der Groschen; ihr wurde zuerst siedend heiß, dann eiskalt. »Halt!«, sagte sie mit belegter Stimme.

Wengert sog scharf die Luft ein. »Was gibt es denn noch?«

»Herr Kommissar, mir ist etwas Wichtiges eingefallen!«

»Das kannst du mir gerne in ungefähr einer Stunde erzählen«, sagte Wengert unwirsch. »Ich möchte jetzt die Opfer befragen. Jedes noch so kleine Detail ist wichtig, an das sich die Damen erinnern können. Erinnerung geht schnell verloren oder wird verfälscht. Wir haben jetzt schon viel wertvolle Zeit verloren.« Er wandte sich von Kim ab und ging auf die beiden Verkäuferinnen zu.

»Wir verlieren gerade weiterhin Zeit!«, rief Kim ihm hinterher. »Sie müssen mir zuhören, bitte. Jetzt!«

Verbrechen nach Drehbuch

Franzi und Marie sahen Kim gespannt an.
Der Kommissar blieb stehen. Er musterte Kim mit einem sehr ernsten Blick.
Sie straffte die Schultern und schob das Kinn vor.
Wengert seufzte. »Du hast drei Minuten.«
»Das Verbrechen, das hier gerade geschehen ist, entspricht eins zu eins dem Drehbuch!«, stieß Kim aufgeregt hervor.
»Wie bitte?« Der Kommissar schien nicht zu verstehen. »Was für ein Drehbuch?«
»Wir drehen hier gerade eine Szene für die erste Staffel einer neuen Fernsehserie«, erklärte Kim. »Ich habe letzte Woche in eines der Drehbücher hineingelesen, die am Set herumlagen. Da war eine Zusammenfassung der Folge drin. Der Ablauf passt beinahe hundertprozentig auf den Überfall heute! Warten Sie einen Moment.« Unter den erstaunten Blicken der anderen lief Kim zurück zum Set und schnappte sich das Drehbuch, das auf dem Regiestuhl lag. Sie schlug den schmalen Ordner auf und blätterte, während sie zurück zum Kommissar lief.
»Hier!« Kim blieb vor Cornelius Wengert stehen. Sie tippte mit dem Finger auf eine Seite und räusperte sich. »Ich lese das Wichtigste vor: *Ole Jacobsen, der Kaufhausdetektiv von Nobel & Co.* – so heißt das Kaufhaus im Film«, erklärte Kim kurz und fuhr dann fort: »Also, *der Ladendetektiv begleitet zwei Verkäufer, die die Tageseinnahmen sämtlicher Kassen des Kaufhauses transportieren, unauffällig bis zum Aufzug. Dieser*

soll die Männer per Prioritätsfahrt in den Keller zum Tresor bringen. Doch im Aufzug warten zwei Verbrecher! Sie kommen durch die Fahrstuhldecke, überwältigen und fesseln die beiden Verkäufer und fahren mit dem Aufzug ins oberste Stockwerk. Dort schicken sie den Fahrstuhl wieder runter in den Keller und flüchten über das Dach des Kaufhausgebäudes, wobei sie zuerst die Geldkiste durch eine Bauschuttrutsche nach unten in einen Container befördern, wo sie von einem dritten Komplizen mit dem Motorrad abgeholt wird, und sich dann vom Dach abseilen.« Kim reichte Wengert das Drehbuch. »Die Täter sind in der Serie übrigens zwei Aufzugsmechaniker, die ein paar Tage zuvor etwas repariert haben und Einblick in die Aufzeichnungen für das Abholen der Tageseinnahmen nehmen konnten. Wenn Sie wollen, können Sie noch einmal selbst nachlesen.«

Der Kommissar nahm das Drehbuch. Er überflog die Seite. Eine steile Falte erschien auf seiner Stirn.

Kim trat ungeduldig von einem Bein aufs andere. »Was ich damit sagen will: Wenn der Überfall genau so stattgefunden hat, wie es im Drehbuch geschildert ist, dann –«

»Hat der Täter die Beute vielleicht auf die gleiche Weise wie im Buch abtransportiert und ist über das Dach geflüchtet«, komplettierte Marie Kims Satz. »Kim, du bist genial!« Maries Wangen färbten sich rot. »Los, wir müssen sofort raus aufs Dach!«

Chris hob die Hand. »Die Bauschuttrutsche gibt es dort tatsächlich. Sie ist noch vom Dreh der letzten Woche dort.« Aufgeregt zeigte der Regisseur zum Treppenhaus. »Zu diesem Teil des Dachs geht es über die Treppe dahinten hoch.«

»Einen Moment bitte!« Der Kommissar klappte das Drehbuch zu und übergab es einem der Polizeibeamten. »Sind die Täter tatsächlich durch die Decke des Aufzugs gekommen?«, fragte er die dunkelhaarige Verkäufern.

Die Frau nickte. »Ja. Aber es war nur einer: Brockmeier!«

»Brockmeier?« Wengert sah einen Moment verständnislos drein. »Nun, dieses Detail klären wir später. Aber ansonsten verlief der Überfall wie eben gehört?«

»Richtig.«

Der Kommissar zog sein Handy aus der Tasche seines Parkas. »Gut. Ich verstehe das alles zwar gerade nicht, aber ich fordere Verstärkung an.« Wengert gab eine knappe Anweisung durch und steckte das Handy wieder ein. »Wir prüfen, ob jemand auf dem Dach ist. Auch wenn ich es für unwahrscheinlich halte, dass wir den Täter noch erwischen. Der Überfall hat bereits vor über einer Stunde stattgefunden.«

Kim merkte, dass Marie nach ihrer Hand tastete. Sie drückte sie fest.

»Er glaubt also nicht, dass Papa den Überfall verübt hat«, flüsterte Marie. Sie strich sich eine Haarsträhne aus dem Gesicht und lächelte Kim glücklich an.

»In der Zwischenzeit nehme ich die Aussagen der Opfer auf«, sagte der Kommissar. Er drehte sich zu Maries Vater um. »Und Ihren Namen bräuchte ich bitte noch.«

»Helmut Grevenbroich, ich –«

»Herr Grevenbroich«, unterbrach ihn der Kommissar, »Sie werden gleich von meinen Kollegen aufs Revier begleitet. Ich komme später zur Vernehmung nach. Alle anderen bitte ich jetzt, zurück ans Filmset zu gehen.«

Marie sackte in sich zusammen. »Nein!«
»Das können Sie doch nicht einfach so machen«, rief Tessa. »Mein Mann ist unschuldig!«
Jetzt schien auch Chris den Ernst der Situation erkannt zu erhaben. Er zog ein Stofftaschentuch aus seiner Hosentasche und tupfte sich damit eine Reihe von Schweißperlen von der Stirn. Sein Gesicht war sehr blass. »Sie können nicht einfach meinen Hauptdarsteller, übrigens ein mehrfach preisgekrönter, bundesweit bekannter Top-Schauspieler, mitten aus den Dreharbeiten zerren und verhaften, nur weil irgendeine Frau Mist erzählt!« Chris presste das Taschentuch in seiner Faust zusammen.
»Entschuldigen Sie bitte«, antwortete der Kommissar mit ernster Stimme. »Ich mache hier meine Arbeit. Zwei Frauen wurden überfallen, eine davon sagt aus, dass sie in Herrn Grevenbroich den Täter erkennt.« Wengert holte tief Luft, dann brüllte er: »Ich *kann* nicht nur – ich *muss* diesen Mann mitnehmen! Er ist ein Verdächtiger. Verstehen Sie das jetzt endlich?!« Der Kommissar fuhr sich durchs Haar. »Im Übrigen verhafte ich ihn nicht, sondern lade ihn zu einem Verhör vor.«
Chris schluckte. Er sah Helmut Grevenbroich hilflos an.
»Darf ich Sie jetzt bitten, ebenfalls nach nebenan zu gehen«, sagte der Kommissar unwirsch.
Herr Grevenbroich gab Tessa einen Kuss und strich Marie übers Haar. »Macht euch keine Sorgen. Es ist besser, wenn ich mitgehe und das aufkläre. Alles wird gut, ich verspreche es euch.«
Der Kommissar nickte. »Danke, dass Sie so vernünftig sind.«

Herr Grevenbroich nickte knapp. Marie schmiegte sich an ihn. In ihren Augen schimmerten Tränen.
Franzi ballte die Fäuste. »Wir werden den wahren Täter finden, das schwöre ich dir«, raunte sie ihrer Freundin zu.
Kim nickte heftig.
Bereits im nächsten Augenblick erschien die Verstärkung, die Kommissar Wengert angefordert hatte: Drei Frauen und drei Männer in Polizeiuniform eilten den Gang entlang auf sie zu. Nach einer kurzen Einweisung durch den Kommissar machten sich vier von ihnen auf den Weg zum Dach, zwei begaben sich zum Drehteam, das am Set wartete. Herr Grevenbroich wurde von den Beamten, die von Anfang an dabei gewesen waren, zum Treppenhaus geführt.
»Bis nachher«, rief Herr Grevenbroich Tessa und Marie zu. Er machte einen völlig gefassten Eindruck. Nur wenn man genau hinsah, stellte Kim fest, dann bemerkte man eine feine Sorgenfalte auf seiner Stirn.
Die drei !!! und Tessa wurden von einem der Polizisten aufgefordert, ebenfalls zur Sportabteilung zu kommen. Dort waren gerade zwei Beamte dabei, Namen und Adressen der Anwesenden aufzunehmen.
Das Team hatte den größten Teil der Ausrüstung bereits verpackt. Chris saß auf einer Kiste und studierte den Drehplan. Er nickte. »Wir liegen relativ gut in der Zeit, Leute.« Er seufzte. »Ich schlage daher vor, dass wir die Dreharbeiten für zwei Tage aussetzen. Ich glaube, jeder von uns muss das, was heute geschehen ist, erst mal in Ruhe verarbeiten.« Der Regisseur biss sich auf die Lippe. »Außerdem wissen wir nicht, wann Helmut wiederkommt.«

Keiner sagte darauf ein Wort. Kim sah, wie Tessa und Marie sich einen sorgenvollen Blick zuwarfen.

»Die Spurensicherung ist da«, stellte Franzi fest. Kim reckte den Hals und sah vier Gestalten, die in weißen Overalls mit Kapuzen steckten. Ihre Gesichter waren mit Mundschutz und großen Schutzbrillen bedeckt. Sie sahen aus, als kämen sie von einem anderen Stern. Mit vorsichtigen Bewegungen steckten sie den Bereich um die Aufzüge ab und holten ihre Ausrüstung aus einem großen Koffer hervor. Kim beobachtete, wie der Kommissar sich von den beiden Verkäuferinnen verabschiedete. Er schien seine Befragung beendet zu haben. Er kam zum Set rüber und sprach kurz mit einem der Beamten.

»Wir haben alle Adressen notiert. Sie können jetzt nach Hause gehen«, verkündete Wengert schließlich. »Wir melden uns dann bei Ihnen.« Er zögerte kurz. »Bitte gehen Sie durch das Treppenhaus. Die Aufzugsanlage ist gesperrt.«

»Aber wie sollen wir unsere Filmausrüstung transportieren?«, fragte Chris. Er zeigte auf die Kisten, Stative und Kabelrollen, die das Team zusammengestellt hatte.

Der Kommissar nickte. »Gut, dass Sie das ansprechen: Das Material muss vorerst hierbleiben. Meine Kollegen werden es nachher durchsuchen.«

Chris zog die Augenbrauen hoch. »Das ist nicht Ihr Ernst!«

»Mein voller«, antwortete Wengert ungerührt. »Machen Sie sich keine Sorgen, Ihre Geräte sind bei meinen Kollegen in besten Händen. Sie werden nach der Kontrolle sicher aufbewahrt. Ich gebe Ihnen dann Bescheid, wo Sie sie abholen können.«

Der Regisseur runzelte die Stirn. »Sie behindern meine Arbeit!«
»Und wenn Sie sich hier querstellen, behindern *Sie* die Arbeit der Polizei«, stellte der Kommissar fest. »Das könnte Konsequenzen haben.« Er verschränkte die Arme vor der Brust. »Bitte verlassen Sie jetzt mit Ihrem Team das Kaufhaus.«
Chris blieb der Mund offen stehen. Dann holte er tief Luft und setzte zum Sprechen an. Jutta fasste ihn am Arm. »Lass es, Chris. Das bringt doch nichts.«
Der Regisseur seufzte. »Wahrscheinlich hast du recht. Trotzdem: So ein Mist!« Er ließ sich von der Maskenbildnerin mitziehen. Der Rest des Teams folgte.
Die drei !!! blieben unschlüssig stehen. Tessa winkte ihnen ungeduldig zu.
»Wir kommen gleich!«, rief Marie. Dann straffte sie ihre Schultern und sah ihre Freundinnen ernst an. Kim und Franzi nickten. Wieder einmal verstanden sich die drei Detektivinnen ohne viele Worte.
»Was gibt es denn noch?«, sagte der Kommissar ungeduldig. »Ich sagte doch: Alle können jetzt nach Hause gehen.«
Marie schüttelte den Kopf. »Zuerst würden wir gerne wissen, ob es schon Neuigkeiten von Ihren Kollegen auf dem Dach gibt.«
»Ja! Haben Sie den Täter erwischt?«, fragte Franzi.
»Oder wenigstens die Beute sichergestellt?«, fügte Kim hastig hinzu.
Der Kommissar zuckte mit den Schultern. »Bedaure, über laufende Ermittlungen erteile ich keine Auskunft.« Er nickte

knapp. »Ich wünsch euch einen schönen Abend, Kinder.« Dann wies er zum Treppenhaus. »Darf ich bitten.« Der Kommissar wandte sich ab und begann ein Gespräch mit einer Frau von der Spurensicherung.

»Das ist ja wohl die Höhe«, zischte Marie. »Kim hat ihm so einen wichtigen Hinweis gegeben! Und er will nichts sagen. Frechheit!«

Kim zuckte mit den Schultern. »Dann sehen wir eben selbst nach.«

»Aber wie sollen wir auf das Dach kommen«, gab Franzi zu bedenken. »Der Kommissar lässt uns garantiert nicht durch.«

Kim zupfte an ihrem Pony. »Stimmt schon. Aber wir könnten uns unten umsehen, dort, wo die Bauschütte vom Dach endet.«

»Gute Idee«, sagte Marie sofort. »Los, kommt!«

Die drei Mädchen sammelten hastig ihre Taschen und Jacken ein und stürmten zum Treppenhaus. Franzi und Marie liefen, immer zwei Stufen auf einmal nehmend, in einem irren Tempo voraus. Kim hetzte, so schnell sie konnte, hinterher. Wieder einmal schwor sie sich, etwas mehr für ihre Kondition zu tun. Leider gehörte Sport nicht gerade zu Kims Lieblingsbeschäftigungen. Sie las lieber Krimis und verputzte dabei eine Tüte Gummibärchen oder schrieb Kurzgeschichten, als durch die Gegend zu joggen oder einem Ball hinterherzurennen.

Kim hielt an und japste nach Luft. Franzi und Marie waren sowieso schon längst außer Sichtweite, jetzt kam es auf eine Minute mehr oder weniger auch nicht mehr an. Sie atmete noch ein paar Mal tief durch, dann lief sie langsam weiter.

Von unten drang leises Stimmengewirr hoch. Kim wunderte sich: Waren die anderen vom Team denn immer noch da? Sie hielt sich am Geländer fest und schwang zum vorletzten Treppenabsatz runter. Von hier konnte man bereits in den Vorraum sehen, der zum Personalausgang des Kaufhauses führte: Da unten standen tatsächlich Jutta, Chris, Tessa, David und Daniel. Sie unterhielten sich mit Franzi und Marie. Weiter hinten sah Kim eine Polizistin und einen Polizisten, die hinter zwei Tischen standen. Weitere Mitglieder des Teams warteten davor, während die Beamten Taschen auspackten und Jacken abtasteten.

»Sie führen eine Taschenkontrolle durch«, sagte Marie, als Kim bei ihnen angelangt war. »Das ist schon ein Ding! Die behandeln uns, als wären wir Verbrecher.«

»Ist aber eigentlich logisch, dass sie alle überprüfen«, antwortete Franzi. »Schließlich könnte jeder vom Team den Überfall begangen haben und das Geld jetzt abtransportieren.«

Kim schüttelte den Kopf. »Wir waren doch alle, während es passiert ist, am Set.«

Franzi grinste. »Nicht unbedingt. Du warst mal kurz weg …«

»Haha, sehr lustig.« Kim zupfte sich nachdenklich an der Lippe.

In dem Moment wurde Marie blass. »Papa hat auch das Set verlassen.«

Franzi verdrehte die Augen. »Ich hab doch bloß einen Witz gemacht. Wahrscheinlich sind etliche vom Team mal kurz vom Set weg gewesen!«

»Ja, und man kann nur hoffen, dass diese Personen Zeugen haben, die bestätigen, wo sie waren.«

»Hast *du* denn einen Zeugen?«, wollte Marie wissen.
Kim zögerte. Eigentlich hatte sie keine Lust, ihren Freundinnen von dem Spielwarenverkäufer mit dem magischen Blick zu erzählen. Sie beschränkte sich daher auf ein knappes *Ja*. Zum Glück kam gerade Bewegung in die kleine Schlange vor der Taschenkontrolle. Sie mussten ein Stück weiter vorrücken und ihre Freundinnen waren abgelenkt. Jutta und Chris legten ihre Jacken auf die Tische. Die Polizisten durchsuchten akribisch jede Tasche und tasteten das Innenfutter ab. Anschließend wurden sogar ihre Hosenbeine und die Seiten abgeklopft. Nach einer Weile wurden der Regisseur und die Maskenbildnerin weitergeschickt. Offenbar hatten die Beamten nichts gefunden. Jutta und Chris winkten den drei !!! zu und verschwanden durch den Ausgang. Jetzt waren noch Tessa und die beiden Lichttechniker da. Aber danach würden Marie, Franzi und sie endlich drankommen. David lehnte, die Hände tief in den Hosentaschen vergraben, neben einem Kasten, in dem ein zusammengerollter Feuerwehrschlauch untergebracht war. Er sah gelangweilt in der Gegend herum, gähnte demonstrativ und streckte sich. Dabei stieß er ungeschickt mit einem Arm an den Kasten. Er zuckte zusammen und ließ seine Hände schnell wieder in den Hosentaschen verschwinden. Kim grinste. Plötzlich klingelte ihr Handy. Sie zog es aus dem Rucksack und sah aufs Display. Augenblicklich fing ihr Herz an zu klopfen. Es war ihr Freund! Sie musste unbedingt drangehen, sie hatte seit heute Mittag nicht mehr mit ihm gesprochen.
»Hallo, Michi!«, sagte Kim leise. »Du glaubst nicht, was uns heute passiert ist!«

»Hi, Kim!« Michi seufzte. »Du klingst, als ob ihr mal wieder einen neuen Fall hättet.«
»Richtig! Aber ich kann jetzt schlecht reden –«
»Dann lass uns das doch morgen nachholen«, unterbrach Michi sie. »Um halb vier im *Tutti Gelati*? Ich wollte dich auf einen Schoko-Becher einladen, mit extra Schokosoße!«
Kim lächelte. Ihr Freund wusste einfach ganz genau, was sie mochte!
»Das wäre super«, sagte sie begeistert. Dann fiel ihr Blick auf Marie und Franzi, die jetzt den Polizisten ihre Taschen hinhielten. Plötzlich durchfuhr es sie heiß. Sie würden bestimmt morgen gleich nach der Schule eine Detektivbesprechung abhalten, um zu planen, wie sie bei diesem neuen Fall vorgehen würden. Nein, sie konnte morgen nicht mit Michi Eis essen. »Es tut mir leid, aber morgen geht es nicht«, sagte Kim schweren Herzens. »Da muss ich mich mit Marie und Franzi treffen. Du weißt schon: der neue Fall …«
Sie hörte Michi seufzen. »Es ist gar nicht leicht, mit einer viel beschäftigten Detektivin zusammen zu sein«, murmelte er. »Aber klar, die Verbrecher gehen vor. Am Freitagnachmittag bin ich mit Rolf verabredet, aber hättest du am Abend Zeit?«
»Ja!«, rief Kim sofort. »Das klappt auf jeden Fall!«
»Prima, dann wird aus dem Eisbecher eine Pizza, okay? Ich hol dich um sechs ab, ja?«
Kim hauchte einen Kuss an das Handy. »Super! Ich freu mich!«
»Ich mich auch! Sehr! Mach's gut!« Michi legte auf.
Kim steckte das Handy wieder ein. Sie lächelte. Ihr Freund war wirklich der süßeste Junge der Welt!

»Na, hast du es auch endlich geschafft?«, empfing Franzi sie grinsend, als Kim fünf Minuten später die Taschenkontrolle passiert hatte. »War das eben der süßeste Junge der Welt, auch Michi genannt?«

»Richtig!«, antwortete Kim. »Wir gehen am Freitag Pizza essen!« Sie spürte, wie sich ein Lächeln in ihrem Gesicht breitmachte.

»Wie schön!«, sagte Franzi und klopfte ihr auf die Schulter.

Tessa klimperte mit dem Autoschlüssel. »Wir sollten dann mal.«

Die drei Detektivinnen nickten. Kim spürte auf einmal, wie müde sie war. Sie wäre in diesem Moment am liebsten direkt in ihr Bett gesunken.

»Wir wollten doch noch bei der Baurutsche und dem Container nachsehen«, zischte Marie ihren Freundinnen zu. Zum Glück führte sie der Weg zu Tessas Auto direkt daran vorbei. Der Bereich beim Hinterausgang des Kaufhauses war weiträumig mit rot-weißem Absperrband gesichert und in grelles Licht getaucht. Es wurde von zwei großen mobilen Flutlichtanlagen verströmt, die auf Polizeibussen montiert waren. Zahlreiche Beamte in Uniform und in Zivil eilten hin und her. Die drei !!! blieben bei der Baurutsche stehen. Das Flutlicht erleuchtete die großen, ineinandergesteckten Plastikrohre komplett bis zur Dachkante des vierstöckigen Kaufhauses hinauf. Zwei Männer standen am unteren Ende der Rutsche, die in den Container führte. »Hier ist nichts!«, rief einer in sein Funkgerät.

»Fordere eine Rohrkamera an«, sagte sein Kollege. »Wir müssen prüfen, ob etwas in der Rutsche hängen geblieben ist.«

Der Polizist hob den Daumen und sprach erneut ins Funkgerät.
Die drei !!! sahen sich enttäuscht an. »So lange können wir nicht warten«, flüsterte Kim.
Marie und Franzi nickten.
»Wo bleibt ihr denn?«, rief Tessa. Sie stand auf der anderen Straßenseite vor dem Van der TV-Gesellschaft und winkte ungeduldig.
»Ich sehe zu Hause gleich mal in den Online-Polizeinachrichten nach«, sagte Kim, während sie die Straße überquerten. »Vielleicht steht da schon was.«
»Ja, gut«, antwortete Franzi. »Treffen wir uns morgen im Pferdeschuppen? Um halb vier?«
Marie und Kim nickten. Der alte Schuppen gleich hinter dem Bauernhaus, in dem Franzi mit ihren Eltern und ihrer Schwester wohnte, war das Hauptquartier der drei Detektivinnen. Sie hatten das von außen unscheinbare Gebäude in liebevoller Arbeit mit allem ausgestattet, was sie für ihre Ermittlungsarbeiten benötigten.
Während der Fahrt sagte niemand ein Wort. Kim wurde jetzt noch einmal richtig bewusst, was die Geschehnisse der letzten Stunden für Maries Familie bedeuteten: Helmut Grevenbroich wurde verdächtigt, ein Verbrechen begangen zu haben, und er wurde gerade von der Polizei vernommen. Das musste sehr schlimm für Marie sein.
Nachdem Tessa den Van vor dem Haus der Jülichs angehalten hatte, stiegen Marie und Franzi zusammen mit Kim aus. Marie sah ihre Freundinnen an und sagte leise: »Ich glaube, ich könnte jetzt eine Portion Extra-Power brauchen.«

Kim und Franzi wussten sofort, was gemeint war: der Powerspruch, den sie immer aufsagten, wenn sie besonders viel Energie für einen Fall benötigten. Sie stellten sich dicht vor Marie. Dann streckten die drei Detektivinnen zeitgleich ihre Arme noch vorne, sodass sie sich fast berührten. Marie flüsterte: »Eins«, Franzi folgte mit »Zwei« und Kim murmelte: »Drei.« Schließlich hoben sie die Arme nach oben und sagten gemeinsam: »Power!!!«
»Danke euch, das tut gut!«, stellte Marie fest und lächelte schwach.
Kim drückte sie ganz fest. »Bis morgen!«

Es sieht nicht gut aus

Detektivtagebuch von Kim Jülich
Donnerstag, 14:00 Uhr
Es ist der Hammer! Genau vier Wochen nachdem wir einen fiesen Täter dingfest gemacht haben, der die Hochzeit von Maries Eltern sabotieren wollte, sind wir schon wieder auf Verbrecherjagd. Das Schlimme am neuen Fall ist: Maries Vater wird verdächtigt! Eine Verkäuferin vom Kaufhaus Pulitzer *am Marktplatz beschuldigt ihn, sie gestern Abend in einem Aufzug überfallen, bedroht und gefesselt zu haben und dann mit den Tageseinnahmen geflüchtet zu sein. Ich habe vorhin in der Online-Tageszeitung gelesen, dass bei dem Überfall über 50.000 Euro erbeutet wurden! Von dem Geld fehlt nach wie vor jede Spur.*
Wir haben die überfallene Verkäuferin und ihre Kollegin auch noch selbst entdeckt, da wir zum Tatzeitpunkt als Komparsen beim Dreh für eine Fernsehserie (zusammen mit Herrn Grevenbroich, Tessa und einigen anderen Leuten) im Kaufhaus waren. Das Unheimliche an dem Fall ist, dass er fast eins zu eins nach der Geschichte verübt wurde, die im Drehbuch steht, das gerade verfilmt wird!
Maries Vater wurde von der Polizei gleich mitgenommen und stundenlang verhört. Sie hat mir vorhin erzählt, dass er erst heute Morgen wieder nach Haus gelassen wurde. Jetzt darf er die Stadt nicht verlassen und muss jederzeit erreichbar sein. Krass! Richtig blöd bei der ganzen Sache ist, dass Kommissar Peters gerade im Urlaub ist und von einem anderen Kommissar vertre-

ten wird. Der kennt uns nicht, war sehr unfreundlich und wird garantiert nicht zulassen, dass wir bei den Ermittlungen helfen. Aber das ist uns völlig egal. Denn eines ist ja wohl klar: Herr Grevenbroich ist niemals der Täter – und wir werden das beweisen und den wahren Verbrecher finden!!!
Das Problem ist, dass es zwei harte Fakten gibt, die gegen ihn zu sprechen scheinen:
Die Zeugenaussage eines der Opfer. Die Verkäuferin hat Herrn Grevenbroich angeblich an seinen tiefblauen Augen wiedererkannt, die beim Überfall durch den Sehschlitz der Sturmhaube geblitzt haben sollen. Außerdem hat sie ihm angeblich einen Kratzer an der Hand zugefügt, als sie sich gewehrt hat. Herr Grevenbroich hatte tatsächlich einen langen, blutigen Kratzer am Handgelenk.
Maries Vater hat leider genau innerhalb der Zeitspanne, in der der Raub passiert ist, das Filmset verlassen. Keiner weiß, wo er war und was er gemacht hat. Allerdings hat mir Marie erzählt, dass es eine Erklärung gibt und sogar einen Zeugen. Nur ist dieser leider bislang unauffindbar.
Es sieht also nicht gut aus für Herrn Grevenbroich. Wir haben gleich nachher eine Clubsitzung, bei der wir besprechen, wie wir weiter vorgehen. Wir müssen unbedingt den Zeugen finden, der bestätigen kann, dass Herr Grevenbroich mit ihm zusammen war und keinesfalls zwei Verkäuferinnen in einem Aufzug überfallen hat!

Geheimes Tagebuch von Kim Jülich
Donnerstag, 14:34 Uhr
Dieses Tagebuch gehört Kim Jülich und ist GEHEIM. Es darf von niemandem außer ihr gelesen werden.
Du liest immer noch? Und du fühlst dich *plötzlich so komisch? Deine Augen sehen nicht mehr richtig? Die Schrift wird immer kleiner und kleiner und plötzlich wieder größer?* ***Keine Sorge, in*** *einer halben Minute bist du* **erlöst. Dann hat das Gift, das** *auf der Tastatur ist, gewirkt. Und du* ***bist*** **tot.**
Es ist ein ungeschriebenes Gesetz, dass unser Detektivclub das Wichtigste auf der Welt ist und immer vorgeht. Vollkommen klar. Besonders in diesem Fall müssen wir unsere gesamte Energie einsetzen und den Täter finden, damit wir beweisen können, dass Maries Vater unschuldig ist.
Aber ich vermisse Michi so sehr! Jetzt können wir uns erst morgen Abend sehen. Wie soll ich das bitte aushalten?! Ich hätte schon heute Nachmittag mit ihm im Eiscafé sitzen und einen leckeren Schoko-Becher essen können, wenn wir keine Detektivsitzung hätten. Ich mag gar nicht daran denken, wie das alles wird, wenn Michi den Studienplatz bekommt, für den er sich beworben hat. In einer anderen Stadt! Hunderte Kilometer von hier entfernt! Wie oft werden wir uns überhaupt noch sehen?! PANIK. Es ist ja jetzt schon schwierig genug. Hilfe!!! Wie wird das alles bloß werden. TOTALE PANIK.
Kim, jetzt komm mal runter. Noch hat Michi die Zusage ja nicht. Und selbst wenn er sie bekommen sollte, vielleicht will er ja dann gar nicht mehr weg von hier und sagt von sich aus ab? Halt! Wünsche ich mir jetzt etwa, dass er nicht genommen wird? Oder dass er auf etwas verzichtet, was er sich total wünscht?

Nur, damit er hier bei mir bleibt? SCHLECHTES GEWISSEN: Ja. Eigentlich wünsche ich mir das. Aber das darf niemand jemals erfahren. Ich werde Michi gegenüber niemals, niemals, niemals sagen, dass er hierbleiben soll. Wir werden schon eine Lösung finden. Es gibt ja schließlich Züge. Wir können uns doch jederzeit besuchen. Allerdings weiß ich nicht, ob das Zugfahren auf Dauer nicht viel zu teuer wird. Und dann streiken die so oft. Ich will gar nicht daran denken, wie es ist, wenn man sich tierisch auf das Treffen am Wochenende freut, und dann fährt gar kein Zug! Na ja, es gibt ja auch noch diese Fernbusse. Wie teuer die wohl sind? Und, Mist, mir wird es bei längeren Fahrten im Bus immer total schlecht. Oje.
Verdammt!!! Ich höre jetzt sofort auf herumzugrübeln, sonst drehe ich noch total durch. Immer schön eins nach dem anderen, Kim! Also: Es ist gleich drei Uhr, in einer halben Stunde beginnt das Clubtreffen. Du wirst jetzt da hinfahren, dich auf die anstehenden Ermittlungen konzentrieren und einfach auf morgen Abend freuen. Punkt! Oder besser: Ausrufezeichen, Ausrufezeichen, Ausrufezeichen!!!

Kim lehnte ihr Fahrrad an die von Sonne und Wetter gebleichte Bretterwand des Pferdeschuppens. Sie sog den Duft nach Harz und trockenem Moos ein, den das alte Gebäude verströmte. Sofort fühlte sie sich besser. Das hier war wie ein zweites Zuhause, ein Ort, an dem sie sich sicher fühlte und wusste, dass sie, Marie und Franzi ganz unter sich waren. Es war einfach toll, so einen geheimen Ort zu haben, von dem nur sie und ihre Freundinnen wussten.
»Kim, wie schön!«, ertönte es hinter ihr. Franzis Mutter stand

mit einem großen Tablett mitten auf dem Kiesweg, der zum Schuppen führte. »Ich habe einen kleinen Kirschkuchen und ein paar Vanille-Muffins für eure Clubsitzung! Möchtest du das Tablett gleich mitnehmen?«

Das Gebäck duftete himmlisch und Kim lief augenblicklich das Wasser im Mund zusammen. Auch das war ein schlagendes Argument dafür, die meisten ihrer Sitzungen hier abzuhalten: Franzis Mutter betrieb einen erfolgreichen Backservice, bei dem ab und an ein paar Gebäckstücke oder sogar ganze Kuchen und Torten übrig blieben, die sie gerne an die drei !!! weitergab. Kim hatte gerade Frau Winkler begrüßt und war dabei, ihr das Tablett abzunehmen, da erschien Franzis ältere Schwester Chrissie. »Hi, Kim! Na, habt ihr mal wieder eine supergeheime Detektivsitzung?« Sie zwinkerte verschwörerisch, stibitzte sich einen Muffin und verschwand pfeifend in Richtung des Wohnhauses. Gleich darauf erklang lautes Autohupen. Kim erkannte den alten Opel von Franzis Bruder auf der anderen Straßenseite. Stefan kurbelte das Fenster herunter und rief: »Hallo, Kim! Mal wieder zum Detektivtreffen da? Viel Erfolg!« Er ließ den Motor aufheulen und knatterte die Straße runter. Als das Auto um die Ecke gebogen war, fiel Kims Blick auf das Nachbarhaus. Eine ältere Dame hatte sich auf das Fensterbrett gestützt und sah hinaus. Sie winkte Kim zu und rief: »Grüß Gott! Die drei Detektivinnen treffen sich wieder. Seid immer schön vorsichtig!« Kim nickte freundlich zurück. Sie seufzte. So ganz geheim war der Schuppen mittlerweile dann doch nicht mehr. Aber was die drei Detektivinnen in seinem Inneren besprachen, das war in jedem Fall immer noch *topsecret*!

Sie drückte die Klinke des schmalen Tors, das in den Schuppen führte, mit dem Ellbogen herunter. Vorsichtig bugsierte sie das große Tablett durch die Tür und drückte sie mit dem Knie wieder zu. »Hallo! Jemand da?« Kim sah sich um.
»Komm rein!«, rief Franzi. Sie stand an dem kleinen runden Tisch in der Ecke des Schuppens und verteilte Gläser und Teller darauf. Ein Krug mit Eistee und eine große Schüssel Sahne standen bereits darauf.
»Marie ist noch nicht da«, sagte Franzi. »Schön, dass wenigstens du pünktlich bist.« Sie bemerkte die Kuchenplatte in Kims Händen. »Ach, du hast Mama getroffen, wie praktisch. Hier«, sie rückte die Sahneschüssel ein Stück zur Seite, »am besten stellst du die Sachen gleich auf den Tisch.«
Kim lud das Tablett ab. »Ich glaube, wir müssen uns einen Geheimgang zum Schuppen anlegen, so wie die drei ??? auf ihrem Schrottplatz! Ich bin von deiner Mutter, deinen Geschwistern und einer Nachbarin angesprochen worden – alle wussten, dass ich in unser Hauptquartier gehe.«
Franzi grinste. »Wir sind eben berühmt.«
»Das ist ja schön. Aber ich finde, dass nicht alle Welt wissen muss, wo wir unsere Geheimbesprechungen abhalten.«
»Wir können ja mal überlegen, wo wir einen geheimen Zugang schaffen«, antwortete Franzi. Sie sah auf ihre Uhr. »Wo bleibt Marie bloß?«
»Ich glaube, ihr geht es gar nicht gut«, gab Kim zu bedenken. »Ich habe vorhin nach der Schule kurz mit ihr gesprochen. Sie hat die halbe Nacht kein Auge zugetan, bis ihr Vater endlich nach Hause gekommen ist. Vielleicht hat sie sich noch mal hingelegt und hat verschlafen.«

Franzi legte einen Stapel Servietten auf den Tisch. Sie seufzte. »Ja, da könntest du recht haben.«

In dem Moment wurde die Tür zum Schuppen aufgerissen und Marie stürmte herein. Sie schwenkte eine Kühltasche in der Hand. »Mädels! Es gibt was zu feiern!« Marie war mal wieder top gestylt: Zu ihrer weißen Skinny-Jeans trug sie eine weite, rosafarbene Tunika mit silberner Blümchen-Stickerei am Halsausschnitt, silberne Ballerinas und ein schneeweißes Haarband. Nur wenn man genau hinsah, konnte man erkennen, dass sie ihre blasse Gesichtsfarbe mit zartrosa Rouge und einem Hauch von Lipgloss aufgefrischt hatte. Ihre tiefblauen Augen strahlten. »Papas Zeuge hat sich gemeldet!«

Kim stieß einen erleichterten Seufzer aus. »Was für ein Glück!«

»Das kann man wohl sagen.« Marie ließ sich auf einen der Stühle am Tisch fallen und holte eine Flasche Cola und einen Beutel mit Eiswürfeln aus der Kühltasche. Franzi schob drei Gläser zu ihr hin. Marie verteilte großzügig Eis und schenkte anschließend die Cola ein. Sie hob ihr Glas. »Auf den Blumenhändler!«

Kim und Franzi zogen zwei Stühle heran und setzten sich. Sie sahen Marie verständnislos an.

»Blumenhändler?«, wiederholte Kim ungläubig. Sie hob ihr Glas und stieß mit Marie an.

Marie nippte an ihrer Cola und schluckte. »Blumenhändler.«

Franzi trank einen großen Schluck und stellte ihr Glas schwungvoll ab. »Jetzt mach es doch nicht so spannend. Erzähl schon!« Sie schnitt den Kirschkuchen an und verteilte drei Stücke auf den Tellern.

»Also«, begann Marie. »Papa wollte Tessa gestern Abend nach dem Dreh mit einem romantischen Candlelight-Dinner überraschen und mit ihr das vierwöchige Ehejubiläum feiern. Sie haben doch ihre Hochzeitsreise wegen der Dreharbeiten verschoben und er wollte, dass trotz Arbeit die Romantik nicht zu kurz kommt. Ist das nicht süß?«
»Total!«, sagte Kim und sah verträumt auf ihren Kirschkuchen.
Franzi nickte heftig. »Ich finde es schön, wenn ältere Leute noch romantische Sachen machen!«
Marie seufzte. »Leider ist ja nichts daraus geworden und Papa hat den Abend auf dem Polizeirevier verbracht.« Sie schüttelte den Kopf. »Aber, was ich eigentlich erzählen wollte: Er hat für den romantischen Abend einen großen Strauß roter Rosen in unserem Stamm-Blumengeschäft bestellt. Der Besitzer, Herr Hanuska, hat sie höchstpersönlich zum Kaufhaus gebracht, weil Papa sie Tessa gleich nach dem Dreh überreichen wollten. Die beiden haben sich in der Tiefgarage beim Auto getroffen, damit Tessa nichts mitbekommt.«
Kim schluckte einen Bissen Kirschkuchen herunter. »Deshalb ist dein Vater also nach der Pause weggelaufen.«
»Genau.« Marie griff nach der Kuchengabel. »Und als Papa den Blumenstrauß in den Kofferraum legen wollte, hat er sich an den Rosendornen gekratzt.« Sie pikte ein winziges Stück Kuchen auf. »Er hat das selbst gar nicht bemerkt und ist erst darauf aufmerksam geworden, als die Verkäuferin so ausgeflippt ist.«
Franzi schob den Kuchenteller ein Stück von sich weg. »Ich bin echt froh, dass sich das alles geklärt hat!«

Marie nickte kauend. Sie schluckte. »Zum Glück hat sich Herr Hanuska vorhin endlich gemeldet. Er war den ganzen Morgen auf dem Blumengroßmarkt und hatte sein Handy abgeschaltet. Aber jetzt hat er sofort bestätigt, dass er sich mit meinem Vater getroffen hat.« Sie schüttelte den Kopf. »Trotzdem musste Papa eine Speichelprobe abgeben. Der Kommissar will zur Sicherheit einen DNA-Abgleich mit den Hautresten unter den Fingernägeln der Verkäuferin veranlassen. Das ist doch lächerlich!«

Kim schluckte den letzten Bissen von ihrem Kirschkuchen herunter. »Wahrscheinlich will dieser Cornelius Wengert einfach auf Nummer sicher gehen, weil er Kommissar Peters nur vertritt und keinen Fehler machen möchte.«

Marie schnaubte. »Ich finde es lächerlich! Dann hätte er von jedem, der am Set war, eine Probe verlangen müssen. Genau genommen sind doch alle verdächtig!«

Kim nickte. »Das stimmt.« Sie hielt Franzi ihren leeren Teller hin. »Kann ich bitte noch ein Stück haben? Der Kuchen ist mal wieder fantastisch!«

»Klar«, sagte Franzi. Sie schaufelte Kim ein großes Stück auf den Teller. »Ich sag's meiner Mutter. Sie wird sich freuen!«

Kim nahm einen Bissen. »Danke!«, nuschelte sie. »Also, in der Tat ist jeder, der am Set war, verdächtig. Alle hatten Zugang zum Drehbuch, und, was auch wichtig ist: Jeder kannte den Plan für die Kassen-Abschöpfzeiten, den das Kaufhaus erstellt hatte.«

Franzi riss die Augen auf. »Woher weißt du das denn?«

»Ich habe den Plan in der Teeküche gesehen. Er hing offen neben dem Drehplan aus. Wahrscheinlich, weil sich das Team daran orientieren musste, um den Geldtransport nicht zu stören. Sowohl die Angestellten des Kaufhauses als auch das Filmteam mussten ja die Aufzüge benutzen.«

Marie strich eine Haarsträhne zurück, die sich über ihr Haarband gelegt hatte. »Das klingt logisch«, sagte sie.

Franzi nickte. »Das heißt also, dass jeder vom Team die Insiderinfos hatte, die nötig waren, um den Überfall erfolgreich auszuführen.«

»Oder um sie an andere Personen weiterzugeben«, fügte Kim hinzu.

Marie hob die Augenbrauen. »Auch das noch, richtig. Dann weiß ich jetzt aber echt nicht mehr weiter.«

Kim biss sich auf die Lippe. »Wir müssen systematisch vorgehen.« Sie rollte mit ihrer Gabel einen Kirschkern auf dem Teller hin und her.

»Wenn es jemand vom Team gewesen ist, dann muss derjenige das Set um den Tatzeitpunkt herum verlassen haben.«

Marie grinste. »Da hätten wir zum Beispiel Kim Jülich.«

Kim verdrehte die Augen und boxte Marie leicht gegen den Arm. Plötzlich wurde sie ernst. »Dass mir das nicht früher eingefallen ist.« Sie richtete sich kerzengerade auf.

»Was ist los?«, fragte Franzi.

»Habt ihr eigentlich gemerkt, dass David gestern mal vom Set weg war?« Kim wuschelte sich aufgeregt durchs Haar.

Marie und Franzi schüttelten die Köpfe.

»Er ist mir in der Spielzeugabteilung begegnet, als ich von den Toiletten kam!« Kim biss sich auf die Lippe. »Er stand plötzlich vor mir und ich habe mich total erschreckt. Und irgendwie hat er ziemlich nervös gewirkt.«

»Das ist mir auch aufgefallen«, sagte Franzi. »Als wir die gefesselte Kassiererin entdeckt haben, ist er völlig panisch geworden und ist über diesen Reflektorschirm gefallen.«
»Ich weiß nicht«, sagte Marie. »In diesem Moment waren doch alle völlig durcheinander und aufgeregt.«
Kim nickte. »Das stimmt schon. Aber irgendwie habe ich ein sehr merkwürdiges Bauchgefühl. Irgendwas stimmt mit diesem David nicht.« Kim schüttelte den Kopf. Sie versuchte sich zu konzentrieren. Es gab da irgendein verschwommenes Bild in ihrer Erinnerung, etwas, das ihr bei David aufgefallen war. Plötzlich war die Erinnerung da:
»Der Kasten mit dem Feuerwehrschlauch!«, rief Kim.
Franzi und Marie sahen sie verständnislos an.
Jetzt sah Kim es genau vor ihrem inneren Auge: Davids Arm, der an den Kasten stieß. Das Gesicht, das er dabei machte: Scheinbar erstaunt, aber auch sehr angespannt und irgendwie schuldbewusst.
»Ich glaube, David hat gestern etwas auf diesem Kasten im Treppenhaus versteckt!« Kim schlug mit der Hand auf den Tisch.
Franzi verstand sofort. »Du meinst, er wollte das Geld, das er bei dem Überfall erbeutet hat, einfach rausschmuggeln, ist dann von der Taschenkontrolle überrascht worden und hat deswegen seine Beute versteckt?«
»Genau das meine ich«, sagte Kim.
»Worauf warten wir dann noch?«, rief Marie aufgeregt. »Wir müssen sofort zum Kaufhaus!«

Zugriff!

Kim sprang vom Fahrrad und schloss es an einem Laternenpfahl neben dem Personaleingang des *Pulitzer* ab. Franzi und Marie stellten ihre Fahrräder daneben. Franzi ließ das Schloss einrasten. Sie nickte Kim anerkennend zu. »Du bist gefahren wie der Teufel! Bei unserer nächsten Fahrradtour solltest du dir unbedingt vorstellen, dass du Beute aus einem Raubüberfall sicherstellen möchtest.«

Kim verdrehte die Augen, aber sie ersparte sich einen Kommentar. Es gab jetzt definitiv Wichtigeres, als sich mit Franzi zu streiten. Sie lief zu der großen Glastür und rüttelte am Griff. Enttäuscht sah sie ihre Freundinnen an. »Das hatte ich befürchtet. Die ist zu.«

»Man braucht eine Codekarte«, sagte Franzi und deutete auf das schmale Kästchen neben der Tür. »Chris hat eine. Leider ist er heute nicht da.«

»Wir können warten, bis jemand rauskommt«, schlug Marie vor.

»Das dauert mir zu lange«, sagte Kim. »Wir gehen vornerum und dann durchs Kaufhaus. Kommt!«

Zwei Minuten später betraten sie das Gebäude durch den Haupteingang. Sie hasteten durch die Vorhalle mit der riesigen Glaskuppel aus buntem Fensterglas, vorbei an den geschwungenen Treppenaufgängen mit den geschnitzten Handläufen und den vielen Kristalllüstern. Kim durchquerte zielstrebig die Parfümerieabteilung im Erdgeschoss und hielt auf den hinteren Teil des Gebäudes zu. »Hier müsste es zum Treppenhaus gehen, durch das wir gestern gegangen sind.«

Tatsächlich führte eine Glastür neben den Aufzügen ins Treppenhaus. Die drei Detektivinnen eilten zu dem Kasten mit der Aufschrift »Feuerwehr«. Kim stellte sich auf die Zehenspitze und tastete die obere Fläche ab.

»Nichts«, sagte sie nach einer Weile. Sie sah ihre Freundinnen enttäuscht an. »Es wäre auch zu schön gewesen.«

Sie untersuchten die Seiten des Kastens. Auch hier war nichts zu finden, außer ein paar Spinnweben und einer winzig kleinen Spinne, die schnell das Weite suchte.

Kim wischte sich die Hände an ihrer Hose ab. »Entweder hat David das Geld heute Morgen schon abgeholt«, seufzte sie, »oder ich habe mich geirrt und er hat hier gar nichts deponiert.«

Marie zog energisch den Haargummi an ihrem Pferdeschwanz fest. »Wer weiß das schon. Du hast so oft das richtige Bauchgefühl gehabt, Kim. Ich bin dafür, dass wir auf jeden Fall an David dranbleiben.«

Franzi nickte. »Morgen wird der Komparsendreh nachgeholt. Da knöpfen wir uns ihn vor!«

»Einverstanden«, sagte Kim sofort. »Und was haltet ihr davon, wenn wir jetzt gleich versuchen, mit den beiden Verkäuferinnen zu sprechen, die überfallen wurden? Wir können jedes noch so kleine Detail brauchen.«

»Richtig«, sagte Marie. »Habt ihr euch die Namen der beiden gemerkt?«

Kim schüttelte den Kopf. »Nein, Mist. Daran habe ich in der Aufregung gar nicht gedacht.«

»Wir können natürlich durch das ganze Kaufhaus laufen und die beiden suchen.« Marie grinste. »Ich hätte nichts gegen eine kleine Shoppingtour in diesem super Laden!«
Franzi stöhnte. »Bitte nicht! Wenn du mal mit Shoppen anfängst, kommen wir vor Sonnenuntergang hier nicht mehr raus!«
»Der Laden schließt um 20:00 Uhr«, sagte Marie ungerührt. »So viel Zeit bleibt also gar nicht.«
Kim schüttelte den Kopf. »Das dauert doch alles viel zu lange. Ich wüsste jemanden, der uns weiterhelfen kann.«
Marie sah sie fragend an. »Und wer soll das sein?«
»Der Verkäufer in der Spielwarenabteilung«, antwortete Kim. »Ich habe ihn gestern kennengelernt. Er heißt Andreas Mertens.«
Marie grinste. »Dein geheimnisvoller Zeuge also!«
»Genau.« Kim lief die Stufen Richtung Stahltür wieder hoch. »Mal sehen, ob die Aufzüge von der Polizei wieder freigegeben worden sind.«
Die Kabine, in der der Überfall stattgefunden hatte, war immer noch gesperrt, aber die beiden Aufzüge daneben funktionierten. Während sie in den vierten Stock hochfuhren, sah Marie zur Decke hoch. »Es muss echt gruselig sein, wenn da plötzlich jemand durch die Luke kommt! Ich glaube, ich wäre vor Schreck tot umgefallen.«
Franzi sah ebenfalls nach oben und rieb sich die Arme. »Das kannst du laut sagen. Ich bekomme eine Gänsehaut, wenn ich mir das vorstelle.«
Kim zuckte mit den Schultern. »Ich finde es eher beruhigend zu wissen, dass man aus dieser engen Kabine im Notfall

flüchten kann. Dafür ist so eine Deckenluke schließlich auch gut.«

Marie grinste schief. »So kann man es natürlich auch sehen.«

Die Türen öffneten sich und die drei Detektivinnen liefen zur Spielwarenabteilung. Sie war gut besucht. Zehn, fünfzehn Kunden standen an den verschiedenen Regalen und Vitrinen, dazwischen flanierten Erwachsene und Kinder und bestaunten die große Modelleisenbahn-Welt, die süßen Plüschteddybären und die Puppen.

»Da ist er!«, sagte Kim halblaut und zeigte zu einem Regal. Andreas Mertens stand dort mit einer Frau und einem kleinen Jungen. Er führte gerade ein knallrotes ferngesteuertes Rennauto vor.

Die drei Mädchen warteten, bis der Verkäufer sein Gespräch beendet hatte und mit Mutter und Sohn zur Kasse ging. Die Frau bezahlte und der kleine Junge nahm mit strahlenden Augen die Tüte mit dem Auto in Empfang. »Viel Spaß damit!«, sagte Andreas und winkte zum Abschied. Dann sah er Kim. Ein Lächeln erschien auf seinem Gesicht. »Hi! Du schon wieder? Heute findet doch gar kein Dreh statt!«

Kim zuckte mit den Schultern. »Hallo, Andreas! Stimmt, nach dem, was gestern hier passiert ist, wurde der Dreh um zwei Tage verschoben.«

Der Spielzeugverkäufer nickte. »Krasse Sache! Da findet mal ein Überfall statt und ich bekomme nichts davon mit. Ich bin wohl fünf Minuten zu früh gegangen.« Er blickte Kim tief in die Augen und pustete sich eine widerspenstige Haarsträhne aus der Stirn.

Kim versenkte ihre Hände in den Hosentaschen. Sie versuchte in sich hineinzuhören. Merkwürdig, gestern hatte Andreas Blick sie ziemlich verwirrt. Heute spürte sie … nichts. Kim entspannte sich. Das war gut. Sehr gut. Sie dachte an Michis tiefgrüne Augen, an sein Lächeln, an die süßen Sommersprossen auf der Nase. Sofort schlug ihr Herz schneller. Jetzt war Kim endgültig beruhigt. Dieser Andreas hatte keinerlei Wirkung mehr auf sie. Gestern mussten ihr wohl einfach die Nerven durchgegangen sein, weil sie vor dem Dreh so angespannt war.

Kim stellte Marie und Franzi vor. Die beiden gaben Andreas die Hand.

»Wir wollten dich fragen, ob du die Namen der beiden Verkäuferinnen kennst, die gestern überfallen wurden«, sagte Kim.

Andreas zog überrascht eine Augenbraue hoch. »Warum wollt ihr das denn wissen?«

»Wir möchten mit den beiden sprechen. Wir sind einfach sehr daran interessiert, dass der Täter gefasst wird, der diesen gemeinen Überfall verübt hat«, sagte Marie. Ihre Wangen färbten sich rosa und ihre Stimme zitterte, als sie weitersprach. »Mein Vater wurde sogar verdächtigt! Zum Glück ist das jetzt vom Tisch.« Marie schluckte. »Aber wir müssen den wahren Täter finden! Und dazu benötigen wir jedes noch so kleine Detail, an das sich die beiden Frauen vielleicht erinnern.«

»Verstehe«, sagte Andreas. Er war sichtlich beeindruckt.

»Wir sind erfahrene Detektivinnen«, fügte Marie jetzt noch hinzu. Sie zog eine ihrer Visitenkarten aus der Hosentasche und reichte sie dem Verkäufer.

Andreas nahm sie verdutzt entgegen und las:

Er fuhr sich durch die Haare. »Wow, toll!«
»Kannst du uns denn die Namen sagen?«, fragte Kim noch einmal.
»Tut mir leid, ich bin noch nicht so lange dabei. Ich kenne nicht alle Mitarbeiter hier.« Andreas hob die Hände und machte ein bedauerndes Gesicht. »Aber ich glaube, dass die beiden in der Abteilung für Abendmoden arbeiten. Dritter Stock, genau unter dieser Abteilung hier. Sicher bin ich mir allerdings nicht.«
Kim nickte. »Das hilft uns schon weiter, vielen Dank!«
Andreas lächelte. »Gerne geschehen. Braucht ihr mich dann noch? Ich müsste nämlich wieder an die Arbeit.«
Kim sah dem Verkäufer noch einmal in die Augen. Wieder spürte sie nichts. Der Zauber war verflogen. Sie atmete erleichtert aus. »Nein. Danke, Andreas. Ich glaube, das war's!«
Die drei Detektivinnen verabschiedeten sich und liefen ein Stück in Richtung der Rolltreppen. »Dann versuchen wir es mal in der Abendmoden-Abteilung«, sagte Kim.

»Warte!«, zischte Marie plötzlich. Sie zog Kim und Franzi hinter einen Drehständer mit Schlüsselanhängern. Er schwankte kurz hin und her und ein paar Anhänger mit kleinen Plüschtieren daran purzelten zu Boden.
»Was ist los?«, flüsterte Franzi. Sie sammelte ein Nilpferd, einen Elefanten und einen Affen auf und hängte sie zurück.
»Da vorne steht David!«, sagte Marie leise. »Bei der Modelleisenbahn.«
Kim lugte vorsichtig hinter der Säule hervor. Tatsächlich. Da vorne stand der Lichttechniker und sah auf die Gleisanlage mit den Miniaturzügen inmitten einer beeindruckend echt wirkenden Mini-Landschaft aus grünen Hügeln, bunten Häusern, Bahnhöfen und vielen kleinen Miniaturmenschen. Er trat etwas näher an die Anlage heran und schien etwas zu suchen. Dann zog er sich ein Stück zurück, sah sich um und kratzte sich am Kopf. Ein kleines Mädchen stellte sich dicht an die Anlage und beobachtete interessiert eine kleine Dampflok mit Anhänger. David trat noch weiter zurück.
»Was macht er hier?«, zischte Kim. Sie zog sich wieder hinter die Säule zurück. »Das kann doch kein Zufall sein!«
»Er geht weiter. Los, hinterher«, sagte Franzi. »Vielleicht hat er die Beute hier versteckt und wartet auf eine günstige Gelegenheit, um sie mitzunehmen!« Sie zog Marie mit sich.
Plötzlich spürte Kim, dass jemand hinter ihr stand. Sie fuhr herum – und erblickte zwei kleine Jungs. Sie grinsten Kim an und entblößten dabei je eine große Zahnlücke.
»Was macht ihr da? Spielt ihr Verstecken?«, lispelte der eine und pustete sich eine blonde Haarlocke aus der Stirn.

Kim schüttelte den Kopf. »Quatsch, wir haben uns nur die Schlüsselanhänger angeguckt.«
Der Junge grinste weiter. »Stimmt ja gar nicht!«, krähte er.
»Ich muss los!«, sagte Kim knapp und drängte sich an den beiden vorbei. Aus dem Augenwinkel sah sie, dass Andreas plötzlich bei den beiden stand und sie ansprach. Kim atmete erleichtert auf. Diese Nervensägen war sie los. Zwei neugierige kleine Jungs waren das Allerletzte, was sie jetzt gebrauchen konnte. Sie lief ihren Freundinnen hinterher.
»Wo bleibst du denn?«, fragte Franzi ungeduldig. Der Lichttechniker hatte die Rolltreppe nach unten betreten und war schon fast im dritten Stockwerk angelangt. Er sah gedankenverloren vor sich hin. Dann schlug er den Weg zur Damenwäsche-Abteilung ein. Die drei !!! folgten ihm unauffällig.
»Hat er hier die Beute versteckt?«, fragte Marie. Sie lächelte schief. »Zwischen Unterhosen und BHs?«
»Vorsicht, er hat sich umgedreht«, zischte Kim. Sie zog Marie hinter eine Umkleidekabine. »Er darf uns nicht sehen!«
Aber Kims Bedenken waren unnötig: Der Lichttechniker schien völlig in Gedanken versunken zu sein und nichts um sich herum wahrzunehmen. Langsam ging er weiter durch die Unterwäsche-Abteilung. Aber vielleicht war gerade das eine raffinierte Ablenkung, die David inszenierte, dachte Kim. Womöglich wollte er Verfolger in die Irre führen, sie abschütteln und sich dann seine Beute schnappen. Das würde bei den drei !!! aber nicht funktionieren! Sie folgten dem Lichttechniker beharrlich weiter. Das Kaufhaus war gut besucht und sie konnten sich leicht hinter den Gruppen von flanierenden Menschen verbergen.

Es ging von der Unterwäscheabteilung weiter zur Herrenoberbekleidung. Dort betrachtete David lange eine Lederjacke, um sich schließlich einem Ständer mit Mützen im Eisenbahner-Stil zuzuwenden und dann einen Aktionstisch mit herabgesetzten Sportsocken anzusehen.

Marie seufzte. »Lange halte ich das nicht mehr aus.«

»Geduld!«, sagte Kim. »Ein guter Detektiv gibt nie auf.«

Sie folgten David weiter und lernten dabei beinahe das gesamte Kaufhaus kennen: Von der Herrenabteilung ging es in die Damenabteilung, dann ein Stockwerk weiter runter zu den Schreibwaren. Hier begutachtete David ein Set mit goldenem Füllfederhalter und passendem Kugelschreiber, um dann weiterzuschlendern und die Rolltreppe runter zur Lebensmittelabteilung zu nehmen.

Jetzt wurde auch Franzi ungeduldig. »Langsam glaube ich, dass der Typ einfach nichts im Leben zu tun hat und sich die Zeit in Kaufhäusern vertreibt.«

Kim schüttelte energisch den Kopf. »Bestimmt nicht! Leute, ich sage euch, der hat was vor.« Sie zog ihre Freundinnen hinter ein Regal mit Weinflaschen. »Es fragt sich nur, was das ist.«

David wurde von einem Verkäufer angesprochen, der ihm eine Weinprobe anbot. Er lehnte dankend ab und lief schnell weiter. Die drei Detektivinnen verloren ihn kurz aus den Augen, als er hinter einem großen Deko-Weinfass verschwand. Zum Glück tauchte er Sekunden später wieder auf. »Er geht mal wieder zur Rolltreppe«, stellte Kim fest. Sie folgten ihm mit großem Sicherheitsabstand. Allerdings mussten sie jetzt sehr darauf achten, ihre Zielperson nicht aus den Augen zu verlieren. Der Lichttechniker lief schneller und überholte ein Paar, das auf der Treppe stand.

»Was ist denn jetzt los«, zischte Kim. »Wieso hat er es auf einmal so eilig?«

»Vielleicht hat er eine Verabredung?« Franzi zuckte mit den Schultern.

Sie folgten David weiter, der wieder das oberste Stockwerk anzustreben schien. Er eilte weiter – geradewegs in die Spielwarenabteilung zurück. Dort blieb er erneut vor der Eisenbahnlandschaft stehen.

Kim, Franzi und Marie wechselten einen erstaunten Blick. Sie zogen sich hinter die Säule mit den Plüschanhängern zurück und behielten den Lichttechniker weiter im Auge.

David sah sich unauffällig um. Außer ihm war niemand in der Nähe der Anlage. Andreas stand mit drei Kindern am anderen Ende der Abteilung und zeigte ihnen Fußbälle.

Plötzlich schnellte Davids Hand nach vorne, griff nach etwas auf der Eisenbahnanlage und verschwand wieder blitzschnell in der Hosentasche.

Marie krallte sich an Kims Arm fest. »Habt ihr das gesehen?«

Kim nickte. »Er hat etwas eingesteckt.«

»Los!«, rief Franzi. Sie riss Marie und Kim mit sich. »Zugriff!«

Zu dritt stürzten sie auf David zu. Der stieß einen erschreckten Laut aus.

Kim wollte gerade loslegen, da ertönte hinter ihr eine strenge Stimme: »Junge Dame, was haben wir denn vor?«

Kim schnellte herum. Vor ihr stand ein mittelgroßer, vielleicht dreißigjähriger Mann in einer sandfarbenen Jacke,

Jeans und dunklen Turnschuhen. Mittelbraunes, halblanges Haar umrahmte sein blasses Gesicht. Er sah Kim aus wässrigen Augen an und hielt ihr einen Ausweis vor. »Ich bin der vom Kaufhaus *Pulitzer* beauftragte Ladendetektiv«, sagte er leise. »Wir haben eine Unstimmigkeit zu klären.«

»Wie bitte?« Kim war wie vom Schlag getroffen. »Was für eine *Unstimmigkeit*?!« Sie dachte kurz nach, dann fiel bei ihr der Groschen. »Sie wollen sagen, dass ich etwas gestohlen habe?«

Der Mann nickte. »Ich beobachte euch jetzt schon über eine halbe Stunde, wie ihr durch das Kaufhaus streift, ohne zu bezahlen. Darf ich euch bitten, mir ins Büro zu folgen?«

»Aber warum sollen wir bezahlen?«, rief Marie. »Vor allen Dingen: was?! Wir haben ja nichts genommen!« Sie starrte den Kaufhausdetektiv völlig verdattert an.

»Und was ist das hier?«, fragte der Mann spitz.

Das Geständnis

Er deutete auf Kims Rücken und machte ein vorwurfsvolles Gesicht. Marie und Franzi sahen hin. Marie riss die Augen auf. »Du hast da einen Elefanten!«

Franzi nickte. »Einen hellblauen Elefanten.«

»Bitte was?« Kim verstand gar nichts mehr. Sie versuchte, über die Schulter auf ihren Rücken zu sehen. Aber das klappte nicht. Schließlich tastete sie mit beiden Händen hinter sich. Sie fühlte etwas Kleines, Plüschiges zwischen den Fingern. Das konnte doch nicht wahr sein! In einigen Metern Entfernung stand ein ovaler Spiegel, der zu einem Puppenschminkset gehörte. Kim lief hin und stellte sich mit dem Rücken davor. Als sie ihr Spiegelbild sah, stieg ihr schlagartig die Röte ins Gesicht. An ihrem Gürtel hing tatsächlich ein kleiner hellblauer Plüschelefant. Am Rüssel des Tiers baumelte ein leuchtend gelbes, weithin sichtbares Preisschild.

Der Ladendetektiv folgte Kim und steckte seinen Ausweis wieder ein. »Wir klären das am besten in meinem Büro.«

»Ich weiß wirklich nicht, wie der dorthin gekommen ist!« Kim versuchte verzweifelt, den Anhänger zu lösen. Aber der Karabiner hatte sich fest in dem geflochtenen Ledergürtel verhakt.

»Ist das peinlich«, flüsterte Kim. Sie bemerkte, dass einige Kunden stehen geblieben waren und neugierig zu ihr rübersahen. Zwei Frauen tuschelten. Kim wäre am liebsten im Erdboden versunken.

»David ist weg!«, rief Franzi plötzlich.

»Verdammter Mist, er hat sich aus dem Staub gemacht.« Marie sah sich hektisch nach allen Seiten um.
»Kein Ablenkungsmanöver«, sagte der Ladendetektiv laut. »Ihr kommt jetzt sofort mit ins Büro!«
Kim überlegte fieberhaft. Sollten sie dem Mann sagen, dass sie David verfolgt und wahrscheinlich beobachtet hatten, wie er die versteckte Beute vom gestrigen Überfall geholt hatte? Franzi und Marie schienen das Gleiche zu überlegen. Sie sahen Kim hilflos an.
In diesem Moment zweifelte Kim plötzlich an ihrer Theorie. Hatte David vorhin an der Eisenbahn denn wirklich das erbeutete Geld eingesteckt? Es mussten mehrere dicke Geldbündel sein. Hätten diese seine Hosentasche nicht weit ausgebeult? Soweit sich Kim erinnerte, war das nicht der Fall gewesen. Sie seufzte.
»Können wir dann?« Der Kaufhausdetektiv hatte die Arme vor der Brust verschränkt und wippte auf den Schuhsohlen vor und zurück.
Marie klopfte Kim aufmunternd auf die Schulter. »Ich bin dafür, dass wir mitgehen und die Sache aufklären. Das ist doch lächerlich!«
Kim nickte.
»Wartet!«, rief Franzi. Sie schnippte mit dem Finger. »Ich glaube, ich weiß, wie der Elefant an Kims Gürtel geraten ist!« Sie sah den Detektiv ernst an. »Bitte lassen Sie uns etwas ausprobieren.«

Eine Stunde später saßen die drei !!! im *Café Lomo.* Kim nahm einen Schluck von ihrem *LICK*, der eisgekühlten Sommervariante des *Kakao Spezial*. Sie hielt sich das kalte Glas vorsichtig an die immer noch roten Wangen und murmelte: »Ich bin so froh, Franzi, dass du den Detektiv davon überzeugen konntest, dass alles ein Missgeschick war. Er war ja drauf und dran, meine Eltern anzurufen und mir ein Hausverbot zu verpassen.«

Marie nickte Franzi anerkennend zu. »Das war echt genial von dir!« Sie zupfte ein Stück von ihrem Donut ab und steckte es sich in den Mund. »Ich wäre nicht auf diese Idee gekommen!«, nuschelte sie.

Franzi tunkte gedankenverloren das Vanilleeis in ihrem *LICK* mit dem Löffel unter. »Ich habe mich einfach daran erinnert, dass wir uns am Anfang unserer Beobachtungsaktion hinter diesem Drehständer mit den Tier-Anhängern versteckt haben. Und dass die Dinger bei der leichtesten Berührung von der Stange gerutscht sind.«

»Aber es war genial von dir, die Situation vor Ort nachzustellen«, rief Kim. »Ich habe zuerst gar nicht verstanden, warum du mich zu dem Ständer gezerrt hast und ich mich mit dem Rücken dagegenstellen sollte.« Kim sog an ihrem Strohhalm und drehte ihn zwischen den Fingern hin und her. »Prompt hing der Elefant schon wieder an meinem Gürtel. Ich bin so ungeschickt! Wenn mir das nicht passiert wäre, hätten wir nicht so viel wertvolle Zeit verloren – und David wäre uns nicht entkommen!«

»Du hattest eben einfach Pech«, sagte Marie sofort. »Das hätte jeder von uns passieren können.«

»Ja, vielleicht. Trotzdem ärgert es mich ohne Ende, dass David jetzt vorgewarnt ist«, antwortete Kim. Sie knüllte die

Papierserviette vor sich zusammen und warf sie auf ihren leeren Teller. »Womöglich ist er schon mit der Beute über alle Berge.«

»Bist du dir wirklich sicher, dass er das Geld von dem Überfall dort bei der Eisenbahn eingesteckt hat?« Marie machte ein skeptisches Gesicht. »Ich habe mir nämlich überlegt, dass das ein ziemlich großes Päckchen sein müsste. Das hätte uns doch auffallen müssen.«

»Stimmt«, gab Kim zu. »Das habe ich mir auch schon gedacht. Und trotzdem ist was faul an dem Typ. So geschockt, wie er reagiert hat, als wir ihm plötzlich gegenüberstanden!«

Marie nickte nachdenklich.

Franzi räusperte sich. »Es gibt übrigens noch ein merkwürdiges Detail, über das ich mit euch sprechen wollte.«

»Was meinst du?«, fragte Kim.

»Der Verschluss von dem Karabinerhaken war zugeschnappt.«

»Welcher Verschluss?« Kim stand vollkommen auf dem Schlauch.

Franzi zog die Stirn in Falten. »Der Verschluss von dem Anhänger. Als ich den Elefanten von deinem Gürtel abgemacht habe, um ihn für das Experiment wieder an den Ständer zu hängen, habe ich bemerkt, dass der Haken nicht einfach nur dran hing – der Verschluss war wieder zugeknipst. Wie gut, dass der Ladendetektiv das nicht gesehen hat! Sonst wäre es schwierig geworden mit meiner Erklärung …«

Marie schien ein Licht aufzugehen. »Du meinst, dass es kein dummer Zufall war, sondern dass jemand den Anhänger an Kims Gürtel *absichtlich* befestigt hat?«

»Genau das meine ich.«

Kim starrte ihre Freundinnen an. »Wie? Was? Absichtlich? Wieso das denn?«
Franzi musste lachen. »So ratlos habe ich dich ja noch nie erlebt!«
»So etwas ist mir ja auch noch nie passiert«, gab Kim zurück. »Ich verstehe überhaupt nichts mehr.« Sie winkte der Kellnerin und bestellte einen Schoko-Muffin. »Jetzt hilft nur noch erhöhte Zuckerzufuhr.«
In dem Moment klingelte Maries Handy. Sie sah auf das Display. »Unbekannte Nummer«, murmelte sie und nahm das Gespräch an. Ihr Gesicht wurde sofort ernst. »David? Du bist es? Hallo!«
Kim und Franzi sahen Marie alarmiert an.
Sie drückte die Lautsprechertaste. »Ja, ähm, ich habe deine Nummer von Tessa«, war Davids Stimme zu hören. »Ich, also, ich wollte mich melden, weil es mir keine Ruhe lässt.«
»Aha.« Marie räusperte sich. »Was lässt dir denn keine Ruhe?«
»Also, die Begegnung vorhin im *Pulitzer* mit dir und deinen Freundinnen, meine ich.«
»Das war schon merkwürdig«, sagte Marie vorsichtig.
»Ich wollte nur sagen, also, dass Kim da was geklaut hat, finde ich überhaupt nicht schlimm, ich werde bestimmt nichts sagen …«
»Hör mal!«, rief Kim verärgert dazwischen. »Ich habe nichts gestohlen!«
»Sind Kim und Franzi gerade bei dir?«, fragte David.
»Ja, sie hören mit«, informierte ihn Marie. »Du hast mich tatsächlich angerufen, nur um mir zu sagen, dass du es nicht schlimm findest, dass Kim klaut?!«

»Ja, also, ich verstehe das sogar total. Ich wollte nur wissen, was ihr gesehen habt.« Davids Stimme zitterte. »Ist euch etwas aufgefallen?«

Marie sah Kim und Franzi fragend an.

Kim schüttelte den Kopf und flüsterte: »Sag nichts. Frag ihn, ob er hierherkommen kann.«

Marie nickte. »David«, sagte sie, »ich glaube, es wäre gut, wenn wir persönlich miteinander sprechen. Kannst du ins *Café Lomo* kommen?«

Einige Sekunden herrschte Schweigen am anderen Ende der Leitung. Kim befürchtete schon, dass David einfach auflegen würde. Doch dann erklang seine Stimme: »Gut, ich bin in einer Viertelstunde da.«

Marie verabschiedete sich und legte das Handy weg. »Leute, was war das denn eben?«

Kim nahm den Teller mit dem Muffin entgegen, den die Kellnerin gerade brachte. Sie stellte ihn vor sich ab. »Wir werden hoffentlich bald mehr wissen. Auf jeden Fall ist das doch ein echter Glücksgriff.« Sie biss ein großes Stück von ihrem Muffin ab und nuschelte: »Wann hat sich denn schon mal ein Verdächtiger freiwillig bei uns gemeldet?«

»Das stimmt allerdings«, sagte Franzi.

Kim kaute genüsslich und leckte sich die Finger ab. Plötzlich schoss ihr ein Gedanke durch den Kopf. »Die beiden Jungs!«, rief sie aus.

»Wie bitte?«, wollte Marie verwirrt wissen. »Welche Jungs?«

»Da standen zwei kleine Knirpse bei dem Drehständer mit den Schlüsselanhängern.« Kim trommelte mit den Fingern auf der Tischplatte. »Die beiden sahen ziemlich unternehmungslustig aus und haben mich auch noch frech angequatscht. Ich glaube, die haben mir den Elefanten angehängt!«

»Das ist ja ein Ding«, sagte Marie.

»Wenn ich die beiden irgendwo noch mal sehe, dann setzt es was! Ich glaube, ich kriege langsam eine Allergie gegen Jungs!«

»Das wird Michi aber nicht gerne hören«, warf Franzi grinsend ein.

Kim lächelte. »Ich meinte natürlich nur *kleine Jungs*!«

»Da kommt übrigens David«, sagte Marie halblaut.

Kim reckte den Hals. »Jetzt bin ich aber gespannt, was er uns zu sagen hat.«

Der schlanke junge Mann stand in der Nähe der Bar und sah sich suchend um. Das Café war gut besucht und er entdeckte die drei !!! im hinteren Bereich nicht. Franzi stand auf und winkte.

David fuhr sich nervös durchs Haar und nickte. Er schlängelte sich zu ihrem Tisch durch.

»Hi!«, sagte er mit belegter Stimme. Sein Blick irrte zwischen Boden und Tisch hin und her. »Ich muss dringend mit euch sprechen!«

»Setz dich doch erst mal«, bot Marie an. Sie zog einen Stuhl zurück und deutete darauf.

Der Lichttechniker nahm Platz. Sein Gesicht war angespannt. Er biss sich auf die Lippe. »Ich halte das nicht mehr aus. Seit zwei Stunden fürchte ich, dass mein Telefon klingelt und ich eine Anzeige bekomme.« David machte eine Pause. Er ließ den Kopf hängen. Dann fuhr er fort: »Ich halte das nicht mehr aus. Ich hätte das nie tun dürfen. Ich weiß nicht, was in mich gefahren ist.«

Kim setzte sich kerzengerade auf.

David warf ihr einen flehenden Blick zu. »Ihr scheint bis jetzt nichts gesagt zu haben. Bitte verratet mich auch weiterhin nicht! Du weißt ja selber, wie das ist, Kim …«

»Ich glaube, du spinnst!«, unterbrach Kim ihn. »Das ist ja nicht zu fassen!« Sie holte tief Luft. Dann zischte sie wütend: »Erstens: Ich habe keinesfalls etwas gestohlen! Zweitens: Du kannst doch einen bewaffneten Raubüberfall nicht mit einem Diebstahl vergleichen. Drittens: Mit einer Anzeige wirst du nicht davonkommen. Für das, was du getan hast, kommst du ins Gefängnis!«

David zuckte zusammen. »Wovon sprichst du eigentlich?«

»Davon, dass du die beiden Verkäuferinnen überfallen und die Tageseinnahmen des Kaufhauses gestohlen hast!«

Jetzt wurde David sauer. »Was sagst du? Ich überfalle doch keine Leute! Wie kommst du denn auf so eine Idee?«

Kim sah David verdattert an. »Aber was hast du dann gemacht? Was musst du uns sonst unbedingt sagen?«

»Aber das habt ihr doch gesehen!« David kratzte sich an der Nase. »Oder warum seid ihr wie ein Sonderkommando auf mich zugestürmt? Und zwar genau in dem Moment, als ich das Krokodil eingesteckt habe?«

Kim schnappte nach Luft. Sie musste sich verhört haben. »Du hast *was* eingesteckt?«

»Das Krokodil, also diese Lok, die tolle ROCO 93534.«

Kim blieb der Mund offen stehen. Auch Marie und Franzi brachten kein Wort über die Lippen.

Kim fasste sich als Erste wieder. »Du hast eine … *Modelleisenbahn* geklaut?!«

David nickte. »Ja.« Er zog einen kleinen Gegenstand aus seiner Hosentasche hervor und legte ihn auf den Tisch. Es war eine kleine, dunkelgrüne Miniatur-Lok. »Das ist sie.« Beinahe zärtlich sah David das Spielzeug an.

»Das muss ich jetzt erst mal sacken lassen«, murmelte Marie.

Detektivtagebuch von Kim Jülich
Donnerstag, 21:14 Uhr
Mein detektivisches Bauchgefühl hat sich als richtig erwiesen – zumindest ansatzweise. Der Lichttechniker David Kern hat zwar nicht den Überfall im Kaufhaus Pulitzer *verübt, aber er hat dort in der Spielzeugabteilung zwei Diebstähle begangen. Das hat er uns gegenüber heute gestanden. Es ist schon erstaunlich, was scheinbar erwachsene Menschen so alles treiben. Ich habe ja von Anfang an geahnt, dass irgendetwas faul mit David ist, aber dass er passionierter Modelleisenbahner ist und teure Miniatur-Loks klaut, weil er zu wenig Geld hat, das hätte ich wirklich nicht vermutet. David hat die Eisenbahnanlage beim Dreh am Mittwoch in der Spielwarenabteilung des Kaufhauses* Pulitzer *gesehen. Er konnte nicht widerstehen und hat in einem unbeobachteten Moment eine der kleinen Loks eingesteckt. Er wollte damit bei einem Modelleisenbahner-Treffen angeben. Total verrückt, oder? Das absolut Verrückteste ist aber, dass ich David dann später, als die Taschenkontrolle durchgeführt wurde, tatsächlich dabei gesehen habe, wie er die Lok auf dem Kasten mit dem Schlauch versteckt hat, damit die Polizei sie nicht bei ihm findet.*

Heute hat er die Lok dann abgeholt (und zwar keine halbe Stunde bevor wir da waren und an dem Kasten nachgesehen haben!). Danach ist er wie magisch angezogen und ferngesteuert wieder in die Spielwarenabteilung gegangen. Er sagt, es sei wie eine Sucht gewesen. Er wollte unbedingt noch eine zweite Lok mitnehmen, hat aber versucht, sich zu beherrschen. Er ist durch das ganze Kaufhaus gelaufen und hat immer wieder überlegt, ob er einen zweiten Diebstahl wagen soll oder lieber nicht. Schließlich hat die Gier gesiegt und er hat ein weiteres Mal zugeschlagen. Dabei haben wir ihn dann erwischt. Allerdings konnten wir David in dem Moment nicht festsetzen, weil es einen kleinen Zwischenfall gab und wir aufgehalten wurden. Später hat sich David jedoch von selbst bei uns gemeldet. Er bereut mittlerweile seine Tat total. Er hat uns angefleht, ihn nicht zu verraten, weil er Angst hat, dass er dann eine Anzeige und Hausverbot im Pulitzer *bekommt, nicht beim Dreh dabei sein kann und womöglich seine Arbeit als Lichttechniker beim Fernsehen verliert. Klar, das wäre eine Katastrophe für ihn – aber das hätte er sich auch mal vorher überlegen können!!!*
David hat hoch und heilig versprochen, dass er nie wieder etwas stehlen wird, und er hat vorgeschlagen, dass er die beiden Loks heimlich wieder zurückstellt. Wir mussten eine ganze Weile auf ihn einreden und Überzeugungsarbeit leisten, bis er eingesehen hat, dass das nicht ausreichend ist! Er wird sich jetzt selbst stellen und der Geschäftsführung des Kaufhauses gestehen, dass er etwas gestohlen hat. Ich glaube, dass in diesem Fall keine Anzeige gestellt oder ein Hausverbot erteilt wird, sondern nur eine Verwarnung ausgesprochen wird. Ich hoffe es jedenfalls für David, denn eigentlich tut er mir schon leid – er ist wirklich völlig

fertig. Aber, wie gesagt, das hätte er sich alles vorher überlegen sollen!
Wir haben viel Zeit mit der unnötigen Observation vertan und sind in unserem richtigen Fall keinen Schritt weitergekommen. Das ist echt ärgerlich! Ich hoffe sehr, dass uns ein Gespräch mit den beiden Opfern des Überfalls irgendwie voranbringt. Wir treffen uns morgen nach der Schule im Kaufhaus und werden die beiden Damen befragen.

Ein explodierter Heißluftballon

Kim sprang vom Rad und wischte sich die Schweißperlen von der Stirn. Sie war irrsinnig schnell gefahren, trotzdem war sie fast eine Viertelstunde zu spät für das Treffen mit Marie und Franzi dran. Und an allem waren die Zwillinge schuld!

Ihre Freundinnen lehnten an dem Container, den die Filmfirma aufgestellt hatte. Das Absperrband der Polizei war inzwischen entfernt worden. Franzi verschränkte die Arme vor der Brust und musterte Kim vorwurfsvoll. »Ich habe mich so beeilt und bin extra nur die kurze Tour mit Benni und Leonhard gefahren, damit ich pünktlich bin. Und jetzt kommst du zu spät!«

Kim beugte sich vor und rang nach Luft. »Es tut mir leid!« Sie atmete noch ein paar Mal tief ein und aus. Dabei nahm sie sich vor, Franzi demnächst mal auf ihr Liebesleben anzusprechen. Benni und Leonhard waren uralte Skaterfreunden von Franzi. Mit Benni war sie sogar mal eine Zeit lang zusammen gewesen. Lief da vielleicht wieder etwas? Hatte Franzi vielleicht doch genug von ihrem Singledasein, von dem sie immer schwärmte? Kim richtete sich auf. Jetzt musste sie erst einmal erklären, warum sie zu spät dran war:

»Es gab ziemlichen Ärger bei uns zu Hause – wegen Lukas und Ben.«

Ihre Freundinnen nickten wissend. »Die zwei Radaubrüder mit ihrem Höllenhund«, sagte Marie grinsend. »Haben sie wieder mal nicht auf Pablo aufgepasst und er hat den Garten von eurem Nachbarn durchwühlt?«

»Sag nichts gegen Pablo«, warf Franzi ein. »Der Hund ist super intelligent, er bräuchte bloß ein bisschen mehr Erziehung.«
»Wem sagst du das«, murmelte Kim. »Nein, den Ärger mit Herrn Poschke gab es schon vor zwei Tagen. Heute war es etwas anderes.« Kim zog einen Zettel aus ihrer Hosentasche. Sie glättete das Papier und hielt es Franzi und Marie hin.
»Was ist das denn?« Marie kniff die Augen zusammen. »Das sieht ja aus wie mit einer uralten Schreibmaschine geschrieben!«
Kim nickte. »Genau das ist es auch. Ich habe den Zwillingen verboten, an meinen Computer zu gehen. Also haben sie sich Omas Schreibmaschine vom Dachboden geholt, um diesen *Flyer* zu schreiben.«
»Für was denn?«, fragte Franzi. Sie nahm den Zettel und las die Überschrift vor:
»Nur hier bei Peter Jülich – Weltbeste Kuhgucksuhren!«
Marie brach sofort in schallendes Gelächter aus.
»Was sind denn bitte *Kuhgucks–*« Franzi hielt kurz inne, dann verstand sie. »Sie meinen *Kuckucksuhren*! Das soll Werbung für das Geschäft deines Vaters sein!« Jetzt konnte auch sie nicht mehr an sich halten und kicherte los.
Kim nickte. »Eine Schreibmaschine hat leider kein Korrekturprogramm.« Sie machte ein Gesicht, als hätte sie gerade in eine Zitrone gebissen. »Ben und Lukas haben hundert Kopien gemacht und sie in den Briefkästen der gesamten Nachbarschaft verteilt. Echt super.«
Marie wischte sich eine Lachträne aus den Augen. »Was hat denn dein Vater dazu gesagt?«

»Zuerst war er einfach nur sauer. Es war ihm schon ziemlich peinlich. Auf den Flyern steht immerhin unsere volle Adresse, die Festnetznummer und seine Handynummer.« Kim zuckte mit den Schultern. »Aber dann hat er es doch nett von den beiden gefunden. Sie wollten ihm ja nur helfen, Werbung zu machen.« Sie kratzte sich an der Nase. »Leider war das aber nicht alles.«

Marie und Franzi sahen Kim neugierig an. »Was haben die beiden denn noch angestellt?«, wollte Marie wissen.

Kim seufzte. »Sie haben auch noch ein *Werbebanner* gebastelt.«

Franzi zwinkerte. »Alle Achtung, da haben sich deine Brüder aber viel Mühe gegeben!«

»Geht so«, sagte Kim leise. »Sie haben drei alte Bettlaken aneinander genäht, mit einem Pinsel die Werbebotschaft draufgemalt und das Ganze an der Hauswand befestigt.«

Marie fing wieder an zu lachen. »Ich ahne Schlimmes: *Kuhgucksuhren* in Riesengroß«, japste sie. »Das sieht bestimmt göttlich aus!«

»Ja«, antwortete Kim gedehnt. »Es kommt aber noch besser.« Sie seufzte. »Weil die beiden eine echte Sauklaue haben, sah das letzte U mehr wie ein O aus. Sie haben also Werbung für weltbeste Kuhgucks*ohren* gemacht.« Kim zog die Stirn in Falten. »Peinlicher geht's wohl nicht!«

Marie und Franzi gluckten erneut los. »Ich find's witzig«, meinte Franzi schließlich.

»Das Problem war nur, dass Ben und Lukas sich wirklich *echt viel Mühe* mit der Befestigung gegeben haben. Sie haben dutzende von Leisten, meterweise Schnur und hunderte von Kabelbindern verwendet, um alles wind- und wetterfest zu machen. Es hat über eine Stunde gedauert, bis wir das Banner endlich von der Hauswand weghatten.« Kim seufzte. »Die Zwillinge waren natürlich mal wieder beim Fußballtraining und Mama hatte eine Schulkonferenz. Papa wollte diese Bettlaken aber ganz schnell loswerden. Also musste ich ihm helfen. Deshalb bin ich zu spät gekommen!«

Franzi klopfte Kim auf den Rücken. »In diesem Fall bist du entschuldigt!« Sie gab Kim den Flyer zurück.

»Da bin ich aber froh«, sagte Kim und knüllte das Papier zusammen. »Jetzt will ich endlich in unserem Fall vorankommen!« Sie beförderte den Papierball in einen Abfalleimer. »Hoffentlich können uns die beiden Verkäuferinnen ein paar Details berichten, die weiterhelfen.«

Marie nickte. »Wenn diese dunkelhaarige noch einmal von meinem Vater anfängt, dann bekommt sie es mit mir zu tun!«

Kim sah Marie ernst an. »Das wäre, glaube ich, keine gute Idee. Ich kann dich schon verstehen. Aber es wäre gut, wenn du dich beherrschen könntest, damit wir möglichst viele Details erfahren.«

Marie warf ihre Haare über die Schulter. »Ich versuche es. Aber ich kann für nichts garantieren.«

Kim seufzte. »Na, dann mal los.«

Sie folgten dem Tipp, den ihnen Andreas netterweise gegeben hatte, und steuerten die Abendmoden-Abteilung im dritten Stock des Kaufhauses an. Noch auf der Rolltreppe stehend, stieß Marie plötzlich einen spitzen Schrei aus. Sie deutete hektisch nach vorne und lief das letzte Stück der Treppe in einem irren Tempo hoch. »Ich glaube es nicht!«

Kim und Franzi hetzten hinterher. Sie warfen sich einen beunruhigten Blick zu. »Hast du die Verkäuferin gesehen?«, rief Kim. »Reg dich bitte nicht auf! Bloß immer ruhig bleiben, hörst du?«

Marie blieb wie angewurzelt stehen.

»Was ist denn los?«, fragte Kim irritiert.

Die Schaufensterpuppe neben ihr, die in ein Seidenkleid mit einem überdimensionierten ballonartigen Rock gehüllt war, schien Marie ebenso verwundert anzusehen.

»Hast du etwas Verdächtiges entdeckt? Wird wieder jemand überfallen?« Kim sah sich nach allen Richtungen um. Aber sie konnte nichts Besonderes erkennen. Alles war völlig friedlich. Kundinnen schlenderten entspannt zwischen den Ständern mit den verschiedenen Kleidern, Röcken und Blazern herum. Der dicke rote Teppichboden dämpfte jedes Geräusch, nur dezente klassische Musik war im Hintergrund zu hören. Eine junge Frau führte ihrem Begleiter gerade ein wunderschönes Abendkleid vor. Sie drehte sich mit erhobenen Armen um die eigene Achse, sodass der Chiffon-Rock sich weit flatternd ausstellte.

»Sag schon, was ist denn los?«, fragte Franzi ungeduldig.

Marie starrte stumm auf die Schaufensterpuppe. Ihr Atem ging stoßweise. Dann sagte sie feierlich: »Das ist ein Kleid von *Mariano Cazziano*!«

Franzi klappte der Mund auf. Sie blinzelte Marie an und klappte den Mund wieder zu. »Du hast jetzt eben allen Ernstes einen Schrei losgelassen, als wäre gerade jemand tot umgefallen, nur weil du ein *Kleid* gesehen hast?« Franzi sah Marie fassungslos an.

»Du hast ja keine Ahnung«, sagte Marie leise. Sie ließ ihren bewundernden Blick über die Schaufensterpuppe wandern. »Das ist ein ganz spezielles Label, das bislang nur in exklusiven Boutiquen in Paris, Mailand und New York verkauft wird! Es ist fantastisch, dass es die Marke jetzt auch hier bei uns gibt.«
Franzi betrachtete die Kreation eine Weile. Dann sagte sie: »Das Kleid sieht aus wie ein Heißluftballon nach einer misslungenen Notlandung.«
Marie warf ihr einen wütenden Blick zu. »Du bist manchmal echt blöd. Du hast einfach keine Ahnung von Mode, aber gibst ständig deinen Senf dazu! Unmöglich!«
»Jetzt reg dich doch nicht so auf!« Franzi hob die Hände. »Okay: Es sieht aus wie … wie ein *explodierter* Heißluftballon nach einer misslungenen Notlandung. Sorry.« Franzi wich Marie geschickt aus, die ihr gerade gegen die Schulter boxen wollte.
Kim stellte sich zwischen ihre Freundinnen. Sie räusperte sich. »Darf ich euch daran erinnern, dass wir hier eigentlich etwas anderes zu tun haben?«
Marie zögerte, ließ Franzi dann aber in Ruhe. Die beiden klatschten sich ab.
»Das gibt noch Rache!«, sagte Marie grinsend.
»Ich glaube, dahinten bei den Umkleidekabinen steht eine unserer Verkäuferinnen«, sagte Kim. Sie hatte die dunkelhaarige Frau beinahe nicht erkannt, weil sie ihre langen Haare zu einem eleganten Knoten frisiert hatte und perfekt geschminkt war. Sie reichte gerade ein paar Kleidungsstücke in eine der Kabinen.

Franzi stellte sich auf die Zehenspitzen und sah in alle Richtungen. »Die Blonde scheint nicht da zu sein«, stellte sie fest.
Kim zuckte mit den Schultern. »Dann werden wir jetzt mit ihrer Kollegin reden.«
Die drei Mädchen liefen entschlossen auf die Verkäuferin zu. Die Frau hängte gerade ein silberfarbenes Abendkleid an einen Ständer neben den Umkleidekabinen. »Ich suche noch mal etwas ganz anderes aus. Lassen Sie sich überraschen!«, säuselte sie in Richtung einer Kabine. Sie setzte sich in Bewegung.
»Entschuldigen Sie bitte!«, rief Kim.
Die Frau blieb stehen und musterte Kim von Kopf bis Fuß. »Ja, bitte?« Sie erkannte die drei !!! offensichtlich nicht wieder. »Ich habe gerade Kundschaft. Ihr müsstet einen Augenblick warten.«
Kim sah freundlich und zugleich ernst drein. Es gelang ihr, die Schrift auf dem Namensschild der Frau zu entziffern: *Gerlinde Rau.*
»Erinnern Sie sich an uns, Frau Rau? Wir haben Ihnen am Mittwochabend nach dem Überfall geholfen. Wir würden gerne mit Ihnen sprechen.«
Die Verkäuferin wurde blass. »An diesen Abend möchte ich mich gar nicht mehr erinnern. Es war grauenhaft!« Sie sah Marie an, und plötzlich schien sie sie wiederzuerkennen. »Du! Ja, du hast diesen schrecklichen Täter noch verteidigt!« Sie fächelte sich Luft zu. »Was wollt ihr denn noch von mir?«
Marie hob beschwichtigend die Hände. »Es tut mir leid, dass ich Sie angeschrien habe. Aber mir sind an dem Abend einfach die Nerven durchgegangen. Das war einfach zu viel

für mich. Der Mann, den Sie beschuldigt haben, ist nämlich mein Vater!«
Es war offensichtlich, dass Marie sich gerade sehr beherrschen musste, um der Frau nicht ein weiteres Mal ordentlich die Meinung zu sagen. Kim legte einen Arm um ihre Freundin.
Die Verkäuferin schlug die Hand vor den Mund. »Oh Gott! Du bist wirklich die Tochter von diesem Verbrecher?«
Kim spürte, wie Marie vor Wut zu zittern begann. »Sag jetzt bitte nichts«, zischte Kim schnell. Dann wandte sie sich an Gerlinde Rau. »Herr Grevenbroich ist unschuldig! Er hat Sie definitiv nicht überfallen. Es gibt einen Zeugen, der mit ihm zur Tatzeit zusammen war.«
Die Verkäuferin schüttelte den Kopf. »Ich habe ihn aber erkannt, ich –«
»Bitte glauben Sie mir«, unterbrach Kim sie. »Er war es nicht! Aber wir werden den wahren Täter finden! Dazu brauchen wir Ihre Hilfe!«
»Wer seid ihr eigentlich?«, fragte Gerlinde Rau tonlos.
»Hallo! Wo bleiben Sie denn?«, drang plötzlich eine hohe Stimme aus einer der Kabinen. Der Vorhang wurde ein Stück zur Seite geschoben und eine Frau streckte ihren Kopf heraus. Sie blickte sich suchend um.
»Ich komme sofort zu Ihnen, ich bin gleich da!«, beeilte sich die Verkäuferin zurückzurufen.
Kim hielt Gerlinde Rau eine ihrer Visitenkarten hin. »Wir sind Detektivinnen! Bitte helfen Sie uns, den Täter zu finden!«
Die Verkäuferin nahm die Karte und starrte sie an.
»Und wenn Sie dann vielleicht auch zu mir kommen könn-

ten«, war eine andere Frau zu hören, die unweit der drei !!! stand. »Ich suche etwas aus der *Cazziano*-Kollektion!«
»Selbstverständlich«, sagte die Verkäuferin. »In fünf Minuten bin ich bei Ihnen.« Sie steckte die Visitenkarte ein. »Kinder, ich habe keine Zeit, ihr seht, was hier los ist! Meine Kollegin hat spontan eine Woche Urlaub genommen und ich bin ganz alleine in der Abteilung!«
»Es wäre schön, wenn Sie nach Ihrem Feierabend eine Stunde Zeit für ein Gespräch hätten«, sagte Franzi. Sie lächelte freundlich, aber bestimmt.
»Ich weiß nicht, was soll das denn bringen?« Gerlinde Rau seufzte. Dann schien sie es sich anders überlegt zu haben. »Also gut. Ich mache heute früher Schluss und bin um 18:00 Uhr oben im Restaurant mit ein paar Kollegen verabredet. Freitagabends gibt es immer *Music & Büffet.* Wenn ihr dorthin kommt, können wir uns kurz unterhalten.«
Franzi nickte. »Das ist sehr gut. Vielen Dank!«
Ohne sich zu verabschieden, machte Gerlinde Rau auf dem Absatz kehrt und steuerte auf einen Kleiderständer an der Wand zu.
»Puh«, sagte Marie. »Die Frau macht mich fertig.«
»Aber du warst großartig, Marie!« Kim klopfte ihr auf die Schulter.
Franzi nickte. »1-a-Beherrschung, Respekt!«
»Und Respekt, dass du die Verkäuferin auf einen Termin festgenagelt hast, Franzi«, sagte Kim. »Wie gut, dass sie gleich heute Abend Zeit hat.«
»Ich bin bloß gespannt, was uns bei diesem *Music & Büffet* erwartet«, sagte Franzi.

»Büffet klingt doch gut!«, antwortete Kim. »Ich habe schon ziemlichen Hunger.« Im selben Moment durchfuhr es sie siedend heiß. Sie war heute mit Michi zum Pizzaessen verabredet! Kim schlug die Hand vor den Mund und murmelte: »So ein Mist.«
»Was ist denn?«, wollte Franzi erstaunt wissen. »Hast du doch keinen Hunger mehr?«
»Michi hat mich für heute Abend zum Essen eingeladen!« Kim ließ den Kopf hängen. Für einen Augenblick dachte sie daran, das Gespräch mit der Verkäuferin auf einen anderen Tag zu verschieben. Doch dann siegte die verantwortungsbewusste Detektivin in ihr. Nein, sie konnte diesen wichtigen Termin nicht absagen. Womöglich war die Verkäuferin zu einem späteren Zeitpunkt gar nicht mehr bereit, mit ihnen zu reden. Es war ja eben schon schwierig genug gewesen. Kim straffte die Schultern. »Ich muss Michi anrufen und ihm für heute Abend absagen«, erklärte sie mit fester Stimme.
Marie und Franzi sahen Kim mitleidig an. »Du kannst ihn ja für den Sonntag zum Brunch ins *Lomo* einladen«, schlug Franzi vor.
Kim nickte. »Das ist eine gute Idee. Hoffentlich hat er da auch Zeit.«
Sie sah auf ihre Armbanduhr. »Schon kurz vor fünf! Michi wird es gar nicht gut finden, dass ich ihm so kurzfristig absage.« Sie seufzte. »Aber da muss ich jetzt durch. Ich hoffe, er ist nicht zu sauer!«
Marie und Franzi wechselten einen Blick. »Ich glaube, wir beide gehen auf eine kleine Shoppingtour und lassen dich

mal in Ruhe telefonieren«, sagte Franzi. »Treffen wir uns dann um 18:00 Uhr direkt im Restaurant?«

Kim nickte. »Ja, das ist gut.« Sie sah sich um und entdeckte einen Sessel in einer Nische. Sie lief hin und ließ sich in den weichen roten Samt fallen. Dann zog sie ihr Handy aus dem Rucksack.

Alles läuft schief

Am Eingang des Restaurants war ein Tresen aufgebaut, hinter dem eine rothaarige Frau saß und den Eintritt für die Veranstaltung *Music & Büffet* kassierte. Kim bezahlte und bekam einen Stempelabdruck mit dem *Pulitzer*-Logo auf den Handrücken. Die Frau lächelte und gab ihr das Rückgeld. »Guten Appetit und viel Spaß!«
Kim bedankte sich. Sie sah sich um. Das Restaurant war schon gut besucht. Die meisten Gäste standen mit Gläsern in den Händen in kleinen Gruppen zusammen und unterhielten sich. Es lief ziemlich laute Musik, der aber kaum jemand zuzuhören schien. Einige Leute hatten sich bereits zum Büffetbereich begeben und luden sich die Teller voll. Kim lief das Wasser im Mund zusammen. Ihr war schon am Mittwoch in der Drehpause aufgefallen, dass das Restaurant ausgesprochen leckere Sachen im Angebot hatte. Heute Abend jedoch schien noch einmal aufgestockt worden zu sein: Neben einer langen Tafel mit kalten und warmen Vorspeisen gab es eine Wok-Station, in der gebratener Reis mit Fleisch, Fisch und Gemüse frisch zubereitet wurde, eine Nische mit mehreren Sorten Nudeln und unzähligen Soßen sowie einen riesigen Holzkohle-Grill, auf dem Steaks, Würstchen und Kartoffeln vor sich hin brutzelten.
»Da bist du ja«, ertönte eine Stimme neben Kim. Marie lächelte sie an. »Komm mit, wir haben uns einen Platz auf der Terrasse gesucht.« Sie deutete zu einem der großen Panoramafenster, die den Innen- vom Außenbereich trennten. Kim

erkannte Franzis roten Haarschopf. Sie saß in einem der Lounge-Sessel auf der Terrasse und telefonierte.

»Sollten wir nicht besser hier drin warten?«, gab Kim zu bedenken. »Sonst übersehen wir Gerlinde Rau womöglich noch.«

»Man hat auch von draußen einen guten Überblick«, erwiderte Marie. »Dort ist es nicht ganz so laut und stickig.«

Kim ließ sich überzeugen. Sie besorgten noch drei Ananas-Fruchtcocktails an der Saftbar und gingen raus auf die Terrasse.

Franzi hatte ihren Liegestuhl so ausgerichtet, dass sie noch ein paar Strahlen der Abendsonne abbekam und gleichzeitig in das Restaurant sehen konnte. Kim stellte einen Fruchtcocktail auf dem Tischchen neben ihr ab.

»Super, danke!« Franzi klappte ihr Handy zu und steckte es weg. »Grüße von meiner Mutter an Tessa und deinen Vater, Marie! Sie bedankt sich, dass ich spontan bei euch zu Abend essen darf!«

Marie grinste. »Alles klar! Ich hoffe nur, dass unsere Eltern sich nicht ausgerechnet heute Abend über den Weg laufen. Ich habe Tessa nämlich gesagt, dass ich bei euch bin.« Sie zog einen der Liegestühle etwas weiter vor und ließ sich hineinfallen. »Kim, wie war denn dein Gespräch mit Michi?«

Kim seufzte. »Er war natürlich ziemlich enttäuscht. Es ist jetzt schon das zweite Mal, dass ich ihn versetze. Aber er hat schon verstanden, dass ich bei dieser wichtigen Befragung dabei sein muss.« Sie setzte sich auf einen Korbhocker neben Franzi und behielt den Restaurantbereich im Auge. »Ich bin echt froh, dass Michi so viel Verständnis hat.« Sie seufzte.

»Zum Glück hat er am Sonntag Zeit. Ich habe ihn zur Entschädigung zum Brunch ins *Lomo* eingeladen.«
»Was ist eigentlich aus seiner Bewerbung für den Studienplatz geworden?«, wollte Franzi wissen.
»Die Uni hat sich noch nicht gemeldet, das Auswahlverfahren läuft noch«, sagte Kim. Sie spürte, wie sich ihr Herz zusammenzog und es in ihrer Kehle eng wurde. *Und was ist, wenn Michi den Studienplatz bekommt und in eine andere Stadt zieht?*, hallte es durch ihren Kopf. Sie atmete tief durch. Diesen Gedanken konnte sie jetzt überhaupt nicht brauchen. Sie musste sich auf die Ermittlungen konzentrieren! Energisch griff Kim nach dem Cocktail-Glas und nahm einen großen Schluck. Herrlich süß und prickelnd rann der Ananas-Frucht-Mix durch ihre Kehle.
»Da ist Frau Rau!«, rief Franzi und sprang auf. Kim verschluckte sich und musste fürchterlich husten. Marie klopfte ihr auf den Rücken. »Geht's?«, erkundigte sie sich besorgt. Kim räusperte sich und wischte sich eine Träne aus dem Augenwinkel. »Ja, alles klar!«
Die dunkelhaarige Verkäuferin stand mit mehreren Frauen beim Terrasseneingang. Die Gruppe prostete sich mit Sektgläsern zu.
»Ist die Blonde links von Frau Rau nicht die Kollegin, die ebenfalls überfallen wurde?«, fragte Marie.
Kim beugte sich vor. »Ja, das könnte sie sein!«
»Wie praktisch!«, rief Franzi. »Dann können wir gleich beide zusammen befragen. Ich versuche sie zu uns an den Tisch zu holen, okay?« Franzi wartete keine Antwort ab, sondern lief sofort los. Mittlerweile herrschte reger Betrieb auf der Ter-

rasse, aber Franzi schlängelte sich geschickt durch die Menschenmenge und hatte den Frauentrupp schnell erreicht. Kim beobachtete, wie sie die Frauen ansprach. Einige sahen sie neugierig an. Gerlinde Rau schüttelte unwirsch den Kopf und wandte Franzi den Rücken zu. Die blonde Frau neben ihr verhielt sich zögerlich. Franzi redete auf sie ein. Schließlich nickte die Frau und Franzi verschwand mit ihr im Gedränge. Kim verlor die beiden schnell aus dem Auge. Gerlinde Rau sagte etwas zu einer der Frauen und verdrehte die Augen. Die beiden lachten.

Marie rümpfte die Nase. »Ich glaube, diese Gerlinde Rau will doch nicht mit uns reden!«

»Aber die blonde Verkäuferin ist mit Franzi mitgegangen.« Kim scannte die Menschenmenge. »Sie kommen bestimmt gleich zu uns.«

Plötzlich fühlte sich Kim unbehaglich. Ihr kam es so vor, als würde sie beobachtet. Sie sah sich unauffällig um. Neben ihnen hatten zwei Männer mit drei Kindern Platz genommen. Einer der Männer versuchte das jüngste, vielleicht zweijährige Kind dazu zu bewegen, einen Löffel voll gebratener Zucchini zu essen, während die beiden anderen Kinder, ein Mädchen und ein Junge, um einen Teller mit Pommes stritten. Besteck fiel klirrend zu Boden und der Vater bückte sich seufzend. Der andere Mann teilte währenddessen die Portion Pommes auf zwei Teller auf. Die beiden waren so beschäftigt mit ihren Kindern, dass sie Kim garantiert nicht beobachtet haben konnten. Außerdem hielt das Gefühl, dass irgendjemand sie ansah, weiterhin an. Kim blickte um sich. Eine schnelle Bewegung hinter einem der zusammenge-

klappten Sonnenschirme zog ihre Aufmerksamkeit auf sich. Kim stand auf und sah genauer hin. Dort lehnte Andreas, der Spielzeugverkäufer, mit dem Rücken zu ihr an der Brüstung und unterhielt sich mit einer Frau. Hatte er sie eben angesehen und sich schnell umgedreht?
Ihre Gedanken wurden durch Franzi unterbrochen. Ihre Freundin stand mit der blonden Verkäuferin vor ihr und sagte: »Frau Gerber, darf ich vorstellen: Das sind meine Freundinnen Kim und Marie. Kim, Marie, das ist Mechthild Gerber!«
Die Verkäuferin lächelte offen und begrüßte Marie und Kim freundlich. Sie nahm auf einem Hocker Platz, den Franzi ihr hingeschoben hatte. Kims Herz begann schneller zu schlagen. Vielleicht würden sie gleich wichtige Details zum Tathergang erfahren und konnten ihre Ermittlungen entscheidend voranbringen!
»Ich weiß schon Bescheid«, sagte Frau Gerber. »Franzi hat mir alles kurz erzählt. Ihr seid Detektivinnen und wollt den schrecklichen Überfall aufklären. Das finde ich ganz, ganz toll! Ich sage euch, das war das Horrorerlebnis pur, das Schlimmste, was ich in meinem Leben jemals erlebt habe. Ich zittere immer noch, wenn ich daran denke. Ich bin froh, dass ich so schnell Urlaub bekommen habe, denn ich kann mich gar nicht richtig konzentrieren. Das muss der Schock sein. Ich muss das alles erst mal in Ruhe verdauen. Aber vielleicht sollte ich doch bald wieder arbeiten gehen. Arbeit lenkt schließlich von schlimmen Gedanken ab, nicht wahr?«
Sie strich sich eine blonde Locke zurück hinters Ohr. »Eure Freundin sagte, dass ihr schon über fünfzig Verbrechen auf-

geklärt habt.« Sie warf Kim einen bewundernden Blick zu. »Das ist wirklich toll! Ich habe als Kind viele Krimis gelesen und mir dann immer vorgestellt, wie es wäre, wenn ich der Inspektor oder der Polizist wäre und den Verbrechern auf den Fersen.« Frau Gerber nahm einen Schluck aus ihrem Sektglas. »Nun ja. Dann bin ich halt doch nicht zur Polizei gegangen, sondern bin Einzelhandelskauffrau geworden. Das ist aber auch nicht schlecht. Ich sage euch, was man da so den lieben langen Tag mit der Kundschaft erleben kann ...« Sie rollte mit den Augen und stach mit dem Zeigefinger in die Luft. »Oh, oh, das ist manchmal spannender als ein Krimi!« Die Verkäuferin nahm erneut einen Schluck Sekt.

»Ähm«, machte Kim. Sie fühlte sich gerade ziemlich erschlagen von dem Redefluss der Verkäuferin. Sie erinnerte sich an die leichenblasse, apathische und völlig verängstigte Frau, die sie damals im Aufzug gewesen war. Dass die Verkäuferin eine solche Quasselstrippe sein konnte, hätte sie nicht erwartet.

»Ja, also. Vielen Dank, dass Sie bereit sind, mit uns zu sprechen«, begann Kim. »Ihre Kollegin scheint ja leider nicht mehr an einem Gespräch mit uns interessiert zu sein.«

»Doch, doch.« Frau Gerber hob das Sektglas an und wischte einen Tropfen von der Tischplatte. »Sie wollte nachkommen. Sie muss erst noch die ganze Geschichte den anderen Kolleginnen erzählen.«

Die drei !!! warfen sich einen Blick zu.

»Es ist sehr wichtig, dass ihr mit ihr sprecht. Sie hat schließlich den Täter erkannt!«

Marie trommelte mit den Fingern auf der Tischplatte. »Sie *meint*, ihn erkannt zu haben«, sagte sie mühsam beherrscht.

»Ja, also, wie auch immer. Ich persönlich habe ja nichts von dem Mann mitbekommen.«
Kim riss die Augen auf. »Wie meinen Sie das?«
»Als es diesen Schlag von der Decke gab und der Aufzug plötzlich stehen geblieben ist, habe ich mich so unglaublich erschrocken. Ich bin in Aufzügen sowieso immer so nervös, nun, und da hat es gereicht, dieser Schlag, ich dachte, wir stürzen ab. Mir ist vor Schreck die Luft weggeblieben und dann wurde es schwarz vor meinen Augen.«
Franzi und Marie lauschten mit offenen Mündern. Kim wurde es selber beinahe schwarz vor den Augen. Sie räusperte sich. »Sie wollen damit sagen, dass Sie ohnmächtig geworden sind, noch bevor Sie überhaupt den Täter sehen konnten?«
Die Verkäuferin nickte. »Ich bin erst zu mir gekommen, als der Aufzug sich wieder öffnete. Ich bin sehr froh, dass ich das alles nicht miterleben musste.« Sie wischte mit der Serviette weitere Tropfen vom Tisch und begann, die Glasplatte zu polieren. »Aber, wie gesagt, zum Glück hat meine Kollegin den Täter ja erkannt.«
Franzi schüttelte stumm den Kopf, Marie zerrupfte konzentriert eine Serviette, und Kim ließ sich matt in den Liegestuhl zurücksinken. Sie versuchte, sich selbst zu motivieren: Vielleicht gab es wenigstens irgendetwas Wichtiges, das der Frau aufgefallen war, bevor sie in den Aufzug eingestiegen war? Oder gar in den Tagen zuvor?
»Haben Sie denn in den Tagen vor dem Überfall etwas Auffälliges beobachtet?«, fragte Franzi. Sie schien einen ähnlichen Gedanken wie Kim gehabt zu haben. »Ist Ihnen jemand gefolgt, hat Sie jemand beobachtet oder gar angesprochen?

Versuchen Sie sich zu erinnern, jedes noch so kleine Detail kann wichtig sein!«
»Ja, das hat dieser Kommissar auch gesagt«, antwortete die Verkäuferin. Sie sammelte die Fetzen der Papierserviette ein und legte sie in den Aschenbecher. »Aber es gab nichts, was mir aufgefallen wäre.« Sie nickte eifrig. »Ich versuche mich jetzt aber noch mal ganz genau zu erinnern.« Sie setzte sich kerzengerade auf und blickte konzentriert nach vorne.

Eine Stunde später verabschiedete sich Mechthild Gerber von den drei !!!. »Es hat mich sehr gefreut, ein paar echte Detektivinnen kennengelernt zu haben!«, sagte sie und gab den drei Mädchen reihum die Hand. »Schade, dass ich euch nicht helfen konnte.« Sie lächelte und winkte. »Viel Erfolg weiterhin! Ich muss jetzt mal zu meinen Kollegen zurück.«
Kim lächelte verkrampft und winkte zurück. »Das war's dann wohl«, murmelte sie.
Marie schlug mit der Hand auf den Tisch. »Das kann doch wohl nicht wahr sein!«
»Ich fand ihre Geschichten über die verschiedenen Kunden ganz interessant«, sagte Franzi. »Sie hat eigentlich eine sehr gute Beobachtungsgabe und kann sich gut erinnern!«
Kim seufzte. »Schon. Aber ich kann mir beim besten Willen nicht vorstellen, was zum Beispiel eine alte Dame und ihre drei rosa gefärbten Königspudel mit dem Überfall zu tun haben könnten.«
»Wer arme Tiere einfärbt, ist vielleicht auch zu anderen Verbrechen fähig, wer weiß!« Franzi zuckte mit den Schultern.
»So langsam habe ich das Gefühl, dass die beiden Verkäufe-

rinnen etwas zu verbergen haben«, sagte Marie. Sie knetete ihre Hände. »Das ist doch nicht normal! Glaubt ihr wirklich, dass diese Mechthild Gerber die ganze Zeit ohnmächtig war? Und warum kommt ihre Kollegin nicht endlich zu uns und spricht mit uns? Sie verhält sich total ablehnend.«

Franzi zog die Stirn in Falten. »Ich glaube, Frau Gerber ist eine ziemlich nervöse Frau. Ich könnte mir schon vorstellen, dass sie sich dermaßen aufgeregt hat, dass sie das Bewusstsein verliert.«

»Kann schon sein«, sagte Kim zögerlich. »Aber Gerlinde Rau verhält sich tatsächlich sehr merkwürdig. Ich habe ihr vorhin mehrmals zugewunken, aber sie hat immer so getan, als würde sie mich nicht sehen. Jetzt steht sie mit ein paar Leuten beim Wok-Büffet an und macht keinerlei Anstalten, zu uns zu kommen.«

»Dann gehen wir eben zu ihr. Uns ignoriert man nicht so einfach!« Marie trank ihren Ananas-Cocktail in einem Zug aus und stellte das Glas energisch auf den Tisch zurück. »Außerdem könnte ich auch etwas zu essen vertragen!«

Kims Magen begann augenblicklich zu grummeln. »Ich habe auch einen Riesenhunger«, stellte sie fest. »Dann lasst uns doch das Angenehme mit dem Nützlichen verbinden.«

»Gute Idee!« Franzi schnellte hoch und zog Kim aus ihrem Liegestuhl. »Ran ans Büffet und an die Verkäuferin!«

Die drei Detektivinnen drängten sich durch die lachenden und schwatzenden Menschen auf der Terrasse und steuerten auf das Wok-Büffet im Restaurant zu. Gerlinde Rau stand in der Warteschlange und unterhielt sich angeregt mit zwei Frauen.

»Wir gehen am besten zu den Vorspeisen, da sind weniger Leute. Dann können wir schon mal etwas essen und passen dann die Verkäuferin ab«, schlug Kim vor. Ihre Freundinnen stimmten sofort zu. Sie beluden sich ihre Teller mit Pizzabrot, Käse, Salami und gebratenem Gemüse und besorgten noch drei Flaschen Cola und Strohhalme. Dann positionierten sie sich an einem Stehtisch in der Nähe der Verkäuferin. Kim betrachtete zufrieden ihren Teller. Sie nahm ein Stück von dem knusprigen Brot, legte eine dünne Wurstscheibe darauf und biss hinein. »Das tut gut«, nuschelte sie und ließ dabei das Wok-Büffet und die Verkäuferin nicht aus den Augen.

»Was machst du denn hier?«, ertönte plötzlich eine wohlbekannte Stimme. Kim sah zur Seite und begann augenblicklich zu strahlen. Sie schluckte hastig. »Mensch, Michi!«

Michi sah Kim vorwurfsvoll an und sagte leise: »Du hast gesagt, dass du eine wichtige Befragung durchführen musst.« Er zeigte auf Kims vollen Teller. »So sieht also deine Ermittlungsarbeit aus.«

Kim war völlig verwirrt. »Was machst du denn hier?«, war alles, was sie herausbrachte.

»Ich darf dich daran erinnern, dass du mich versetzt hast. Ich war gerade mit Rolf unterwegs, als du mich vorhin angerufen hast. Er kennt die Location hier und hat dann vorgeschlagen, dass wir uns am All-you-can-eat-Büffet den Bauch vollschlagen.«

Erst jetzt bemerkte Kim den schlaksigen jungen Mann, der etwas im Hintergrund stand. Er hob kurz die Hand.

»Aber jetzt ist mir der Appetit vergangen.« Michi packte Rolf am Arm. »Komm, wir gehen!«

»Warte mal«, rief Rolf. Er zog seinen Arm weg. »Vielleicht solltet ihr das mal genauer besprechen …«

»Komm!« Michi drehte sich abrupt um und drängte zum Ausgang vor.

»Michi!«, rief Kim. Sie sah Franzi und Marie hilflos an. »Was ist denn jetzt in ihn gefahren?«

»Ich fürchte, er denkt, dass du nur zum Vergnügen hier bist«, sagte Marie. »Dass wir hier ermitteln, ist für einen Außenstehenden ja nicht sofort zu erkennen«, vermutete sie. »Lauf ihm schon hinterher! Du kannst das doch alles erklären!«

Schritte im Dunkeln

Maries Worte drangen wie durch Watte zu Kim vor. Sie nickte mechanisch. »Ja, das mache ich!« Auch ihre eigenen Worte klangen dumpf und undeutlich an ihre Ohren. Sie lief los, geriet jedoch in den Laufweg von zwei Angestellten mit weißen Kochmützen, die gerade Nachschub für das Nudel-Büffet brachten.

»Vorsicht!«, rief Franzi.

Kim konnte im letzten Moment ausweichen und den Sturz in eine große Schüssel mit Tomatensoße verhindern. Sie entschuldigte sich schnell und hastete weiter.

»Immer schön langsam, junge Dame!!«, rief ihr einer der Männer hinterher und lachte. »Du hast doch das ganze Leben noch vor dir!«

Und das will ich nicht ohne meinen Michi verbringen!, schoss es ihr durch den Kopf. Sie musste ihrem Freund unbedingt die Situation erklären! Er stand noch bei den Aufzügen, gleich würde sie ihn eingeholt haben und dann würde alles gut werden. Kim musste um ein Paar herumlaufen, das sich mitten im Weg küsste und nichts um sich herum wahrnahm. Sie sah, wie die Türen des mittleren Aufzugs auseinanderglitten und Michi die Kabine im Sturmschritt betrat. Rolf stolperte hinterher. Die Tür glitt zu.

»Nein!« Kim hetzte weiter. »Warte, Michi!«

Als sie den Aufzug erreichte, hatte er sich bereits in Bewegung gesetzt. Verzweifelt hämmerte Kim auf die Rufknöpfe der beiden danebenliegenden Fahrstühle. Nichts tat sich.

Dann sah sie die Zettel, die unter den Knöpfen befestigt waren: *Ab 19:00 Uhr gesperrt, bitte mittleren Aufzug benutzen.* Kim schlug mit der flachen Hand gegen die Mauer. Sie sah zur Glastür, die zum Treppenhaus führte. Dann schüttelte sie den Kopf. Sie würde zu Fuß niemals so schnell wie der Aufzug die vier Stockwerke zurücklegen können. Sie würde Michi nicht mehr einholen können. Unendlich enttäuscht lehnte sie die Stirn gegen die kühle Wand. Die Musik im Restaurant wurde lauter, das Stimmengewirr schwoll an. Helles Lachen drang zu ihr rüber.
Kim spürte, wie ihre Augen zu brennen begannen. Jetzt nur nicht weinen, flehte sie sich selbst an. Aber da lief schon die erste Träne über ihre Wangen. Sie kramte nach einem Taschentuch. Natürlich hatte sie mal wieder keines eingesteckt. Sie fuhr sich mit den Handrücken über die Augen und wischte die Tränen notdürftig weg.
Sie wollte jetzt niemanden sehen. Sie konnte unmöglich in dieser Verfassung zurück ins Restaurant gehen. Nein, sie brauchte jetzt erst mal eine Verschnaufpause. Sie musste ihre Gedanken, die völlig chaotisch in ihrem Kopf herumgeisterten, ordnen. Warum hatte Michi so heftig reagiert? Das war doch völlig überzogen! Andererseits musste es für ihn so ausgesehen haben, als würde sie lieber mit Franzi und Marie ein Büffet plündern, als mit ihm Pizza essen zu gehen. Und sie hatte ihn zwei Mal hintereinander versetzt. Hatte sie Michi zu sehr vernachlässigt? Aber er hatte doch nie etwas gesagt, hatte immer Verständnis gehabt.
Kim fühlte sich wie im Schleudergang der Gefühle: Wut, Trauer, Verzweiflung und schlechtes Gewissen wechselten

sich ab. Das machte sie völlig fertig. Sie setzte sich auf den Treppenabsatz, lehnte sich gegen die Wand und zog die Knie an. Sie versuchte sich durch regelmäßiges Atmen zu beruhigen. Das Deckenlicht erlosch. Der Zeitschaltknopf gegenüber an der Wand leuchtete rötlich. Kim hatte keine Kraft, aufzustehen und ihn zu drücken. Sie blieb einfach im Dunkeln sitzen. Lachen und fröhliche Stimmen drangen vom Restaurant zu ihr. Sie würde noch ein paar Minuten hier sitzen, sich beruhigen und dann zu Marie und Franzi gehen. Plötzlich fiel ihr ein, dass sie ja noch mit der Verkäuferin sprechen wollten. Hoffentlich hatten Franzi und Marie die Frau abpassen können. Kim vergrub den Kopf in der Armbeuge. Hier lief gerade alles schief. Sie hatten rein gar nichts erfahren, was sie in ihrem Fall voranbrachte. Und *dafür* hatte sie ihre Verabredung mit Michi sausen lassen und so ein Gefühlschaos verursacht! Manchmal war die Detektivarbeit einfach nur anstrengend und frustrierend. *Vielleicht hätte ich diesen Detektivclub niemals gründen sollen*, dachte Kim plötzlich und erschrak im selben Moment über sich selbst. Wie konnte sie bloß auf solch eine Idee kommen? Ohne den Club hätte sie ihre besten Freundinnen Franzi und Marie nie kennengelernt. Die beiden gehörten mittlerweile schließlich zu den wichtigsten Menschen in ihrem Leben. Neben ihrer Familie natürlich und … Michi! Kim seufzte.
Plötzlich hörte sie ein leises Quietschen. Ein Geräusch, als ob jemand auf leisen Gummisohlen tappte. Kim sah auf und nahm eine Gestalt wahr, die sich vom Restaurant wegbewegte. Sie zögerte, schien sich erst an die Dunkelheit im fensterlosen Treppenhaus gewöhnen zu müssen. Warum machte

die Person nicht einfach das Licht an? Hatte sie den rot leuchtenden Knopf übersehen? Kim wollte gerade etwas sagen, da bemerkte sie, dass das tappende Geräusch verstummt war. Die Gestalt musste stehen geblieben sein. Irritiert starrte Kim in die Dunkelheit. Wieder ertönte das leise Quietschen. Die Schritte wurden schneller, kamen auf sie zu. Instinktiv drückte sich Kim näher an die Wand. Die Gestalt bemerkte sie nicht, sie huschte nur wenige Meter von ihr entfernt vorbei. Sie trug einen dunklen Kapuzenpulli und dunkle Hosen, mehr konnte Kim in der Dunkelheit nicht erkennen. Sie hätte noch nicht einmal sagen können, ob es ein Mann oder eine Frau war. Die Schritte entfernten sich, nach einigen Sekunden klimperte etwas, dann wurde ein Schlüssel in einem Schloss herumgedreht. Eine Tür knarrte und klappte leise zu.

Kim lauschte. Nichts tat sich mehr. Nur die gedämpften Stimmen und die Musik aus dem Restaurant waren zu hören. Die Gestalt musste hinter der Stahltür verschwunden sein, die sich am Ende des Flurs in der Nähe der Toiletten befand. Kim war die Tür am Mittwoch aufgefallen, weil darauf mit großen, edlen Messingbuchstaben die Bezeichnung »Technik« angebracht war. Kim stand auf und tastete sich an der Wand entlang. Ihr Detektivinstinkt war geweckt! Das Verhalten dieser Person war eben mehr als merkwürdig gewesen. Hatte sie mit dem Überfall am Mittwoch etwas zu tun? Hatte Kim womöglich den Verbrecher dabei beobachtet, wie er Vorkehrungen für einen weiteren Raub traf? Sie musste herausfinden, was der- oder diejenige hier im Technikraum zu suchen hatte. Kim lief an den Toiletten vorbei und tastete sich bis zu einer Säule vor. Von hier aus hatte sie gute Sicht auf die Tür. Sie stellte fest, dass es keine Türklinke gab, sondern nur ein Schloss. Ohne Schlüssel konnte man die Tür von außen nicht öffnen.

Das Herz schlug ihr bis zum Hals. Sie wartete. Nichts tat sich. Sollte sie sich hinschleichen und lauschen? Kim zögerte. Einer plötzlichen Eingebung folgend, zog sie ihr Handy aus der Hosentasche und tippte in Windeseile eine SMS:

Kommt sofort. Flur links. Leise!

Sie schickte die Nachricht an Franzi ab und atmete auf. Zu dritt waren sie dieser Gestalt, die hinter der Tür war, garantiert gewachsen.

Eine Minute später eilten Franzi und Marie herbei. Marie hatte die Taschenlampenfunktion an ihrem Smartphone aktiviert, ein blauer Lichtstrahl huschte zitternd vor ihr über den Boden. Kim sah, dass Marie ein halb volles Glas mit Orangensaft in der Hand hatte.

»Franzi hat mich so schnell aus dem Restaurant gezogen, ich konnte es nirgendwo mehr abstellen«, erklärte Marie, die Kims Blick bemerkt hatte.

»Was ist denn los?«, flüsterte Franzi. »Ist dir was passiert?«

Kim schüttelte den Kopf. »Nein, aber eine verdächtige Person hat sich in den Technikraum dort geschlichen!«

Franzi lugte hinter der Säule hervor. »Los, wir pirschen uns ran und lauschen an der Tür.« Sie zog Kim und Marie mit sich. Dann presste sie ein Ohr ans Türblatt. Nach einer Weile sagte sie enttäuscht: »Nichts.«

»Vielleicht brauchen wir eine Abhör-Hilfe«, flüsterte Kim. Sie deutete auf das Glas in Maries Hand.

»Wie bitte?«, fragte Marie.
»Trink aus! Beeil dich!«
Marie zog die Augenbrauen hoch. »Was? Warum?«
»Wir brauchen dein Glas als Schallverstärker.«
Jetzt endlich begriff Marie. Sie trank den Rest Saft aus und hielt Kim das Glas hin. Kim schnappte es sich, presste es vorsichtig mit der offenen Seite an das Türblatt und drückte ihr Ohr an den Glasboden.
Franzi und Marie sahen sie gespannt an.
Kim flüsterte aufgeregt: »Da ist ein merkwürdiges Brummen zu hören.«
Im nächsten Moment flammte die Flur-Beleuchtung auf. Kim zuckte zusammen und ließ das Glas beinahe fallen.
»Ein Angestellter vom Wachdienst«, zischte Marie.
Kim drehte sich um und sah, wie ein untersetzter Mann in dunkelblauer Jacke und Hose den Gang entlanggelaufen kam. Er steuerte direkt auf die drei !!! zu. Als er sie erreicht hatte, tippte er an seine Schirmmütze und sagte freundlich, aber bestimmt: »Guten Abend! Kann ich euch helfen?«
Die drei warfen sich einen kurzen Blick zu. Kim seufzte. Am besten war es jetzt, mit offenen Karten zu spielen.
»Ich habe zufällig gesehen, wie sich eine Person in diesen Raum geschlichen hat.« Kim deutete auf die Tür, hinter der sie das Brummen vernommen hatte. »Sie sah nicht gerade wie ein Handwerker aus, deshalb kommt uns das Ganze komisch vor. Wir haben gerade überlegt, was wir tun sollen –«
»Und da kamen Sie!«, vollendete Marie Kims Satz. »Können Sie nicht schnell aufschließen und nachsehen, was da los ist?«
Der Wachmann kratzte sich am Kinn. »Hier soll jemand hi-

neingegangen sein?« Er klopfte an die Tür. »Seid Ihr euch sicher?«
»Es ist jemand drin!«, beharrte Kim. »Bitte machen Sie auf!«
Der Mann schüttelte den Kopf und brummelte: »Es könnte der Hausmeister sein. Ich frage mich allerdings, was er hier macht. Das ist ein uralter Technikraum, der seit Jahren nicht mehr genutzt wird.« Erneut hämmerte er fest an die Tür. »Hallo?« Nichts geschah.
Jetzt wurde Kim endgültig klar, dass etwas nicht stimmen konnte. Sie war sich absolut sicher, dass sich vorhin jemand in diesen Raum geschlichen hatte. Wenn derjenige nichts zu verbergen hatte, hätte er spätestens jetzt den Kopf zur Tür rausstrecken und fragen müssen, was los sei!
Aber es tat sich nichts. Kim trat ungeduldig von einem Bein aufs andere. »Sie können doch einfach kurz nachsehen! Sie haben doch bestimmt einen Generalschlüssel für alle Räume in diesem Gebäude.«
Der Wachmann schüttelte den Kopf. »Nein. Bei diesem Schloss passt der Generalschlüssel nicht. Da müsste ich im Keller beim Hausmeister nachsehen. Da hängen noch so ein paar von den uralten Riesendingern am Schlüsselbrett.«
Marie nickte heftig. »Tun Sie das! Wir passen hier solange auf.«
Der Mann sah Marie prüfend an. »Und ihr erzählt bestimmt keine Märchen?«
Marie verschränkte die Arme vor der Brust. »Ganz bestimmt nicht!«
»Also gut! Ich bin in fünf Minuten wieder da.« Der Mann nickte den drei !!! knapp zu und lief zum Treppenhaus.

»Hoffentlich dauert das nicht zu lange«, murmelte Marie. Sie zog Franzi und Kim von der Tür weg. »Wir verstecken uns besser hinter der Säule, falls diese Gestalt ausgerechnet jetzt wieder herauskommt.«
Die drei !!! liefen zur anderen Seite und verbargen sich hinter der Säule. Das Deckenlicht erlosch. Kim sprang zum Lichtschalter und drückte ihn. Sie biss sich auf die Lippe. Was passierte bloß gerade hinter dieser Tür? »Hoffentlich findet der Wachmann den Schlüssel«, murmelte sie.
»Wenn nicht, dann knacke ich das Schloss«, sagte Marie sofort. Sie war von Anfang an die Spezialistin für das Öffnen von Schlössern jeglicher Art in ihrem Team gewesen. Kim wusste, dass Marie mittlerweile so viel Übung hatte, dass sie viele Schlösser mit ihrem Dietrichset oder anderen Hilfsmitteln in wenigen Minuten öffnen konnte.
Marie tastete ihre Hosentasche ab. »Leider habe ich heute mein Set nicht dabei.« Sie seufzte. »Aber ich könnte es mit einer meiner Haarklammern probieren.« Sie nestelte kurz an ihrem Pferdeschwanz und zog eine silberne Spange hervor. »Ja, die ist ideal«, stellte Marie zufrieden fest.
»Jetzt warte doch erst mal ab«, flüsterte Franzi. »Bestimmt kommt der Wachmann gleich wieder. Und mit einem Schlüssel geht es in jedem Fall schneller.«
»Wenn du meinst.« Marie steckte die Haarspange ein.
Sie warteten ungeduldig. Wieder erlosch das Licht. Dieses Mal sprang Franzi zum Schalter und drückte ihn.
Sie mussten noch einige Male das Licht aktivieren. Dann erklangen eilige Schritte am Ende des Flurs.
»Endlich«, sagte Franzi. »Er kommt wieder!«

Der Wachmann klimperte mit mehreren großen Schlüsseln in der Hand. »So, dann wollen wir mal sehen.«
Gespannt beobachteten die drei Detektivinnen, wie der Wachmann den ersten Schlüssel ausprobierte. Er ließ sich nicht im Schloss drehen.
Er versuchte es mit dem zweiten. Dieser passte, es knackte und die Tür war offen! Im Raum dahinter war es stockdunkel.
Kim hielt den Atem an. Würde jetzt gleich jemand überfallartig auf sie zustürzen?
»Hallo!«, rief der Wachmann. »Ist da wer?« Er tastete an der Wand und eine Neonröhre flackerte auf. Sie beleuchtete einen kleinen, vielleicht zehn Quadratmeter großen Raum mit einem Fenster. An einer Wand stand ein Schreibtisch mit einem Stuhl davor, an der anderen Wand befanden sich mehrere gebogene Rohre und ein großer, grauer Kasten. Der Raum war menschenleer.
»Hier ist niemand«, sagte der Wachmann. »Ihr habt euch getäuscht!« Er seufzte. »Kinder, Kinder, ich hoffe, ihr wolltet mich nicht an der Nase herumführen!«
»Warum sollten wir das?«, fragte Franzi empört. Sie schob sich an dem Mann vorbei ins Zimmer und ließ schnell den Blick schweifen.
Der Wachmann wollte sie gerade zurückziehen, da stieß Franzi einen Schrei aus. »Das Fenster!«
Jetzt sah Kim es auch: Das Fenster war nur angelehnt, es bewegte sich sacht in der Zugluft!
»Von hier ist er nach draußen gelangt!«, sagte Franzi. Sie öffnete das Fenster und deutete hinaus. »Man kommt ganz einfach auf das Flachdach und kann von hier zu den anderen

Aufbauten laufen oder zur Dachterrasse des Restaurants!« Sie schwang sich aufs Fensterbrett. »Ich sehe mal nach!«

»Bist du verrückt!«, rief der Wachmann. Er sprintete zum Fenster und zerrte Franzi, die schon mit einem Fuß draußen war, wieder ins Innere. Franzi machte sich los. Sie sah den Wachmann empört an. »Es ist völlig ungefährlich!«

»Langsam glaube ich, ich bin bei der *Versteckten Kamera* gelandet!«, rief der Wachmann. »Was habt ihr eigentlich vor?« Er wischte sich eine Schweißperle von der Stirn. »Sofort raus hier und macht, dass ihr nach Hause kommt!«

Kim hob beschwichtigend die Hände. »Es tut uns leid, dass Sie sich wegen uns so aufregen müssen. Aber glauben Sie mir, da war jemand und es wäre wichtig nachzuforschen, was diese Person hier gemacht hat!«

»Das ist alles völliger Blödsinn«, ereiferte sich der Mann. »Hier war garantiert niemand. Das ist die alte Schaltstelle der Rohrpostanlage. Die ist schon lange außer Betrieb genommen, weil sie ständig defekt war! Früher wurden die Einnahmen der Kassen damit an die Zentralkasse verschickt oder Wechselgeld an die Kassen. Aber das wird schon lange nicht mehr so gemacht. Niemand würde hier reingehen, es gibt hier absolut nichts zu holen.« Der Wachmann nahm seine Kappe ab und tupfte sich mit einem Taschentuch den Schweiß von der Stirn. »Das ist jetzt mein letztes Wort: Raus mit euch, bevor ich die Polizei anrufe und euch nach Hause bringen lasse!«

»Gut«, sagte Kim. Es war besser, jetzt sofort den geordneten Rückzug anzutreten, bevor es noch mehr Ärger gab. »Vielen Dank und einen schönen Abend noch!«

Auch Franzi und Marie verabschiedeten sich freundlich. Dann machten sie, dass sie wegkamen. Sie liefen schweigend den Flur entlang in Richtung des Restaurants.
»Wartet mal«, sagte Franzi plötzlich und blieb stehen. »Ich hab die ganze Zeit schon irgendwas Klebriges an der Schuhsohle.« Sie winkelte das rechte Bein nach hinten an und sah über die Schulter auf ihren Fuß. »Igitt, das ist bestimmt Teer vom Dach«, stellte sie fest. »Da war alles so von der Sonne aufgeheizt, dass die Teerpappe weich geworden ist.« Sie runzelte die Stirn. »Wie kriege ich das wieder weg?« Kim betrachtete den Zweieurostück-großen schwarzen Fleck auf der geriffelten Turnschuhsohle. Sie kramte in ihrer Hosentasche und zog ein zerknittertes Kaugummipapier heraus. »Du kannst erst mal das Papier hier drauflegen, dann klebst du wenigstens nicht am Boden fest.«
»Gute Idee!« Franzi nahm das Papier und legte es über den Teerfleck. Sie trat auf und hob den Fuß wieder hoch. »Danke, das funktioniert gut.«
»Und was machen wir jetzt?«, fragte Marie, als sie an ihrem Tisch im Restaurant angelangt waren.
Kim wies mit dem Kinn zur Terrasse. »Ich würde mir gerne einen Überblick über das Dach verschaffen. Der Verdächtige muss auf diesem Weg geflüchtet sein. Womöglich hält er sich da noch irgendwo versteckt!«
»Richtig, wir müssen sofort nachsehen«, rief Franzi und stürmte los.
Als Kim und Marie bei ihr ankamen, hatte sie sich unauffällig an die Brüstung gelehnt und tat so, als würde sie die Aussicht bewundern. In Wahrheit scannte sie konzentriert

das große Flachdach und die Aufbauten. Kim beugte sich ebenfalls vor. »Dahinten links ist der Aufbau, in dem sich der Motorraum für die Aufzüge befindet. Dort ist auch der Technikraum.« Die untergehende Sonne spiegelte sich in den Glasflächen, die als Windschutz vor der Brüstung angebracht waren. Kim kniff die Augen zusammen und sah kurz zu Boden. Sie stutzte. Rechts von ihr war ein dunkler Fleck auf dem weißen Fliesenboden zu sehen. Daneben noch einer.

»Du hinterlässt Teerspuren«, sagte Kim zu Franzi.

»Was?« Franzi hob ihren Fuß und drehte ihn leicht, sodass sie auf die Sohle sehen konnte. »Das kann ich mir gar nicht vorstellen. Dein Kaugummipapier hält gut.«

Marie betrachtete nachdenklich die Flecken am Boden. »Da hinten links ganz nah an der Brüstung sind weitere Teerspuren«, sagte sie schließlich. »Aber dort ist Franzi bestimmt nicht gelaufen.«

Kim nickte. Ihr wurde plötzlich ganz heiß. »Wisst ihr, was das bedeutet?«

»Die Spuren könnten von der Person aus dem Technikraum stammen«, sagte Marie leise. »Sie ist raus aus dem Fenster, über das Dach geflüchtet und hat deswegen, genau wie Franzi, Teer an den Schuhsohlen.«
»Genau«, murmelte Kim. Sie lief langsam an der Brüstung entlang und folgte den Teerflecken zur linken Seite. Sie wich zwei Frauen aus, die ein Selfie vor dem Rathausturm im Hintergrund machten.
»Wenn derjenige hier übers Dach auf die Restaurant-Terrasse gelangt ist, frage ich mich allerdings, wie er die Glasscheiben überwunden hat.«
Franzi betrachtete die gut zwei Meter hohen Scheiben. »Stimmt, das ist schwierig. Da kommt man eigentlich nur rüber, wenn man Saugnäpfe an den Händen und Füßen hat.«
Marie grinste. »Das wäre wohl ziemlich auffällig gewesen.«
Sie folgten den dunklen Flecken, die sich in unregelmäßigen Abständen bis zur linken Seite der Terrasse zogen. Dort stand eine lange Reihe von dichten, hohen Bambuspflanzen in Steintrögen und grenzte den Restaurantbereich vom restlichen Flachdach ab. Die Teerspur endete dicht an der Hauswand. Kim bog ein paar Halme der kräftigen Pflanzen zur Seite. »Volltreffer!«
Marie sah ihr über die Schulter. »Keine Glasabtrennung!«, sagte sie. »Hier kann man ganz unauffällig durch die Pflanzen auf die Terrasse kommen.«

Kim nickte aufgeregt. »Jetzt müssen wir nur noch herausfinden, wo die Spur entlangführt und wo sie endet.«
Die drei !!! schlenderten an der Brüstung entlang und behielten dabei unauffällig den Boden im Blick. Die Spur führte in einem Bogen zwischen den Bistrotischen hindurch in Richtung des Restauranteingangs. Die schwarzen Flecken wurden jedoch immer kleiner und blasser, je weiter sie gelangten. Sie mussten sehr genau hinsehen, um noch etwas zu erkennen.
Marie blieb stehen. »Ich fürchte, diese Spur endet im Nichts!«
Kim strich sich eine Haarsträhne aus der Stirn. »Willst du etwa aufgeben?!«
»Ich weiß nicht.« Marie biss sich auf die Lippe. »Wir haben bei diesem Fall schon eine *heiße* Spur verfolgt, die sich als völlig unbrauchbar herausgestellt hat. Was ist, wenn dein geheimnisvoller Eindringling einfach nur ein neugieriger Partygast war, der geflüchtet ist, weil es ihm peinlich war, dass wir ihn entdeckt haben?«
Kim ließ den Kopf hängen. »Vielleicht hast du recht«, murmelte sie.
»Was ist denn mit euch los?« Franzi schüttelte energisch den Kopf. »Aufgeben gilt nicht. Wir holen uns jetzt erst mal was zu trinken und dann besprechen wir in Ruhe, wie es weitergeht.« Sie legte ihre Arme um Kim und Marie. »Als Detektiv muss man flexibel sein. Vielleicht treffen wir noch die Verkäuferin. Die ist doch mit ihrem blöden Verhalten auch mehr als verdächtig!«
Kim nickte. »Okay, lasst uns einfach vorwärtsschauen.« Sie atmete tief durch. Plötzlich hatte sie wieder das Gefühl, beobachtet zu werden. Sie sah schnell zu ihrer linken Seite.

Dort stand der Spielwarenverkäufer nur wenige Meter von ihr entfernt. Er unterhielt sich mit zwei jungen Männern. Ihre Blicke trafen sich. Andreas zuckte kurz zusammen, lächelte ihr zu, wandte sich dann aber sofort wieder ab.
Kim schüttelte insgeheim den Kopf. Wenn dieser Junge hier gerade versuchte, mit ihr zu flirten, dann stellte er sich aber nicht gerade geschickt an. Allerdings hätte er auch die größte Charmeoffensive der Welt starten können – sie wusste ganz genau, dass er nicht mehr bei ihr hätte landen können. Sie erinnerte sich an den Blick aus diesen Augen vor zwei Tagen. Was war da nur so anders gewesen?
»Ist alles klar bei dir?«, fragte Marie und sah Kim mit großen Augen an. Tiefblauen Augen, so blau wie die Augen von Herrn Grevenbroich. Und so blau wie die Augen von Andreas, damals, fiel Kim plötzlich ein. Kim blinzelte. Nein, seine Augen waren grün. Oder? Sie versuchte sich zu konzentrieren. Auf einmal sah sie das Bild genau vor sich. Das war es! Dieser Junge hatte, als sie sich das erste Mal begegnet waren, definitiv zwei verschiedenfarbige Augen. Eines blau, eines grün. Das war es, was seinen Blick so außergewöhnlich gemacht und ihre Aufmerksamkeit erregt hatte! Gestern aber waren seine Augen beide grün gewesen. Kim sah zu dem Verkäufer rüber. Vielleicht trug er normalerweise grüne Kontaktlinsen, um den Farbunterschied auszugleichen, und hatte am ersten Tag eine verloren? Sie schüttelte den Kopf. Warum machte sie sich eigentlich Gedanken um die Augenfarbe eines Spielwarenverkäufers? Sie hatte jetzt wirklich Besseres zu tun!
»Ach so«, sagte Marie plötzlich. Sie grinste Kim an. »Da drüben ist dieser Andreas. Verwirrt der dich so?«

Kim winkte ab. »Quatsch. Mir ist nur eben etwas eingefallen. Aber das ist völlig unwichtig.«
»Na dann.« Marie sah skeptisch drein.
Franzi reckte den Hals und sah neugierig in die Richtung des Spielwarenverkäufers.
»Mach das doch nicht so auffällig!«, zischte Kim. »Das ist echt peinlich!«
Franzi senkte ihren Blick und tat so, als würde sie interessiert auf den Boden schauen. Sekunden später stieß sie einen unterdrückten Schrei aus. Sie packte Kim am Arm. »Seht euch die Fliesen vor ihm an!«, zischte sie. »Ich glaube, da sind lauter Teerflecken!«
»Was?!« Kim versuchte so unauffällig wie möglich hinüberzusehen.
Tatsächlich, dort, wo der Spielwarenverkäufer stand, war der Fliesenboden mit einem leichten grauen Schleier überzogen, vereinzelte dunklere Flecken waren zu sehen. Kim kniff die Augen zusammen. »Vor allen Dingen sieht man deutliche schwarze Spuren an den Rändern von seinen Turnschuhen!«
»Das ist ja ein Ding«, stellte Marie fest. »Der große Unbekannte aus dem Technikraum ist Andreas.« Sie zögerte. »Was hat der denn dort gemacht?«
»Vielleicht hat er an der alten Rohrpostanlage herumgespielt?«, witzelte Kim lahm. Sie erinnerte sich an Andreas' Begeisterung für elektronisches Spielzeug, an seinen Unfall mit dem Mini-Helikopter, den Ölfleck an seiner Schläfe und an den Händen. »Ich glaube, er ist ein ziemlicher Kindskopf, ich würde ihm zutrauen, dass er aus lauter Neugier in den Technikraum gegangen ist.«

Die Musik im Restaurantbereich wurde lauter gedreht. »Fragen wir ihn doch einfach«, rief Franzi.
»Dann müssen wir uns aber beeilen«, rief Marie. »Ich glaube, er will gerade gehen.«
Andreas klatschte sich mit den Männern ab und hängte sich seine Tasche um. Er steuerte zielstrebig auf den Restaurantbereich zu, ohne noch einmal zu Kim zu blicken. Nur wenn man genau hinsah, konnte man erkennen, dass seine Sohlen bei jedem Schritt leicht am Boden anklebten und er Kraft aufwenden musste, um sie zu lösen.
Kim spürte eine große Unruhe. Was war denn nur los mit ihr?! Hatte sie sich doch in Andreas verliebt und wollte es vor sich selbst nicht zugeben? Nein, das war es nicht. Kim dachte an Michi und ihr Herz begann zu klopfen. Sie wollte am liebsten sofort zu ihm, ihm alles erklären, damit er sie wieder in seine Arme nahm und sie die Welt vergessen konnte. Michi! Ihr Michi, mit dem sie so viel lachen konnte, bis ihr die Tränen in die Augen stiegen. Michi, der immer für sie da war, auch wenn es ihr mal nicht gut ging. Michi, der sie mit Schokolade fütterte, dessen Augen so schön leuchteten, wenn er sie ansah … Nein, sie war ganz bestimmt nicht in Andreas verliebt! Ihr Herz gehörte voll und ganz Michi! Das seltsame Bauchgefühl hatte eine andere Ursache. Bloß welche?
Kim sah, wie Andreas gerade ein paar Leute zur Seite schob, die im Eingang zum Restaurant standen. An seinem Handgelenk war das Pflaster zu sehen, das die Wunde verdeckte, die er sich bei dem Unfall mit dem Spielzeughelikopter zugezogen hatte. Plötzlich durchzuckte Kim ein Einfall. Sie

stutzte. Was war das jetzt für ein wirrer Gedanke, was für ein abstruses Bild. Egal! Sie folgte einfach ihrem Bauchgefühl.
»Hinter ihm her!«, rief Kim. Sie lief los, ohne auf Franzi und Marie zu achten. Sie holte Andreas im Innenbereich ein, als er gerade kurz stehen blieb und sich orientierte. In der Mitte des Restaurants war in der Zwischenzeit eine Tanzfläche eingerichtet worden, auf der sich eine Menge Leute drängten und ihren Spaß hatten. Man konnte nicht mehr auf geradem Weg zum Ausgang gehen, sondern musste sich entweder am Büffet oder an den zur Seite gerückten Bistrotischen vorbeischlängeln. Andreas stand etwa eine Armlänge von Kim entfernt mit dem Rücken zu ihr.
»Hi, Andreas!«, rief sie laut. Der Verkäufer drehte sich erstaunt um. Kim setzte ein strahlendes Lächeln auf. »Schön, dich hier zu sehen!«
»Äh, ja!« Andreas lächelte schief. »Ich wollte gerade gehen«, rief er gegen die Musik an.
Kim ließ sich nicht beirren. »Das ist ja witzig, dass wir uns hier zufällig treffen. Dabei kennen wir uns erst seit zwei Tagen. Ist schon toll, dass man so viele neue Leute kennenlernt, wenn man mal bei Filmaufnahmen mitmacht.« Kim wunderte sich über sich selbst, dass sie nicht vor Scham im Boden versank. Was für einen Mist erzählte sie hier eigentlich? Der Spielwarenverkäufer sah sie an, als würde er sich das Gleiche fragen.
»Hi!«, ertönten Franzis und Maries Stimmen hinter ihnen wie aus einem Mund. Die beiden lächelten freundlich und warfen Kim einen fragenden Blick zu.
»Ja, wir amüsieren uns hier prächtig«, fuhr Kim fort. »Man

kann ja nicht nur Filme drehen, nicht wahr, man muss auch ordentlich feiern! Aber die Filmaufnahmen machen schon irrsinnigen Spaß! Nicht wahr?« Sie sah Franzi an. Ihre Freundin öffnete langsam den Mund. »Ja«, kam es einsilbig über ihre Lippen. Es war völlig offensichtlich, dass Kims Worte sie verwirrten.

»Wir alle drei wollen mal Schauspielerinnen werden«, erzählte Kim munter weiter. Sie riss die Arme in die Höhe und rief: »Das wäre das Allergrößte!«

Marie nickte mechanisch. Sie betrachtete Kim von der Seite und schien fieberhaft zu überlegen, was in sie gefahren sein mochte.

»Obwohl ich mir auch vorstellen kann, in der Technik zu arbeiten. Cutterin wäre etwas. Auch Licht- oder Tontechnik finde ich superspannend.«

Andreas zupfte nervös an seiner Tasche.

Kim beeilte sich weiterzusprechen: »Aber eigentlich möchte ich mal Drehbuchautorin werden. Ja, ich glaube, das wäre es! Also, diese Superstory, die gerade hier verfilmt wird – so etwas möchte ich auch einmal schreiben! Das ist eine super Idee, alles in so einem alten Kaufhaus spielen zu lassen, wunderbar. Auch der Name ist einfach klasse, den finde ich so toll, so … symbolisch … Mist, jetzt habe ich den glatt vergessen, sag mal … das gibt es doch nicht …«

»*Nobel & Co.*«, zischte Andreas. Mittlerweile sah er einfach nur noch genervt aus. Er nickte den drei !!! zu und sagte: »Ich muss jetzt wirklich los. Vielleicht sieht man sich ja mal wieder.«

»Klar!«, rief Kim. »Das fände ich gut.«

Andreas kehrte ihnen den Rücken zu und marschierte los. Kim warf Marie und Franzi einen alarmierten Blick zu. »Er war's!«, sagte sie.
»Wie bitte?« Franzi schien gar nichts mehr zu verstehen.
»Er weiß, wie das Kaufhaus im Drehbuch heißt«, zischte Kim. Ihre Hände waren vor Aufregung ganz kalt. »Er *kennt das Drehbuch*!«
»Kim, du bist genial!«, ächzte Marie.
Franzi bekam rote Wangen. »Wir müssen ihn aufhalten!«
Die drei !!! stürzten hinter Andreas her. Kim erreichte ihn als Erste. Sie fasste ihn an der Schulter, über der der Taschenriemen hing, und sagte ruhig: »Warte bitte mal, ich habe noch was vergessen.«
Andreas drehte sich unwirsch um. »Was gibt es denn noch?« Er zog seine Tasche von Kim weg. Sie lächelte. »Man könnte fast meinen, dass du da einen Schatz drin hast, haha! Vielleicht ein paar dicke Bündel mit Geldscheinen aus einem Überfall?!«
Dem Verkäufer entgleisten kurz die Gesichtszüge. Dann fasste er sich wieder. »Du spinnst ja!«, rief er kopfschüttelnd. Sein Blick irrte ziellos im Raum umher, während er den Riemen seiner Tasche fest umklammert hielt.
»Gib es zu«, schrie ihn Marie an. »Du bist es gewesen!«
Andreas sah sie stumm an. Plötzlich machte er einen Schritt auf sie zu und schubste sie hart zur Seite. Marie prallte gegen Franzi und beide gingen zu Boden. Kim wollte sich an der Tasche festhalten, aber Andreas gab auch ihr einen Stoß und sie taumelte zurück.
Einige Leute, die in ihrer Nähe standen, wurden aufmerk-

sam. Ein Mann eilte zu ihnen rüber und erkundigte sich besorgt, ob ihnen etwas passiert wäre.

»Nein, alles in Ordnung«, sagte Franzi. »Danke!« Sie rappelte sich auf und half Marie hoch.

Die drei Detektivinnen spurteten los. Andreas versuchte sich durch die Menschenmenge auf der Tanzfläche zu drängen. Er kam schlecht voran.

»Den kriegen wir!«, rief Franzi. Sie schlug einen Haken und nahm den Weg bei den Büffets. Als Andreas die Tanzfläche verlassen hatte, war Franzi auch schon fast bei ihm. Sie beschleunigte, setzte zu einem Hechtsprung an – und rutschte mit dem Schuh, auf dessen Sohle das Kaugummipapier klebte, aus. Unkontrolliert schleuderte sie nach vorne. Sie streckte die Arme aus, bekam im Fallen die Umhängetasche des Verkäufers zu fassen und krallte sich daran fest. Franzi stürzte bäuchlings zu Boden. Die Vorderseite der Tasche hatte sie immer noch fest umklammert. Wie in Zeitlupe platzten nacheinander die Nähte, die Tasche riss auf. Kim hielt den Atem an: Aus dem klaffenden Stoff quoll eine Unmenge von Geldscheinen hervor und regnete auf die am Boden liegende Franzi herab. Andreas streifte die Reste seiner Tasche ab, warf einen panischen Blick in die Runde und stürzte davon.

»Ich wusste es!«, schrie Kim. »Haltet ihn auf!«

Augenblicklich brach ein Tumult unter den Gästen des Restaurants aus. Alle schienen wie magisch angezogen zur Tanzfläche zu strömen. Doch niemand achtete auf den flüchtenden Verkäufer, alle schienen sich nur für die unter Geldscheinen begrabene Franzi zu interessieren.

»Er entkommt!«, rief Marie atemlos.

Kim wurde zur Seite abgedrängt und kam zwischen den Bistrotischen zu stehen. Sie konnte gerade noch sehen, wie der Verkäufer durch den Restaurant-Ausgang schlüpfte, dann wurde ihr Blick durch die Menschenmenge verstellt. »Ruf die Polizei«, schrie sie Marie zu. »Ich versuche ihn einzuholen!« Sie bückte sich und begann auf allen vieren unter den Tischen durchzukrabbeln. Um sie herum tobte die Menge, aber sie kam erstaunlich schnell voran. Als sie sich nach dem letzten Tisch wieder aufrichtete, sah sie, dass bereits mehrere Männer und Frauen vom Wachpersonal angerückt waren. Sie sprachen nervös in ihre Funkgeräte. Kim eilte auf den Flur hinaus. Sie sah zu den Aufzügen. Die Türen des mittleren Fahrstuhls schlossen sich; sie konnte gerade noch einen Blick durch den verbliebenen Spalt ins Innere erhaschen: Dort stand Andreas, wischte sich den Schweiß von der Stirn und sah sie aus hasserfüllten Augen an. Dann waren die Türen endgültig geschlossen.
Kim spürte heiße Wut. Sie sah sich verzweifelt nach einem Wachmann um. Das Personal hatte bestimmt einen Schlüssel, mit dem die Aufzüge gestoppt werden konnten. Aber es würde viel zu lange dauern, bis sie erklärt hatte, was passiert war. Plötzlich entdeckte Kim ein kleines, rot umrahmtes Kästchen an der Wand neben sich. Der Feueralarm! Sie zog sich den Schuh vom Fuß und schlug mit ihm die Scheibe des Kästchens ein. Dann drückte sie den roten Knopf. Er fing an zu blinken und augenblicklich erschallte lautes Sirenengeheul.
Angespannt sah Kim zur Anzeige über dem Aufzug. Sie war gerade auf die 3 gesprungen. Kim schloss die Augen und

ballte die Fäuste. Sie hoffte inständig, dass es stimmte, was sie einmal gelesen hatte: Wenn Feueralarm ausgelöst wurde, blockierten alle Aufzüge in einem Gebäude automatisch und blieben einfach stehen.

Kim hielt die Luft an und öffnete die Augen wieder.

Power!!!

Geheimes Tagebuch von Kim Jülich
Samstag, 22:15 Uhr

Dieses Tagebuch ist streng geheim! Wenn ich jemanden beim Lesen erwische, stecke ich ihn erst in einen Aufzug und löse dann den Feueralarm aus. Dann kann er stundenlang warten, bis die Techniker kommen und ihn da wieder rausholen! Übrigens fällt in einem blockierten Aufzug auch die Klimaanlage aus. Das ist bei diesen Sommertemperaturen ziemlich unangenehm, glaube ich …

Ich bin soooooooooooooooooooooooooooooooooooooooooooooo glüüüüüüüüüüüücklich!!! Mit Michi ist alles wieder in Ordnung. Wir haben uns vorhin gleich nach dem Komparsendreh (der übrigens super geklappt hat!!!) getroffen und sind in die Pizzeria und danach Eis essen gegangen. Es war alles sehr lecker, aber am allerbesten haben Michis Küsse geschmeckt ♥☺☺♥!

Ich bin soooooooooooooooooooooooooooooooooooooooooooooo froh, dass ich ihn gleich gestern Abend angerufen und ein blödes Missverständnis aufgeklärt habe, obwohl ich eigentlich sauer auf ihn war und außerdem völlig fertig, weil wir mal wieder einen gefährlichen Täter verfolgt und gestellt haben. Michi hat tatsächlich geglaubt, dass ich eine Verabredung mit ihm abgesagt habe, weil ich lieber einen lustigen Abend mit Franzi und Marie verbringen wollte. Wie konnte er bloß so etwas von mir denken? Na ja, ich muss zugeben, dass die Situation in diesem Kaufhaus-Restaurant auch sehr missverständlich war. Und davor habe ich schon mal eine Verabredung abgesagt. Das war ein-

fach zu viel für Michi und er ist ausgeflippt. Er hat mir gesagt, dass er in der letzten Zeit einfach sehr angespannt war. Es ist für ihn nicht leicht, seit er sich für den Studienplatz beworben hat. Einerseits wünscht er es sich so sehr, dass er genommen wird, andererseits will er eigentlich nicht aus unserer Stadt weg, weil er dann so weit weg von mir wäre. Das macht ihm total zu schaffen, deshalb hat er wohl auch jetzt so überreagiert.
Michi hat mich vorhin ganz fest in die Arme genommen und wir haben uns geschworen, dass wir immer zusammenbleiben, egal was passiert. Auch wenn einmal hunderte von Kilometern zwischen uns sein sollten, werden wir sie immer überwinden!!! Aber noch ist es nicht so weit, und so lange werden wir uns so oft sehen wie möglich.
Gleich morgen sind wir zum Frühstücken im Lomo *verabredet, am Mittwoch machen wir eine Fahrradtour, am Freitag gehen wir in den Freizeitpark Sugarland in Billershausen. Und am Samstag sind wir bei der großen Sommerparty bei Marie eingeladen. Das wird super!*

Detektivtagebuch von Kim Jülich
Samstag, 23:02 Uhr
Gestern Abend haben wir den Kaufhaus-Räuber erwischt und der Polizei übergeben! Ich muss zugeben, dass es mir kein bisschen leidgetan hat, dass er drei Stunden in einer engen und stickigen Aufzugskabine verbringen musste, weil die Techniker Schwierigkeiten hatten, die Notfall-Blockade auszuschalten, die ich ausgelöst hatte!
Es ist wirklich kaum zu glauben, dass ein so harmlos aussehender und scheinbar netter Spielwarenverkäufer in Wirklichkeit

ein eiskalter Verbrecher ist! Diesem Typen haben wir vertraut und auch noch unsere Visitenkarte gegeben! Es ist wirklich unfassbar: Als die Polizei ihn aus dem Aufzug geholt und ihm Handschellen angelegt hat, ist er richtig ausgeflippt und hat Franzi, Marie und mich als kleine Schnüffler beschimpft, die man einfach nicht loswird!

»Gelegenheit macht Diebe«, hat dieser Kommissar Wengert gesagt, und da hat er wohl recht. Der Verkäufer, Andreas Mertens, hat aus Neugier in ein Drehbuch hineingelesen, das am Set im Kaufhaus lag. Dabei ist ihm aufgegangen, dass hier das nahezu perfekte Verbrechen geschildert wird. Da er als Angestellter des Kaufhauses außerdem genau wusste, zu welchen Zeiten die Tageseinnahmen der Kassen zum Tresor transportiert werden, konnte er leicht den Überfall planen und ausführen. Nur den letzten Teil des Drehbuchs hat er abgeändert, wahrscheinlich, weil er keinen Komplizen mit Motorrad auftreiben konnte. Er hat die Beute – rund fünfzigtausend Euro in kleinen und großen Scheinen – in einem alten Technikraum versteckt, um sie zu einem späteren Zeitpunkt dort abzuholen. Tja, und dann haben wir ihn erwischt! Ich bin so froh, dass sich jetzt alles geklärt hat und der wahre Täter ins Gefängnis kommt. Ein paar Ungereimtheiten gibt es noch, die ich mir bislang nicht erklären konnte, aber ich hoffe, dass uns Kommissar Peters nächste Woche, wenn er wieder aus dem Urlaub zurück ist, Auskunft gibt. Seine Urlaubsvertretung, dieser Cornelius Wengert, ist leider sehr zugeknöpft. Er hat sich zwar gestern bei uns bedankt und gesagt, dass er beeindruckt ist, aber er wollte nicht versprechen, dass er uns in diesem Fall weiter auf dem Laufenden hält. Das sei alleinige Sache der Polizei und der Staatsanwaltschaft. Ät-

zend! Kommissar Peters ist da viel kooperativer. Aber er kennt uns eben schon lange und vertraut uns (na ja, ich glaube, meistens jedenfalls ☺.
Hiermit schließe ich die Akte zu unserem vierundfünfzigsten (!!!) gelösten Fall.
Details folgen nach Bekanntwerden.

Eine Woche später saßen die drei Detektivinnen bei herrlichem Wetter im Garten der Familie Grevenbroich. Tessa und Helmut hatten für das spontan beschlossene Sommerfest keine Kosten und Mühen gescheut: Sie hatten bei Frau Winklers Backservice eine riesige Kuchenauswahl bestellt, und Maries Vater hatte einen ganzen Tag in der Küche gestanden und Unmengen seines berühmten leckeren Auberginenauflaufs zubereitet. Außerdem war eine fünfköpfige Band engagiert und die gesamte Villa und der Garten mit großen Gestecken von duftenden Rosen und bunten Girlanden geschmückt worden. Die rund vierzig Gäste fühlten sich sichtlich wohl, es wurde gelacht, geschwatzt und sogar schon getanzt, obwohl es erst früh am Abend war.
Kim schmiegte sich auf dem breiten Outdoor-Sofa näher an Michi heran. Er legte den Arm um sie und gab ihr einen Kuss auf die Wange. »Ich finde es toll von Maries Eltern, dass sie so ein großes Fest machen und so viele Leute eingeladen haben, um ihr Ehejubiläum zu feiern!« Er tippte an den Wimpel einer Girlande neben ihm, auf den mit Goldfarbe die Zahl Fünf aufgemalt war. »Ich meine, es ist ja nicht unbedingt üblich, dass man so groß feiert, wenn man *fünf Wochen* verheiratet ist.«

Kim grinste. »Das war ein Einfall von Tessa. Maries Vater wollte sie letzte Woche zum vierwöchigen Jubiläum mit Rosen und einem Candlelight-Dinner überraschen. Das ist ja leider wegen der ganzen Aufregung um dieses Verbrechen gründlich danebengegangen.« Kim nahm einen Schluck von ihrer Holunder-Schorle. »Und dann hat Tessa vorgeschlagen, dass sie eben die fünf Wochen feiern und dann ein richtig großes Fest zusammen mit der Filmcrew und uns draus machen, weil auch die Dreharbeiten beendet sind und weil wir den Kaufhaus-Räuber geschnappt haben.«
Michi lächelte Kim an. »Ich bin wirklich stolz auf dich! Du bist nicht nur eine erstklassige Detektivin, sondern bestimmt auch eine tolle Schauspielerin! Ich bin schon gespannt auf die Filmvorführung nachher!«
»Danke dir für das Kompliment.« Kim wurde rot. »Aber als Schauspielerin würde ich mich nicht bezeichnen. Das war doch nur eine kleine Rolle, ich bin genau drei Sekunden zu sehen.« Sie seufzte. »Die Detektivarbeit bei diesem Fall war allerdings ziemlich knifflig. Da bin ich wirklich stolz drauf, dass wir den Täter überführt haben.«
Michi sah auf seine Armbanduhr. »Oh, entschuldige mich bitte für ein paar Minuten. Ich hab versprochen, zusammen mit Holger und Chris die Leinwand für den Film nachher aufzubauen!« Er gab Kim einen Kuss und stand auf.
Kim nickte. »Bis nachher!«
»Da bist du!«, ertönte es plötzlich hinter Kim. Marie und Franzi grinsten sie an. »Du und Michi seid ja wieder ein Herz und eine Seele, wie man sehen kann«, stellte Marie fest. »Das freut mich wirklich sehr!«

»Und mich erst!«, sagte Kim und lächelte glücklich. Sie rutschte ein Stück zur Seite. Ihre Freundinnen ließen sich in die Kissen neben ihr fallen. Franzi nahm sich eine Olive aus der Schale auf dem Tisch. »Ich freu mich auch total für dich, Kim!« Sie knabberte ein Stück Olive ab. »Ich bin allerdings ehrlich gesagt echt froh, dass ich Single bin. Da bleibt mir solch ein Beziehungsstress erspart!« Sie knabberte die restliche Olive ab, legte den Kern in den Aschenbecher und grinste vergnügt. »Jetzt würde ich gerne wissen, welche Details zu unserem Fall dir Kommissar Peters noch verraten hat!«

Kim lehnte sich vor. »Klar, ich erzähle es euch!« Sie hatte den Kommissar gestern angerufen und er hatte netterweise alle ihre Fragen beantwortet.

»Also, es ist alles so abgelaufen, wie ich es vermutet hatte. Andreas hat den Überfall übrigens begangen, weil er unbedingt viel Geld brauchte, um sich seinen Traum zu erfüllen, Erfinder zu sein. Er wollte nicht weiter als Spielzeugverkäufer versauern!«

Franzi schüttelte den Kopf. »Der Typ ist ja echt mies. Wenn alle Leute Verbrechen begehen würden, um sich einen Traum zu erfüllen, gäbe es nur noch Mord und Totschlag.«

Kim nickte. »Wenn ich etwas schneller kombiniert hätte, dann wären wir ihm vielleicht viel früher auf die Spur gekommen!«

»Warum?«, wollte Marie wissen.

»Als ich ihm in der Spielzeugabteilung das erste Mal begegnet bin, war er gerade erst von dem Überfall zurückgekehrt. Er hatte Öl an den Händen und im Gesicht und hat behauptet, dass das von einem Spielzeughubschrauber stammt.« Kim schlug sich vor die Stirn. »So viel Öl kann an einem kleinen Spielzeug überhaupt nicht dran sein.« Das stammte natürlich von den Aufzugsseilen, an denen sich Andreas festgehalten hat, als er auf dem Aufzugsdach war. Das hätte ich sofort merken und skeptisch werden müssen.« Kim biss sich auf die Lippe. »Außerdem hatte er ein großes Pflaster am Handgelenk. Damit hat er den langen Kratzer, den ihm die Kassiererin zugefügt hat, verdeckt. Daran hätte ich mich sofort erinnern müssen, als Maries Vater wegen der Wunde an seinem Handgelenk verdächtigt wurde. Das ärgert mich echt!«

Marie drückte Kims Hand. »Du warst einfach von den Drehaufnahmen abgelenkt. Ich finde es völlig normal, dass du diese Details in dem Moment nicht in den richtigen Zusammenhang bringen konntest. Dafür hast du später einfach genial kombiniert und dem Täter eine Falle gestellt!«

»Absolut!« Franzi nickte zustimmend.

Kim steckte sich eine Olive in den Mund. »Na ja«, nuschelte sie. »Aber um ein Haar wäre Andreas mit der Beute entkommen!«

»Wobei ich mich schon wundere, warum er das Geld in einem Technikraum in der Nähe des viel besuchten Restaurants versteckt hat«, sagte Marie. »Und dann hat er es auch noch ausgerechnet während der Party geholt und ist mit der Tasche voller Geld fröhlich durch die Gegend spaziert. Das war doch ziemlich riskant!«

Kim legte den Olivenkern in den Aschenbecher. »Das hatte er auch alles völlig anders geplant. Er hat Kommissar Peters erzählt, dass er den genialen Einfall hatte, die alte Rohrpostanlage zu nutzen, von der alle dachten, dass sie nicht mehr funktioniert. Andreas hat sie aber schon vor langer Zeit entdeckt und wieder repariert. Als altem Tüftler ist ihm das nicht schwergefallen. Er hat dann manchmal in der Mittagspause damit herumgespielt.«

Marie verdrehte die Augen. »Etwas merkwürdig ist der Junge schon, oder?«

»Das kannst du laut sagen«, pflichtete ihr Kim bei. »Also, auf jeden Fall hat Andreas das Geld gleich nach dem Überfall in mehrere Rohrpost-Behälter verpackt und in der zentralen Schaltstelle im vierten Stock deponiert. Er wollte ein paar Tage später die Behälter von der Rohrpoststelle in der Spielzeugabteilung abrufen, dort heimlich einpacken und dann bei Dienstschluss seelenruhig damit aus dem Kaufhaus spazieren.«

Franzi schüttelte den Kopf. »Und warum hat er es dann nicht so gemacht, sondern ist in den Technikraum gegangen?«

»Die Rohrpost-Rollen haben sich leider verkantet und sind in der Zentrale stecken geblieben.« Kim zuckte mit den Schultern. »Andreas hat einfach Pech gehabt. Und dann ist er ungeduldig geworden und hat beschlossen, das Geld während der Party zu holen und damit abzuhauen.«

»Aber dann sind wir ihm auf den Fersen gewesen und er musste über das Dach flüchten!«, sagte Franzi zufrieden.

»Genau. Er konnte zwar ungesehen über das Flachdach auf die Terrasse gelangen – aber dort ist er zwei Kollegen begegnet. Er hat kurz mit ihnen gesprochen und wollte dann endlich weg, aber –«

»Dann kamen wir ihm dazwischen«, vollendete Marie den Satz.

Franzi nickte. »Das Ganze ist echt verrückt. Dass ein Mensch solche Sachen macht, ist doch kaum zu glauben!«

Kim pustete sich eine Ponyfranse aus der Stirn. »Es gibt noch ein Detail, das ich besonders verrückt und fies finde.«

»Sag schon!«, rief Marie. »Was ist es?«

»Andreas hat beim Überfall blaue Kontaktlinsen getragen. So intensiv blau, wie es die Augen von deinem Vater sind.«

Marie sah Kim verdattert an.

»Er wusste, dass seine Kollegin von dem berühmten Schauspieler *Helmut Grevenbroich mit den wahnsinnig schönen blauen Augen* schwärmt. Er wollte einfach mal ausprobieren, ob sie darauf hereinfällt.«

»Er hat den Verdacht absichtlich auf meinen Vater gelenkt!«, rief Marie. Sie schnappte nach Luft. »Ich fasse es nicht.«

»Es ist wirklich unglaublich«, stimmte ihr Kim zu. »Ich bin zwischendrin schon darauf gekommen, dass irgendwas mit der Augenfarbe von diesem Typ nicht stimmt.« Sie ballte die Fäuste. »Aber leider habe ich den falschen Schluss aus meinen Beobachtungen gezogen. Er hatte ein blaues und ein grünes Auge bei unserer ersten Begegnung. Später waren sie beide grün. Ich dachte, er würde Kontaktlinsen tragen, um die von Natur aus verschiedenen Farben auszugleichen. In Wirklichkeit aber bin ich ihm damals genau in dem Moment begegnet, als er nach dem Überfall eine blaue Linse rausgenommen und die andere noch im Auge hatte.«

Marie kaute energisch auf einer Olive herum. Sie spuckte den Kern in hohem Bogen in einen Hortensienbusch. »Bin ich froh, dass dieser Verbrecher aus dem Verkehr gezogen ist! Hoffentlich sehen wir den so schnell nicht wieder!«

»Das hoffe ich auch!«, sagte Kim. Sie trank den Rest ihrer Holunder-Schorle und rollte nachdenklich das Glas in der Hand. »Wisst ihr was? Ich traue es Andreas Mertens sogar zu, dass er mir damals hinterrücks den Elefanten an den Gürtel gehängt hat, damit uns der Hausdetektiv erwischt und er uns los ist. Wenn wir ein Hausverbot erteilt bekommen hätten, wären wir mit unseren Ermittlungen direkt am Ende gewesen und hätten den Verkäufer nie überführen können.«

»Das wäre allerdings der Hammer!«, rief Marie. »Wir müssen Kommissar Peters unbedingt bitten, da mal nachzuhaken.« Sie stand auf. »Jetzt bin ich dafür, dass wir uns einfach entspannen und den Abend genießen. Lasst uns zu den anderen gehen und ordentlich feiern!«

»Sehr gute Idee!«, rief Franzi.

Kim ließ sich von ihr und Marie vom Sofa hochziehen und die drei liefen Hand in Hand über die Wiese zur Villa rüber. Bunte Lampions schaukelten im lauen Sommerabendwind, die Stimmen der anderen Gäste drangen leise zu ihnen und plötzlich rief jemand: »Sie kommen!«

Verwundert beschleunigten die drei Detektivinnen ihren Schritt. Als sie beim Haus angekommen waren, brandete lauter Applaus auf.

Herr Grevenbroich rief: »Auf die drei besten Detektivinnen aller Zeiten!«

»Auf die drei !!!«, erschallte es daraufhin von allen Seiten und die Band spielte einen Tusch.

Kim, Franzi und Marie hielten sich fest an den Händen. Und dann begannen alle drei gleichzeitig zu lachen. Sie lachten laut und befreit und Kim spürte, wie ein kribbelndes Glücksgefühl ihren ganzen Köper erfasste. Übermütig rief sie: »Eins!«, Franzi reagierte sofort und sagte laut »Zwei!« und Marie schrie: »Drei!« Gemeinsam hoben sie die Arme, sahen in den wunderschönen Abendhimmel, den die untergehende Sonne rosa und golden färbte, und riefen: »Power!!!«

Die drei !!!

Clevere Girls knacken jeden Fall!

- ☐ Die Handy-Falle
- ☐ Betrug beim Casting
- ☐ Gefährlicher Chat
- ☐ Gefahr im Fitness-Studio[e]
- ☐ Tatort Paris[e]
- ☐ Skandal auf Sendung[e]
- ☐ Skaterfieber[e]
- ☐ Vorsicht, Strandhaie![e]
- ☐ Im Bann des Tarots[e]
- ☐ Tanz der Hexen[e]
- ☐ Kuss-Alarm[e]
- ☐ Popstar in Not[e]
- ☐ Gefahr im Reitstall
- ☐ Spuk am See[e]
- ☐ Duell der Topmodels[e]
- ☐ Total verknallt![e]
- ☐ Gefährliche Fracht[e]
- ☐ VIP-Alarm[e]
- ☐ Teuflisches Handy
- ☐ Beutejagd am Geistersee[e]
- ☐ Skandal auf der Rennbahn[e]
- ☐ Jagd im Untergrund[e]
- ☐ Undercover im Netz[e]
- ☐ Fußballstar in Gefahr[e]
- ☐ Herzklopfen![e]
- ☐ Tatort Filmset[e]
- ☐ Vampire in der Nacht[e]
- ☐ Achtung, Promi-hochzeit![e]
- ☐ Panik im Freizeitpark[e]
- ☐ Falsches Spiel im Internat[e]
- ☐ Betrug in den Charts[e]
- ☐ Party des Grauens[e]
- ☐ Küsse im Schnee[e]
- ☐ Brandgefährlich![e]
- ☐ Diebe in der Lagune[e]
- ☐ SOS per GPS[e]
- ☐ Mission Pferdeshow[e]
- ☐ Stylist in Gefahr
- ☐ Verliebte Weihnachten
- ☐ Achtung, Spionage![e]
- ☐ Im Bann des Flamenco
- ☐ Geheimnis der alten Villa
- ☐ Nixensommer
- ☐ Skandal im Café Lomo!
- ☐ Tatort Geisterhaus
- ☐ Filmstar in Gefahr
- ☐ Unter Verdacht
- ☐ Die Maske der Königin
- ☐ Skandal auf dem Laufsteg
- ☐ Freundinnen in Gefahr
- ☐ Krimi-Dinner
- ☐ Das rote Phantom
- ☐ Hochzeitsfieber!
- ☐ Klappe und Action!
- ☐ Wildpferd in Gefahr
- ☐ Geheimnis im Düstermoor
- ☐ Tatort Kreuzfahrt
- ☐ Gorilla in Not
- ☐ Das geheime Parfüm
- ☐ Liebes-Chaos!
- ☐ Der Fall Dornröschen
- ☐ Spuk am Himmel
- ☐ Flammen in der Nacht
- ☐ Der Graffiti-Code
- ☐ Heuler in Not
- ☐ Tanz der Herzen
- ☐ Tatort Geisterbahn
- ☐ Gefahr im Netz
- ☐ Nacht der Wölfe
- ☐ Gefährliches Spiel
- ☐ Gefahr in den Ruinen
- ☐ Kuss der Meerjungfrau
- ☐ Legende der Einhörner
- ☐ Rätsel der Vergangenheit
- ☐ Tatort Hollywood
- ☐ #Falscher Ruhm
- ☐ Achtung, Gaunerzeichen!
- ☐ Das Bienengeheimnis
- ☐ Vier Pfoten in Gefahr
- ☐ Ein echt schöner Fall
- ☐ Geheimnis im Spukhotel

kosmos.de Alle Bücher auch als E-Book erhältlich [e] nur als E-Book erhältlich